编委会

主　编　查清华

编　委（按姓氏笔画排序）

　　　　朱易安　李定广　李　贵　吴夏平

　　　　陈　飞　赵维国　查清华　钟书林

　　　　曹　旭　詹　丹

教育部新文科研究与改革实践项目
  中文学科拔尖创新人才培养与实践

上海高校本科重点教改项目
  中文专业师范生优秀传统文化教育实践与创新

上海市高水平学科学术创新团队
  中华典籍与国家文明

国家级专家服务基地
  上海师范大学教育援疆喀什专家服务基地

苏轼诗文精读

李贵 / 编著

本书为国家社会科学基金一般项目
「《全宋文》未收书简辑考暨宋代书简
会通研究」（项目编号 20BZW060）
阶段成果

上海教育出版社

总序

中华文史经典精读

中华优秀传统文化是中华民族的精神命脉。2017年,中共中央办公厅、国务院办公厅《关于实施中华优秀传统文化传承发展工程的意见》(下文简称《意见》)提出:"实施中华优秀传统文化传承发展工程,是建设社会主义文化强国的重大战略任务,对于传承中华文脉、全面提升人民群众文化素养、维护国家文化安全、增强国家文化软实力、推进国家治理体系和治理能力现代化,具有重要意义。"《意见》围绕立德树人根本任务,遵循学生认知规律和教育教学规律,按照一体化、分学段、有序推进的原则,对中华优秀传统文化"进课本、进课堂、进校园"提出明确要求。

经典是文化的重要载体。当下中华传统经典读物较多,各有优长。但我们经过调研后发现,针对大、中学生而言,在传统文化教育方面尚存在以下几大问题:一是对传统文化优秀与糟粕因子的认识比较模糊,未能通过阅读经典充分汲取富有生命力的文化养分;二是对传统文学经典的历史语境缺乏应有的了解,相关历史知识与方法的匮乏常导致对文学作品的解读出现偏差;三是对传统经典与现代文化的联系和区别关注不够,传统文化和现代意义的文化发展逻辑没有得到充分厘清;四是往往止步于对传统经典知识本身的接收与理解,对优秀原典熏染学生道德和审美的终极作用落实不力,对学生发现与探究问题的意识培养力度偏弱。

针对以上问题,我们尝试从人才培养模式、课程设置、教材建设和教学方法等方面加以改革,同时通过加强大中小一体化建设,牵头和上海数十家中学共建"中华优秀文化推广联盟",和上海援疆教育集团签署"中华优秀经典进校园"项目,组织相关优秀教师参与。编撰出版"中华文史经典精读"丛书,是我们改革项目的重要成果之一。

该丛书在导读方向、内容选择、注释范围、评析重点等方面,均致力于尝试解决上述问题。以上海市高水平学科"中华典籍与国家文明"创新团队为主体的多位专家,在总的原则下,广泛借鉴吸收前人成果,依据各自的学术特长和教研心得,充分展现学术个性,既为反思传统文化的复杂内涵提供历史唯物主义的立场和方法,也努力寻求传统文化在当代实践中的内驱力,以及理想人格的感召力,让经典润泽心灵,砥砺人生。

每本书由导言、正文、注释和评析组成。"导言"总体介绍某部经典的成书、性质、基本内容、艺术价值及社会影响,或某作家的生平、思想、艺术及文学史地位等;"正文"均依据权威版本选录名家名作,兼顾传统性典范和现代性意义;"注释"重在注解不易读懂的字词、名物及典故,力求简明准确;"评析"则在细读文本的基础上,提点作品的情思蕴含及艺术表现,注重引导读者参与情思体验,追求文字洗练,行文晓畅。

本丛书属于中华优秀传统文化经典普及性读本,可作为大学"原典精读"通识课教材及中学语文拓展读本,也适合热爱传统文化的普通读者。

限于水平,书中或有不尽如人意处,祈请读者批评指正,以便再版时改进。

查清华

于上海师范大学文苑楼

目录

苏轼诗文精读

导言 \ 001

诗 \ 001

白帝庙 \ 002
辛丑十一月十九日,既与子由别于郑州西门之外,马上赋诗一篇寄之 \ 006
和子由渑池怀旧 \ 009
太白山下早行,至横渠镇,书崇寿院壁 \ 011
王维吴道子画 \ 013
出颍口初见淮山,是日至寿州 \ 016
龟山 \ 019
游金山寺 \ 021
六月二十七日望湖楼醉书 \ 024
赠孙莘老 \ 026

法惠寺横翠阁 \ 028
饮湖上初晴后雨二首 \ 030
新城道中 \ 033
山村五绝 \ 035
有美堂暴雨 \ 040
雪后书北台壁二首 \ 042
东栏梨花 \ 046
李思训画《长江绝岛图》\ 048
百步洪 \ 051
予以事系御史台狱,狱吏稍见侵,自度不能堪,死狱中,不得一别子由,故作二诗授狱卒梁成,以遗子由,二首 \ 055
初到黄州 \ 059
寓居定惠院之东,杂花满山,有海棠一株,土人不知贵也 \ 061
正月二十日,与潘、郭二生出郊

寻春，忽记去年是日同至女王城作诗，乃和前韵 \ 065
题西林壁 \ 067
惠崇春江晓景 \ 069
书王定国所藏《烟江叠嶂图》 \ 070
与莫同年雨中饮湖上 \ 074
赠刘景文 \ 076
望湖亭 \ 078
十月二日初到惠州 \ 080
四月十一日初食荔支 \ 082
荔支叹 \ 086
食荔支 \ 090
纵笔 \ 092
行琼儋间，肩舆坐睡，梦中得句云："千山动鳞甲，万谷酣笙钟。"觉而遇清风急雨，戏作此数句 \ 094
汲江煎茶 \ 098
儋耳 \ 101
澄迈驿通潮阁 \ 103
六月二十日夜渡海 \ 105
次韵江晦叔 \ 108

赋 \ 113

赤壁赋 \ 114
后赤壁赋 \ 122

文 \ 129

留侯论 \ 130

策略一 \ 137
送杭州进士诗叙 \ 144
超然台记 \ 148
日喻 \ 155
文与可画筼筜谷偃竹记 \ 160
乳母任氏墓志铭 \ 168
方山子传 \ 171
书临皋亭 \ 177
记承天夜游 \ 178
谢量移汝州表 \ 180
石钟山记 \ 186
答张文潜县丞书 \ 192
潮州韩文公庙碑 \ 197
记游松风亭 \ 206
试笔自书 \ 208
书上元夜游 \ 211
书合浦舟行 \ 214

词 \ 219

江城子（凤凰山下雨初晴）\ 220
南乡子（回首乱山横）\ 222
江城子（十年生死两茫茫）\ 224
江城子（老夫聊发少年狂）\ 227
望江南（春未老）\ 230
水调歌头（明月几时有）\ 232
浣溪沙（簌簌衣巾落枣花）\ 235
永遇乐（明月如霜）\ 237
卜算子（缺月挂疏桐）\ 240
水龙吟（似花还似非花）\ 242
定风波（莫听穿林打叶声）\ 246
浣溪沙（山下兰芽短浸溪）\ 248

念奴娇（大江东去）\ 250

临江仙（夜饮东坡醒复醉）\ 254

如梦令二首（为向东坡传语）

　　　　　（手种堂前桃李）\ 256

贺新郎（乳燕飞华屋）\ 258

八声甘州（有情风万里卷潮来）\ 261

蝶恋花（花褪残红青杏小）\ 264

西江月（玉骨那愁瘴雾）\ 266

千秋岁（岛边天外）\ 268

导言

苏轼诗文精读

一

苏轼(1037—1101),字子瞻,又字和仲,号东坡居士,谥号文忠,北宋眉州眉山县(今四川眉山市东坡区)人。父亲苏洵,字明允,弟弟苏辙,字子由。父子三人合称"三苏",苏洵为老苏,苏轼为大苏,苏辙为小苏,都是欧阳修领导的北宋古文运动的主将,位"唐宋八大家"之列。

宋仁宗嘉祐二年(1057),苏轼、苏辙两兄弟同科高中进士,嘉祐六年(1061)又在特设的制科考试中共获佳绩。随后,苏轼出任凤翔府(今陕西宝鸡市凤翔区)签判,开始踏上仕途。英宗治平二年(1065),回到朝中,召试学士院,授职直史馆,看上去一帆风顺,前程似锦。

治平三年(1066),苏洵去世,二苏兄弟自首都东京(今河南开封)扶灵柩返家乡安葬,并居家丁忧(守丧)。在此期间,政治局势发生重大变化。在位仅四年的英宗英年早逝，神宗继位，改元熙宁，熙宁二年（1069）二月，任用王安石为参知政事（副宰相），开始推行"新法"，史称王安石变法。与此同时，二苏丁忧期满，重返朝廷。王安石认为苏轼与自己的见解素来不合，为了不让他干扰"新法"施行，就安排他到官告院任闲职。

熙宁二年五月，科举改革的倡议出台，神宗要求官员们对此发表意见。苏轼奏《议学校贡举状》，批驳科举新措施，神宗为此召见了他。神宗的召见引起王安石及其盟友的不满，他们派苏轼去担任开封府（今河南开封）推官，希望用大量的民事诉讼困住他。不料苏轼精明能干，在官府和民间都扩大了影响，也不耽误参政议政，写下了《上神宗皇帝书》，系统地阐明他对"新法"的反对意见。在此前后，司马光、富弼、韩琦等大臣都反对"新法"，北宋的政治力量由此分化成两大派别，支持王安石变法的形成"新党"，反对者则形成"旧党"，新旧两党从此相互倾轧，党争不断。

面对繁盛背后的社会危机，苏轼本来是要求变法的，但"新法"颁布后，他对多数措施都表示反对，遂被视为旧党人物，由此被王安石压制，也受到新党人士的挟私报复，无奈请求外任，于熙宁四年（1071）出任杭州（今属浙江）通判。

苏轼在杭州期间，奔波劳碌，为民造福，也写作了许多揭露"新法"扰民的作品。随后到密州（今山东诸城）、徐州（今属江苏）、湖州（今属浙江）任知州，所到之处都为百姓做了许多实事、好事，受到神宗嘉奖，美名远播，多年的地方工作也让他对"新法"推行过程中的不良后果有了更具体深入的认识。

王安石变法具有进步意义，但它对宋朝的功过利弊至今犹有争议。朝廷在短时间内急剧推行多种"新法"，增加了政府收入，增强了国防力量，但由于施行过程中运作不良和部分举措不切实际，也在不同程度上损害了百姓的切身利益。苏轼身为地方官,目睹民间疾苦,从同情百姓、希望朝廷改正的善心出发,用笔将见闻感受记录下来,也符合自古以来的"讽谏"传统。苏轼对"新法"的基本意见有:第一,操之过急,不利于稳定,不容易成功,他认为"法相因则事易成,事有渐则民不惊"(《辩试馆职策问劄子二首》其二),应当以合乎人性、人情为基础,进行渐进式的改革。第二,执行不当,某些措施在实际执行中给基层百姓造成很大的损失和负担,比如青苗法,各方争议最为激烈。第三,用人不当,新党中的许多人急功近利、结党营私,导致弊端丛生。第四,钳制思想,导致思想、学术、文化领域单调单一,变法的弊端也由于缺乏批评和监督无法纠正。

随着"新法"的曲折推行,以吕惠卿为代表的新党中的少壮派也在攻击王安石。熙宁七年(1074)到九年(1076)之间,王安石两次被罢免宰相职务,最终到金陵(今江苏南京)失意闲居。神宗亲自主持"新法"政务,并把年号改为"元丰",强力推行多种措施,企望快速建立丰功伟业。政治形势随即变得微妙起来。同是反对"新法",以前只属于针对宰相的不同政见,算不上什么罪;现在则成了反对、批评皇帝,这可是重罪。神宗不能容忍这种批评和反对,他要惩罚对"新法"持异议的人。在反对阵营里,司马光地位高、影响大,但德高望重,而且早已沉默不语;处理一般的人物,起不到杀鸡儆猴的作用;苏轼在各地任职多年,诗文到处传诵,门生故旧颇多,在朝野上下声誉日隆,但官职级别和政治地位不太高,正是杀一儆百的最佳对象。于是朝廷开始收网。

元丰二年(1079)七月初,御史台弹劾苏轼,月底马上到湖州将他逮捕,八月十八日押入御史台监狱,收监审讯。虽然御史台无法反驳苏轼在诗文中描写的事实,但仍然指责他讥讽"新法",指控他愚弄朝廷、辱骂皇帝、毫无君臣大义,要求处决他以死刑。苏轼在监狱里遭到强行逼供、通宵辱骂,命悬一线。大理寺判定苏轼本当判处两年徒刑,但因赶上朝廷的赦令，应依法赦免，不必处罚。御史台对此强烈不满，提请审刑院复核。审刑院维持原判，并强调了赦令的有效性。最终，神宗下旨，将苏轼贬谪黄州（今湖北黄冈）任闲职，受牵连的苏辙、司马光、曾巩等各有处罚。这就是中国历史上震惊朝野的文字狱"乌台诗案"。苏轼于十二月二十八日出狱，在狱中度过了130天，备受煎熬。

元丰三年（1080）二月，苏轼抵达黄州贬所，直到元丰七年（1084）才得以离开。黄州五年，他备尝孤独、失落、抑郁和痛苦，心理受到沉重打击，但他融合儒家、佛教和道家思想，逐渐形成超然物外、旷达自适的世界观、人生观和方法论，在学术、文学和艺术上突飞猛进。

元丰八年（1085），神宗病逝，继位的哲宗年仅十岁，太皇太后高氏垂帘听政，起用司马光执掌政务，全面废除"新法"，贬斥新党，重用旧党，史称"元祐更化"。苏轼先是出知登州（今山东烟台市蓬莱区），到任五日即被召回京城，担任起居舍人，二十天内连升数级。

苏轼虽然曾被新党几乎置于死地，但并不赞成司马光的过激做法。他强调实事求是，反对"一刀切"，主张保留某些已被证明有效的"新法"措施（比如免役法），以利国利民，引起司马光不满。于是他在元祐元年（1086）七月主动请求外任，到地方任职，但不获批准。九月，他被任命为翰林学士、知制诰，成为皇帝的秘书。次年七月又兼侍读，成为皇帝的老师。

司马光去世后，旧党失去了权威的领袖，朝廷大臣迅速分裂为蜀党、洛党和朔党。蜀党的代表是苏轼，洛党的领袖是著名理学家程颐，两党互相攻击。苏轼与朔党也有争执，深感不宜在朝，便多次请求外任，于元祐四年（1089）出知杭州。这是他第二次到杭州任职。此后又到颍州（今安徽阜阳市颍州区）、扬州（今属江苏）任知州，均以民为贵，兼顾国法与人情，为百姓谋取了利益。

元祐七年（1092），苏轼被召回朝廷，升任端明殿学士、礼部尚书兼翰林侍读学士,这是他一生中最高的官职。此前,苏辙已经以太中大夫守门下侍郎(副宰相),兄弟二人同时身居高位。次年,御史台认为"川党太盛",连续弹劾苏轼,苏轼反复自请外任,最终出知边防要地定州(今属河北)。九月初三,高太后病故,哲宗亲政,动手打击反对"新法"的"元祐旧党"。九月下旬,按照惯例,苏轼临走前要上殿与皇帝当面告辞,但哲宗下旨不许见面,要他马上起程赴任。苏轼预感政局将要再次逆转。

绍圣元年(1094),哲宗表明了要继承父亲神宗事业的决心,起用新党人物,大肆贬谪"元祐党人"。朝廷严厉惩罚苏轼,先后五次改变命令,一次比一次严重,最终苏轼被贬惠州(今属广东)。绍圣四年(1097),朝廷再次将苏轼流放儋州(今属海南),企图让他在偏远落后的地方孤独死去。但苏轼从不屈服,从岭南到海南,他始终肯定自我价值,坚持自己独立的思想和人格,随遇而安,保持对美好生活、美好事物的信心和追求。

元符三年(1100),哲宗去世,徽宗继位,苏轼得到赦免,离开海南岛,北归中原。建中靖国元年(1101)六月,当他乘船经过常州(今属江苏),已生病多时,便上表朝廷请求"致仕"(退休)。七月二十八日,一代文豪苏轼在常州租住屋内的一张"懒版"(躺椅)上与世长辞,按传统算法,享年66岁。讣闻传开,全国各地的士大夫、太学生、普通百姓、僧人、道士等纷纷痛哭哀悼。

苏轼去世之前,经过镇江(今属江苏),见到朋友画的一幅苏轼像,他自己题了短诗《自题金山画像》:

心似已灰之木,身如不系之舟。问汝平生功业,黄州、惠州、儋州。

大意是,我现在心志坚定、不为外物所动,身心完全自由自在,不受外界任何东西的束缚;我这一生的功业是在哪里建立的?是在黄州、惠州和儋州。从政治仕途、世俗生活来说,这是他生活过得最不幸的三个地方,生活境况一次比一次悲惨。但从个人的境界提升和文化创造来说,这是他人生当中思想最丰富、创作收获最多的三个地方,艺术成就一次比一次高。这是他对自己人生境界和文学事业的自豪总结。临终时,他因不能见到苏辙而痛苦,此外一无牵挂。他对侍立在旁的儿子们说:"我平生不作恶,死后不会坠入黑暗,你们不必哭泣,以免惊扰我。"大家问他还有什么后事未了,他不回答,随后安然长眠。他虽然感叹"人生如寄"、生命短暂,但更强调主体的能动选择;虽然感慨"人生如梦"、生命虚幻,但始终探寻生命的实在,强调过程。对生命意义的深刻理解和对终极关怀的通透领悟,使他消除了对死亡的恐惧和濒死的痛苦,没有什么后事要交代,了无遗憾,平静地离去。

苏轼的一生,历经北宋仁宗、英宗、神宗、哲宗、徽宗共五朝皇帝,这是社会危机急剧发展、内部政局反复多变、各派党争此起彼伏的时期。面对仁宗"盛世"之后的危机,他忧国忧民,一切从实际出发。先是要求变法,王安石推行"新法"时却明确反对,认为"新法"冒进、扰民;司马光尽废"新法"时又不同意,认为"新法"中的某些措施利国利民,应当保留。他终生求道,将道作为自然万物之理的总体,继承道高于现实、道高于权势的传统理念,秉持士大夫"从道不从君""从道不从势"的信念,不怕得罪上司和皇帝,宁愿人生一事无成、一无所有,也决不屈服于威权和流俗,不偏激、不冒进,实事求是,追求人格独立和思想自由。壮年任杭州通判,他写《送杭州进士诗叙》,发出坚守个人"所学"、决不"曲学阿世"的倡议,与广大士子共勉。中年贬谪黄州,他作《初秋寄子由》,诗中说"惟有宿昔心,依然守故处",和弟弟相约坚守初心、功成身退。晚年流放海南,他填词《千秋岁·次韵少游》,自述"新恩犹可觊,旧学终难改",发出不论皇帝恩威,都不会改变自己一贯主张的最强音。苏轼的一生,既有着作为官员的英勇担当,也充分体现了普通个体的坚持、抗争和自我价值的实现。

苏轼是中国读书人的精神典范,他在朝、外任、贬居,一生几起几落,历尽坎坷,但始终不改初心、超然旷达。他是有担当、有作为的官员,是爱国爱民、好学深思、坚守道义的士大夫,更是中国历史上少有的百科全书式的文化巨人,不仅在诗、词、文、书法、绘画、哲学上造诣极深,而且在医学、药学、考古、水利、采矿等诸方面均有独到见解和成功实践,还是著名的养生专家和美食家。

二

苏轼的寿命虽不算长,但创作欲望非常旺盛,一直保持着独立思考和勤奋写作的习惯。他在世时已有《东坡集》《东坡后集》《东坡词》等著作行世,生前编定《东坡六集》,南宋初有人补成《东坡七集》,后世增补、校勘者众多,历经千年淘洗,今存2 700多首诗、4 800多篇文(包括赋)、300多首词,数量之巨、质量之优、影响之大,在中国文学史上都是罕见的,代表了宋代文学的最高成就。

"诗书礼乐"是中国古代士人从小学习的基本技能,"诗"更是从儒家的一种经典《诗经》扩展为一种专门的文学体裁,并在唐代发展到顶峰。宋诗是在唐诗高峰的阴影下继续发展变化的。宋人普遍"以文为诗",最终在"唐音"之后又创"宋调",为文学创作如何处理好继承和创新的关系提供了成功的经验和失败的教训。所谓"以文为诗",主要指把散文的一些章法引入诗中,也指吸取散文无所不包的题材内容和"近于说话"的语言风格。在苏轼之前,欧阳修、梅尧臣、苏舜钦等已经初步确立了宋诗的基本风貌,苏轼沿着前辈开辟的诗歌道路大步前进,转益多师,"以故为新,以俗为雅",推陈出新,与王安石、黄庭坚一道将"宋调"发展到顶峰。苏轼与黄庭坚并称"苏黄",被视为宋诗艺术的典型代表。

苏轼扩大了诗的题材范围,一切事物、一切意思皆可入诗,并在司空见惯的生活中发现诗意和情趣。举凡社会政治、国计民生、日常生活、山水田园、风土民情、咏物记事、咏史怀古、书画题跋、抒情述怀、说理悟道乃至谈文论艺、赠答酬唱等等,内容极其广泛。譬如,《和子由苦寒见寄》《将官雷胜得过字,代作》矢志爱国奉献,歌颂杀敌卫国。《吴中田妇叹》《除夜大雪,留潍州,元日早晴,遂行,中途雪复作》《鱼蛮子》《荔支叹》等,反映民生疾苦,揭露苛政之恶,批评皇帝的骄奢淫逸和士人的争新买宠。日常生活中最普遍的吃饭、饮酒、品茶、穿戴、理发(整理头发)、沐浴、洗脚、睡眠、疾病等等都被他写入诗中,将平凡庸常的日常生活审美化、哲理化,饶有趣味,如《与毛令方尉游西菩寺二首》(其二)、《豆粥》对饮食题材作了诗意提升,《谪居三适》(其二)、《午窗坐睡》、《春日》(其二)则通过昼寝表现超越羁绊、心灵安闲的境界。《凤翔八观》《虔州八境图》是中国乃至东亚"八景"文化的先驱,《饮湖上初晴后雨二首》《题西林壁》早已成为杭州西湖和江西庐山的标志性诗歌。《於潜女》刻画了杭州於潜县衣饰朴素兼有古风的山乡村女,《四月十一日初食荔支》《食荔支》《被酒独行,遍至子云、威、徽、先觉四黎之舍,三首》描写旖旎多姿的南国风光,表现诗人与黎族人民的亲密友好,为中国诗歌增添了新人物、新景观。《石炭》写采煤炼铁,《秧马歌》写拔秧插秧农具,是难得的科技史和农具史材料。《有美堂暴雨》通过描写暴雨寄寓雄豪壮阔的人格精神,《寓居定惠院之东,杂花满山,有海棠一株,土人不知贵也》借吟咏海棠抒发幽苦孤高的情怀。说理诗充满人生智慧,如《泗州僧伽塔》辨明祷告不可信,《琴诗》探讨世上事物因缘而生。一切题材都可以写成诗,诗就是生活本身,诗无处不在,这是苏诗在内容上最明显的特点。

题材广阔的苏诗在艺术上也独具创造性。苏轼擅长联想和想象。《游金山寺》诗中,江水能成为全诗的纽带,靠的是诗人巧妙而丰富的联想。《和文与可洋川园池三十首·南园》从雨后光滑亮泽的桑叶想象蚕丝必成,联想到丝织品的精美;从随风吹来的麦穗清香想象丰收在望,联想到麦面做成饼食后的香味。比喻和拟人在苏诗中随处可见。《新城道中二首》(其一)用丝棉絮比喻晴云、铜锣比喻旭日,真切形象,新奇幽默,而且絮帽和铜锣都是农村日用琐细的事物,用作喻体,正是就地取材、以俗为雅。苏轼不仅在比喻的丰富、新鲜、贴切上引人入胜,而且在比喻的形式上多有创新,如《和子由渑池怀旧》用具象的"雪泥鸿爪"比喻抽象的人生本质,在修辞格上属于曲喻,是对传统比喻模式的突破;《百步洪二首》(其一)连续用八种事物比喻轻舟下急流的疾速,为博喻手法树立了典范,其中有三句更是一句中连用两个比喻,可谓创格。同样是《新城道中二首》(其一),将自然拟人化,在人与自然的亲密友好、万物之间的和谐互助中传达轻松愉悦的心情。此外,物象描摹生动传神,典故运用浑成切当,押韵次韵妥帖工巧,语言表达自由真切,议论生发自然精警,都是苏诗艺术上的特点。

苏轼的赋在赋史上也有着重要地位。古人往往"诗赋"并称,将二者视为基本的文学修养。赋是一种押韵的文体,介于诗和文之间,是一种散文诗,主要功能是"体物",即描绘物象,后来也兼及"写志",即在体物的基础上述怀抒情。赋在各个时代演变出不同的体式,战国时期有楚辞的骚体赋,汉代有篇幅宏大的辞赋,南北朝时期有骈赋,唐代变为律赋,宋代形成文赋。苏轼的赋兼备众体,富于情韵和弹性,创新明显。骚体赋《屈原庙赋》推崇屈原的高风亮节,文采富赡,笔力凝重,立论新颖,被宋人推为评价屈原的"定论"。辞赋《秋阳赋》假托主客问答,穷形尽相地描写淫雨之害、农民之苦,表达对下层人民的同情。骈赋《老饕赋》铺陈烹饪和饮食之道，对偶工整，用典精切，风趣幽默，一韵到底，开创了新的体式。律赋《浊醪有妙理赋》以酒为视角洞察历史和人生，在严格呆板的科举应试格套中独抒性灵，真率豪爽，充满叛逆精神。苏赋不仅改造旧体式，也开创新样式。苏轼与北宋其他作家一道，解放赋体，以文为赋，即用古文的精神和方法来写赋，多用散句，句子参差疏朗中有整饬之美，用韵不密而声韵动听，清新流畅，将中晚唐出现的文赋发展到高峰。苏轼的《赤壁赋》《后赤壁赋》和《黠鼠赋》就是宋代文赋的典范作品，在文学史上具有特别重大的文体革新意义，尤其是前后两篇"赤壁赋"，潇洒神俊，一洗万古，代表了宋代赋体的最高成就。

如果说对苏诗、苏赋的评价还存在不同意见，那么苏文的成就则历来广受赞誉，备受推崇。"文"即文章，包括散文和骈文。"散文"的概念古今有别，古代的"散文"指奇句单行，句子长短不齐，比较接近日常语言的散体文章；现代的"散文"指除小说、诗歌、戏剧等体裁之外的其他文学作品。骈文以偶句双行为主，句子两两相对展开，讲究对仗和声律，晚唐以后逐渐定型为四字和六字相互间杂成句，故又叫"四六"。骈文在六朝隋唐极其盛行，被称作"今文""时文"。中唐韩愈、柳宗元反对浮靡空洞的时文，要复兴古代的散体文章，即"古文"，发起了古文运动。古文运动在北宋取得了成功，欧阳修、苏轼等人又借鉴古文的精神和手法写作骈文，带动"宋四六"取得新的成就。

苏轼的骈文运散入骈，多用长句，对仗工稳而跌宕，用典精切而灵活，感情色彩强烈，风格趋于畅达明快。他代朝廷写作的制诰，节奏富于变化，典赡矫健，如制文《吕惠卿责授建宁军节度副使，本州安置，不得签书公事》，历数吕惠卿罪状，气势充沛，语言畅达，即刻在京城广为传诵，洛阳纸贵。他写给官员、师友的启文，句法多变，真诚得体，如《贺欧阳少师致仕启》，祝贺如师如父的座主欧阳修退休，语言明晰，气势叠加，用排偶写出无限曲折的情思。他最为人称道的骈文是贬谪时作的表启,情深意切,声泪俱下,而又蕴含自尊刚强、百折不回的气概,如《谢量移汝州表》回顾"乌台诗案"经历以及在黄州的生活,沉痛至极,打破四六对偶的常用句式,参用七字句及至九字句作对偶,多用虚字,化用前人成句、成语,曲折动人。传统四六在苏轼手上焕发出新的生机,连他的政敌也特别指出苏轼骈文的巨大影响力。

苏轼的古文,如行云流水,风格多样,文理自然而姿态横生。他的古文大致可分为三大类。一是以论、策、上书为代表的议论文,雄辩深刻,汪洋恣肆。如《留侯论》,围绕志向远大者要能够忍耐的主旨,从"忍"和"不忍"两方面交错议论,用笔反复多变,行文纵横捭阖;《策略一》反对因循守旧,要求改革振作,词锋犀利,气势撼人;著名的《上神宗皇帝书》论述"结人心,厚风俗,存纲纪"的主旨,引证繁富,用比喻作疏通,用闲笔衬正笔,避免了长篇文字的板滞粗豪。二是以记、传、书序、碑铭为代表的记叙文,超越文体界限,融合记事、写景、引证、抒情和说理,笔法变化莫测,自由奔放。如《超然台记》开头两段就大发议论,全文善用虚字,张弛有度,韵调动听;《方山子传》不对人物生平进行全面记叙,而只是选取一两个典型事例来突出人物的主要精神气质,进行人物速写;《潮州韩文公庙碑》从文、道、忠、勇四个方面全面概括韩愈道德文章的伟大力量和崇高地位,写得波澜壮阔、酣畅淋漓。三是以题跋、随笔杂记、书简尺牍为代表的小品文,篇幅短小,随物赋形,自然真率,富于情趣和哲思,体现出自然和心灵的无限丰富。如《题凤翔东院王画壁》,寥寥32字,就把表现王维画艺之高超栩栩如生的画面传达出来,读者也随之茫然入神;《记承天夜游》正文只有85字,写景新颖奇妙,揭示出"闲"和美的内在联系;《与徐得之》第七通书信,说朋友得子,送去石砚作贺礼,虽是一件小事,写出来却作了四层转折,有万水千山、峰回路转之妙。到苏轼这里,古文确实发展到了顶峰。

"词"别称长短句、乐府,是一种音乐文学,早期的题材和风格都是多样的。五代编纂的《花间集》专收男女情爱绮丽之作,流传广、影响深,人们便误以为这是词的正宗"本色",并且鄙视这种情调柔软的文体。苏轼破除了诗尊词卑的观念,以诗为词,将词完全纳入士大夫诗的传统,应用于多种场合,扩大题材和表现功能,打破体制、音律、手法的限制,革新婉约词风,开创豪放词境,放笔快意,襟怀高妙,提高了词的文化地位,拓宽了词的艺术境界,启发了词的发展路径。他大力描绘读书、饮茶、射猎、躬耕、乡村风貌,写作带情感寄托的咏物词,在吟咏明月、孤鸿、杨花、梅花时寄寓情感和身世,都是明显的突破。他将诗的表现手法移用到词中,有意识地大量运用词题,写作词序,多用、善用典故,在体制和手法上效果显著、贡献突出。苏词风格多样,境界各异。《蝶恋花》(花褪残红青杏小)伤春伤情,哀怨清婉,是传统婉约词风的继承改造;《沁园春·密州早行马上寄子由》表达政治抱负,豪迈自信,开拓了豪放的新风。同是写传统的美人题材,《洞仙歌》(冰肌玉骨)清丽俊逸,《贺新郎》(乳燕飞华屋)婉曲缠绵。同是咏物,《水龙吟·次韵章质夫杨花词》幽怨缠绵,《西江月》(玉骨那愁瘴雾)空灵蕴藉。同是"江城子"词调,"凤凰山下雨初晴"一阕清新缥缈,"十年生死两茫茫"一阕明白沉痛,"老夫聊发少年狂"一阕豪放劲健,"天涯流落思无穷"一阕哀婉深沉。同是豪放风格,又各有变化,《水调歌头》(明月几时有)兼具高洁空灵,《满江红·寄鄂州朱使君寿昌》和《念奴娇·赤壁怀古》兼具郁冈愤慨,《水调歌头·黄州快哉亭赠张偓佺》兼具坦荡旷达,《八声甘州·寄参寥子》兼具超旷高妙。苏轼强化词的文学性,弱化词的音乐性,表现出词和音乐初步分离的倾向,使词成为独立的新诗体,增强词的思想内涵,在繁盛的宋词百花园中独创"东坡范式",实现了"自是一家"的作词追求,为词的持续发展指出了"向上一路"。

苏轼《书吴道子画后》评论吴道子的画时说过:"出新意于法度之中,

寄妙理于豪放之外。"这里的"法度"指对客观规律的遵守,对艺术规律的服从;"豪放"不是指艺术风格,而是指一种放纵个性、自由创造的态度。这是一种在深刻掌握天道物理的基础上达到的创作自由,是对吴道子的高度赞美,也可以用来概括苏轼文艺创作的美学特质。终其一生,苏轼都将写作视为最快意的事情,坚持独立思考、自由表达,取得了横放杰出的文学成就。风格经历了豪健清雄、清旷简远、自然平淡的变化,而总体上呈现清新超旷的意趣,拓开文学宇宙,转移时代风气,代表了宋代文学的最高成就,为后人留下了一笔丰厚的文学遗产。

三

宋朝远去了,苏轼远去了,但苏轼的文学作品还在,它不仅是中华民族的精神财富,也是属于全世界的文化遗产。在今天,对全人类来说,苏轼的人格风骨和文艺创作仍有着重要的共同价值。阅读苏轼,首先可以获得审美享受,唤起中外年轻一代对汉语的热爱;其次可以发现和唤醒自我,促成人文启蒙;再次能传承过往时代的个人和集体记忆,共同建构文明认同。

本书选录苏轼诗40题47首,赋2篇,文18篇,词20题21首,每类文体内部按写作时间的先后顺序编排,凸显苏轼不同文体、不同时期的文学成就和特点。作品的文字以权威底本为主,同时对照其他可靠版本校勘,对异文(不同版本的不同文字)直接斟酌选定,重要的异文才加以说明。注释不作烦琐考证,力求简明扼要,主要包括背景介绍、难字注音、词语解释和文意疏通,并结合作品讲解相关的声韵、格律和文史知识,帮助读者扫除文字障碍和文化隔阂,对有争议的重大问题也作简要辨析,提出最具可能性的新解释。作品评析不面面俱到,他人已有讲解的不再详细展开，而是抓住重点和要点，攻克疑点和难点，对作品的构思、立意、结构、修辞、技巧等进行鉴赏、分析和评价，阐释苏轼在思想和艺术两方面的创造。注释和评析都注意与前人作品作比较，和苏轼自身的相关作品相联通，提供一些新材料、新诠释。本书在全面了解古今中外苏轼研究成果的基础上，采用通俗易懂的白话文，把苏轼作品中具有艺术成就、当代价值和世界意义的精髓提炼、展示，力求传承和弘扬中华优秀传统文化。

  本书在撰写过程中参考借鉴的论著主要有：张志烈、马德富、周裕锴主编《苏轼全集校注》，王水照撰《苏轼选集》《苏轼研究》，王水照、朱刚撰《苏轼诗词文选评》，周裕锴、李熙、李栋辉选注《苏轼诗词选》，孔凡礼《苏轼年谱》和朱刚《苏轼十讲》等。谨此列出，并致谢忱。对前人的疏漏错误，本书径直改正，不一一指明，以免啰唆。硕士生孙宏苑、朱茜、张果负责用电脑录入苏轼作品并作初步校勘，四川大学周裕锴教授、复旦大学朱刚教授、侯体健教授时时拨冗赐教。请他们接受我言浅意深的感谢！

诗

白　帝　庙①

朔风催入峡②，惨惨去何之③？共指苍山路④，来朝白帝祠。荒城秋草满，古树野藤垂。浩荡荆江远⑤，凄凉蜀客⑥悲。迟回⑦问风俗，涕泗悯兴衰⑧。故国依然在，遗民岂复知。⑨一方称警跸⑩，万乘拥旌旗⑪。远略初吞汉，雄心岂在夔⑫。崎岖来野庙，闵默愧当时⑬。破甑蒸山麦⑭，长歌唱竹枝⑮。荆邯真壮士，吴柱本经师⑯。失计虽无及，图王固已奇⑰。犹余帝王号，皎皎在门楣⑱。

注释

① 白帝庙：在白帝城山上。白帝城在今重庆奉节县城东，瞿塘峡西口，长江北岸。西汉末年，天下大乱，公孙述据守成都，割据巴蜀，建立大成（另有记载说国号为"成家"）政权，自称白帝，将鱼复县（今属奉节）改名白帝城。公元36年，大成政权被刘秀所灭，公孙述战死。后来，白帝城民众在当地建祠庙祭祀公孙述，称作"白帝庙"。到明代，由于三国时刘备在白帝城"托孤"的故事广为流传，白帝庙被改为祭祀刘备、诸葛亮、关羽、张飞等蜀国君臣的地点。

② 朔风：北风，寒风。点明时节在冬天。峡：这里指瞿塘峡。长江自西向东主要有三个峡谷地段：瞿塘峡、巫峡和西陵峡，总称三峡，其中瞿塘峡为三峡之首、川东门户，又称夔门、夔峡，西起白帝城，东至巫山大溪镇，以雄奇险峻著称。

③ 惨惨：昏暗的样子，这里形容黄昏时分。去：离开。之：往，到某处去。

④ 共指：同行之人一齐指。苍山：青山。

⑤ 荆江：指长江。《尚书·禹贡》里记载奉节属于荆州，所以流经荆州的长江河道叫"荆江"，与今天的荆江所指范围不同，今天的荆江是指长江干流从湖北宜都市枝城镇到湖南洞庭湖口城陵矶一段。

⑥ 蜀客：苏轼是蜀地四川人，出门在外，故自称蜀客。

⑦ 迟回：徘徊。

⑧ 涕泗：眼泪。这里用作动词，指哭泣、流泪，与"迟回"相对仗。悯：忧伤。兴衰：兴盛和衰败。

⑨ 故国：已经灭亡的国家或前代的城邑，这里指白帝城。遗民：后裔，后代，这里指当地的人民。岂：表示疑问，相当于难道。复：再次。这两句接续前面"问风俗""悯兴衰"而来，意思是：白帝古城的山水依旧存在，但本地的人民已经不知道历史上的这些事情。

⑩ 一方：一带地方，指巴蜀之地。警跸(bì)：古代帝王出入时，由专人在所经之处侍卫警戒，清理道路，禁止无关人员通行，叫作"警跸"。这句说，公孙述割据一方，在巴蜀称帝。

⑪ 万乘(shèng)：万辆兵车，指天子。旌旗：各种旗帜的总称。

⑫ 远略：深远的谋略。吞汉：吞并汉朝。公元25年，刘秀称帝，仍然使用"汉"的国号。夔(kuí)：指白帝城所在的奉节，周朝时属于夔子国，后世习惯称作夔州、夔府。这两句说，公孙述从开始就有宏图远略，他的雄心是打败刘秀、夺取天下，哪里只是为了夔州这个地方。

⑬ 闵默：忧伤而沉默。这句说，公孙述当年不用荆邯的计策，导致失败，真为他感愧。

⑭ 甑(zèng)：古代用来蒸食的炊器。山麦：山地所产的小麦。

⑮ 长歌：放声高歌。竹枝：即竹枝词，巴渝(今重庆及四川东部)一带的民歌。

⑯ 荆邯、吴柱：都是西汉末年人。据《后汉书·公孙述传》，骑都尉荆邯曾建

议公孙述先发制人，派兵东出江陵、北出汉中，利用有利形势，与刘秀争夺天下。博士吴柱认为不可急躁冒进，应该像周武王伐纣那样，待八百诸侯齐来协助，等待天命，才能出兵。经师：讲授儒家经典的人。这两句赞扬荆邯是真正的壮士，批评吴柱只是食古不化的迂腐经师。

⑰ 失计：计划错误。无及：没有成功。图王：图谋帝王大业。固：本来。西汉末年，王莽篡位，群雄四起，刘秀在中原称帝时，卢芳在北方九原、公孙述在巴蜀也分别称帝，同时隗嚣割据秦陇，窦融控制甘肃北部地区，都有一统天下之势，其中巴蜀号称最为地广兵强。公孙述赞成荆邯的策略，却又犹豫不决，转而听信弟弟和本地官员的意见，错失良机，最终兵败身亡。这两句说，虽然公孙述由于谋划错误而没有成功，但他有称王于天下的志向，已经很了不起了。

⑱ 皎皎：明亮清晰。门楣：门框上端的横木，这里指白帝庙门上的题额。

评析

宋仁宗嘉祐二年（1057）春天，苏轼、苏辙兄弟同科考中进士。四月，母亲程氏去世，兄弟二人与父亲苏洵匆忙回四川奔丧。嘉祐四年（1059），丁忧（守丧）期满，三苏父子从水路出川，再次前往首都东京（今河南开封）。他们顺流而下，路上经过嘉、泸、渝、涪、忠、夔等州，沿途饱览名山大川，了解风土人情，参观名胜古迹，创作纪行诗文。三人把这些诗文编成《南行前集》，里面所收录的苏轼诗歌常被看作他生平创作的起点，具有特别的意义。这首五言排律《白帝庙》就是其中的作品。

排律之作，首重章法结构。此诗共十三韵、二十六句，分为四层。从起句到"遗民"这十二句为第一层，总写冬日黄昏时分寻访名人古迹、感慨历史兴衰，营造出昏暗悲凉的氛围。其中"蜀客悲"突出抒情主体，领起下文；

"迟回"到"遗民"四句是全篇结构的关键之处,承上启下。从"一方"到"雄心"四句为第二层,由现实追溯历史,回顾公孙述当年的雄心和壮举。从"崎岖"到"长歌"四句为第三层,由历史返回现实,以凭吊者的行动和感慨表现英雄人物的历史影响力。最后六句为第四层,每一联都在转动:从现实再次回溯历史,赞赏荆邯的谋略和公孙述的抱负,最终又回到现实,将目光定格在清晰的白帝庙题额上,画面变得明亮,历史人物的得失也随之明确。诗中的现实和历史反复穿插、对照,同一个时段内又有多重对比:遗民的不知历史和游客的感怀兴亡,荆邯的远略和吴柱的迂腐,公孙述的雄心和部属的短视,以及开头的"惨惨"荒寒和结尾的"皎皎"明晰。全诗结构整严有序又纵横开阖,变化错综,忽远忽近,时虚时实,在反复对比中形成多角度、多层次的转换跌宕,推动词句安排,与景物和情感的变化相互配合,相得益彰。

全诗的对仗也很讲究。律诗基本的对仗类型都在诗中出现,"荒城"联构成正对,"荆邯"联构成反对,"共指""失计"二联都是流水对(又叫串对),"浩荡"对"凄凉"是联绵词对,"一方"对"万乘"是数字对。还有一些特别的对仗方式:一是借对,即"白帝"对"苍山","白"借为"白色"的"白",与"苍"构成颜色对。二是双声叠韵对,"崎岖"对"闵默"属于双声对,"迟回"("迟"是脂韵,"回"是灰韵,中古诗韵里屡见通押)对"涕泗"属于叠韵对。三是虚词对,如"依然"对"岂复","虽无"对"固已"。四是句中自对,"风俗""兴衰""警跸""旌旗"四个词语本身都是由两个对偶的单字组成,从而在两句相对时又句中自对。此外,首联和尾联虽然都不要求对仗,但开头的"惨惨"和结尾的"皎皎"构成远距离的叠字对照,词性相同而明暗相反,构成一种前后呼应的关系。整首排律对仗工稳精巧又独具匠心,诗歌意脉流转自如,语言艺术的成就很高。

这首诗在结构和对仗上能看出受到杜甫晚年在夔州荆湘时期写作的五

排的影响。苏轼这时24岁,风华正茂,诗的风格却是通篇老健。从杜甫晚年诗悟入、风格老健,正是宋诗繁盛阶段的两大特点,这在苏轼的创作起点上已经显露。

辛丑十一月十九日,既与子由别于郑州西门之外,马上赋诗一篇寄之①

不饮胡为醉兀兀②,此心已逐归鞍③发。
归人犹自念庭闱④,今我何以⑤慰寂寞。
登高回首坡垅⑥隔,惟见乌帽出复没⑦。
苦寒念尔衣裘薄⑧,独骑瘦马踏残月。
路人行歌居人乐⑨,童仆怪我苦凄恻⑩。
亦知人生要有别⑪,但恐岁月去飘忽⑫。
寒灯相对记畴昔,夜雨何时听萧瑟⑬。
君知此意不可忘,慎勿苦爱高官职⑭。

注释

① 辛丑:宋仁宗嘉祐六年(1061)。子由:苏辙的字。既:已经,表示某个动作发生不久之后。这年苏轼被任命为凤翔府(今陕西宝鸡市凤翔区)签判,从河南开封西去赴任,苏辙送他到开封西面的郑州,在西门外分别。苏轼另有《九月二十日微雪,怀子由弟二首》诗,说"郑西分马涕垂膺",也是指这次郑州西门之别。

② 胡为：为什么。兀(wù)兀：昏昏沉沉。
③ 归鞍：回家所骑的马，指苏辙。下句的"归人"也指苏辙。
④ 庭闱(wéi)：父母居住的地方，指苏洵。苏洵当时奉命在京城编修礼书。
⑤ 何以：用什么，怎样。
⑥ 坡垅(lǒng)：山坡和丘陵。
⑦ 惟见：有的版本作"但见"，但下文又有"但恐"，故选用"惟"。乌帽：黑帽，即乌纱帽，最早为地位尊贵者所戴，后来闲居之人、平民也可以戴。出复没：时而出现，时而隐没。
⑧ 苦寒：严寒。尔：你。衣裘：泛指衣服。
⑨ 行歌：边行走边唱歌，形容很快乐。居人：居家的人。
⑩ 童仆：家童和仆人，泛指仆人。怪：感到奇怪。凄恻：哀伤悲痛。
⑪ 要有别：总会有别离。
⑫ 去飘忽：消逝得太快。
⑬ 畴(chóu)昔：从前。萧瑟：形容风雨吹打树木的声音。苏轼自注："尝有夜雨对床之言，故云尔。"据苏辙《逍遥堂会宿》的引言，他自小跟从苏轼读书，未曾一日离别，二人考中进士后，将要宦游四方，读到唐代韦应物的诗句"宁知风雨夜，复此对床眠"，大为感慨，相约要早日归隐，享受闲居之乐，因此苏轼在郑州与之分别时有"夜雨何时听萧瑟"之句。据此，诗的后四句都是在强调从前的约定，提醒彼此不要贪恋高官厚禄，早日归隐团聚。
⑭ 慎勿：千万不要。苦：极其，表示程度很深。

> 评析

嘉祐六年(1061)，苏轼兄弟参加了制科考试。这是一种非常规的高级考试,为选拔非常之才而举行。结果苏轼考入第三等,取得破天荒的成绩。苏辙也被取入第四等。随后,苏轼被授予签书凤翔府判官,苏辙被委任商州(今陕西商洛市商州区)军事推官。按照宋朝规定,官员的任命除了皇帝、宰相拟定,还要由皇帝的秘书撰写一篇正式的"制"(任命状)才能生效。如果写制的人不同意该命令,可以拒绝撰写,则任命无效。当时负责起草任命状的人是知制诰王安石,他认为对苏辙的任命不合适,拒绝起草,任命就此被长期搁置。苏辙在制科策论中本已言论激烈,此时更有骨气,干脆以苏洵年迈、需要照顾为由,奏请居家侍奉父亲,拒绝了朝廷的任命。一方面,这体现出宋朝制度设计中权力分割、制衡的优点;另一方面,这可能也是苏、王两家交恶的开始。因此,当苏轼前往凤翔走马上任时,他的心情不是轻松愉快的,而是沉重愤懑的,既为遭受打击的弟弟,也为变幻莫测的官场斗争。他既惦念父亲,又担心弟弟,难怪他初入仕途,便已向往着归隐之乐。

兄弟情深,诗中随处可见苏轼对弟弟的关心入微。唯其如此,作者对事物的观察才细致入微,白描真切而生动。如"登高回首坡垄隔,惟见乌帽出复没",摹写分别后远望苏辙,由于山坡遮挡了视线,对方在马上颠簸行走的情状只能靠乌帽的上下晃动显示,这个细节抓住了独特的现实场景,又呼应开头"此心已逐归鞍发",充分表现出依依不舍、关心惦念的深情。同是描写别后回望所见,唐代王维《观别者》写"车徒望不见,时见起行尘",欧阳詹《初发太原途中寄太原所思》写"高城已不见,况复城中人",相比之下,王、欧的诗句显得浮泛笼统,不如苏诗这样工细传神,从而也就不如苏诗情意深长、余味不尽。宋诗追求"写物之功",强调对事物形神的准确刻画,苏轼这首早期七古已在语言表达方面体现出深厚的功力。

和子由渑池怀旧①

人生到处知何似？应似飞鸿踏雪泥。
泥上偶然留指爪，鸿飞那复计东西。②
老僧已死成新塔③，坏壁无由见旧题④。
往日崎岖还记否，路长人困蹇驴嘶⑤。

注释

① 和：对别人作的诗词进行唱和。宋代的和诗一般要依次使用原诗的押韵字，叫"次韵"或"步韵"。渑（miǎn）池：县名，今属河南省。嘉祐元年（1056），三苏从四川往京师，曾路过渑池，在当地寺庙借宿，并在壁上题诗。嘉祐六年（1061），苏轼赴凤翔上任，再次路过渑池。苏辙先有诗《怀渑池寄子瞻兄》，苏轼作此诗以唱和。

② 飞鸿：飞行的鸿雁。雪泥：雪地。那（nǎ）：怎么，现在写作"哪"。这四句说，人生就像雪泥鸿爪：鸿雁偶然在雪地上留下指爪痕迹，又马上飞走，不知去向，而留在雪地上的痕迹也很快消失了，真是又偶然又短暂。

③ 老僧：指当年留宿三苏的老和尚奉闲。成新塔：僧人去世后火化，骨灰安置在新建的塔内。

④ 无由：无从，没有办法。旧题：往日的题诗，指嘉祐元年题写在壁上的诗句。

⑤ 蹇（jiǎn）驴：瘸腿的驴，这里指驴行动艰难缓慢。嘶：叫。苏轼自注：往年骑马走到渑池西边时马死了，改为骑驴到达渑池。

评析

这首七律是苏轼的名篇，历来有三个要点吸引着读者。

一是"单行入律"的句式。律诗要求每两行句子并驾齐驱、两两相对，特别是中间两联，要对仗工整。但此诗开头四句，诗意承上直说下去，上下一气贯通，前后逻辑严密，不可颠倒，而且三、四句不对仗。在苏轼的时代，近体律诗的平仄格律早已定型甚至僵硬呆滞，他这是有意识地运用单行入律的句式纠正律诗的圆熟软媚。不仅如此，整首诗都注重诗歌句式的逻辑关系和意脉语序的日常化，开头四句和结尾两句都是自问自答的句式，诗中多次使用"偶然""那复""无由"这类表示语义关系的虚词，尤其"人""似""飞""鸿""泥"等字各出现两次，不符合律诗避免重字的要求。这是以日常散漫语言代替唐诗工稳精致语言，使节奏流动明快，诗意细密深刻，矫正了晚唐五代"虽工而格卑"的诗风。

二是关于人生本质的比喻。"雪泥鸿爪"的人生比喻与佛教禅宗的观念很接近。在佛经中，"空中鸟迹"是一个常见意象，比喻空无虚幻或缥缈短暂，尤其是禅宗典籍《五灯会元》所载北宋禅师德山慧远的颂："雪霁长空，迥野飞鸿。段云片片，向西向东。"苏轼的构思和用词与此暗合。另外，苏轼用具象的雪泥鸿爪来比喻抽象的人生本质，在修辞格上属于曲喻，这种修辞手法与禅宗公案的问答形式也相类似。苏轼的诗歌与佛教禅宗的关系非常密切，了解相关的知识有助于理解和评价苏轼的创作。

三是人类记忆的思考。年仅 26 岁的苏轼对人生虽看得透彻，但并不消沉。结尾两句，他提醒弟弟，你还记得咱们当日一起进京赶考的崎岖历程吗？道路漫长，人困驴瘸，驴在嘶叫。往事如烟，人间真情永在。尽管人生偶然、短暂、虚幻，但只要记忆还在，只要保存记忆的人还在，人生就有意义，就值得好好珍惜，坚定乐观地活下去。由此看来，人何以为人？是记忆。记忆界定了人性，建构起我们是谁。

尊重诗法又不拘泥传统，让诗法为情思服务，创造新颖、贴切、生动的比喻，寄寓深刻的理趣哲思，是这首诗的特点，也是苏轼诗风的基本特点。

太白山下早行,至横渠镇,书崇寿院壁①

马上续残梦②,不知朝日升。

乱山横翠幛③,落月澹④孤灯。

奔走烦邮吏,安闲愧老僧。⑤

再游应眷眷,聊亦记吾曾。⑥

注释

① 太白山:在陕西眉县、太白、周至三县之间,是秦岭山脉的最高峰,因冬夏山顶常积雪,望去一片雪白,故名太白山。横渠镇:在眉县东部,南依秦岭,北临渭河。崇寿院:寺院名,在横渠镇。嘉祐七年(1062),苏轼在凤翔签判任上,春天大旱,前往属县郿县(现改名"眉县")的太白山祈祷求雨,途中在横渠镇崇寿院墙壁上题写此诗。

② 这句出自唐代刘驾的《早行》诗。骑在马上继续做残余的梦,指睡意未消就骑马上路,形容早行之辛苦。

③ 幛(zhàng):绸布。

④ 澹(dàn):微弱不亮,此意亦作"淡"。

⑤ 邮吏:邮递驿站的小官。这两句说,自己像邮吏那样繁忙奔走,深感厌烦,相比老僧的安闲,自愧不如。

⑥ 应:是。眷眷:依恋不舍。聊:暂且。吾曾:我曾经来过。嘉祐元年(1056),苏轼从成都进京赶考,曾经过这里。这两句说,故地重游,起了眷恋之情,因此,我在壁上题写此诗,姑且记录我曾经到过这里。

评析

　　清代有批评家认为苏轼长于七言诗,短于五言诗,实际上苏轼众体兼备。前面的五言排律《白帝庙》固已通篇老健,这首五律也耐人寻味。首句借用唐诗现成的句子,次句接以"不知朝日升",补足残梦的沉酣,把早行之"早"写得透彻明白。按律诗的标准,首联的声调应该是"仄仄平平仄,平平仄仄平",这两句却是"仄仄仄平仄,仄平平仄平",这在声律上叫作"拗救",音节拗折劲峭,有助于表现骑马早行的辛苦和山的高低不平。可见苏轼虽借用前人成句,但有自己的改造。颔联从首句"残梦"二字生出,写睡眼惺忪之中看见的山势和月光。诗人被朝日的光线照醒,抬眼望去,看不清晰,只见高山杂乱,好像横挂着的翠绿幛幔,落月淡白,宛如一盏微明的孤灯。这两句描摹事物细微,比喻生动,加上"翠"表征春天,"孤"再点早行,"横""澹"表现心理感受,贴切自然,别出新意。颈联从公务行旅生发议论和感慨,由写景转入抒情,出句以邮吏作正面类比,对句以老僧作反面对照,抒发厌烦奔走而向往安闲的情感,诗意跌宕而有余味。苏轼后来在《龟山》诗里说:"身行万里半天下,僧卧一庵初白头。"上句指自己奔走四方,下句指僧人安卧一处,与此构思相同。尾联结到"再游",表明作诗题壁的本意——记录人生踪迹,留作他日追念之线索。全诗写早行途中的所见所感,没有雄奇的景色、强烈的情感和高妙的议论,只有在凡庸的日常生活中捕捉的瞬间的美感。用新颖的比喻让熟悉的事物变得陌生,用身边的事物对比反思日常生活,重新唤醒我们对世界的认识、对人生的感受。

　　诗的结尾让我们想起前面《和子由渑池怀旧》的结尾:"往日崎岖还记否,路长人困蹇驴嘶。"二者都在强调人的记忆。时光飞逝,生命短暂,能留住生命痕迹的,唯有记忆。这首诗更特别:苏轼之前来过此地,这次专门再来,又郑重题壁记录行旅。这是有意营造了一种情景和氛围,故地重游以使昔日重现。时间不再是线性飞箭,只能往前,不能回头,而是一个圆,能够回环往复,周而复始,过去未曾远去,书写留住当下,旧题唤醒记忆,未来叠映过去和现在,短暂虚幻的人生因此增加了几分充实和温馨。在以后的日子里,苏轼经常这样"制造重游觅旧题"。

王维吴道子画①

何处访吴画?普门与开元②。
开元有东塔,摩诘留手痕。③
吾观画品中,莫如二子尊。④
道子实雄放,浩如海波翻。⑤
当其下手风雨快,笔所未到气已吞。⑥
亭亭双林间,彩晕扶桑暾。⑦
中有至人谈寂灭⑧,悟者悲涕迷者手自扪⑨。
蛮君鬼伯千万万,相排竞进头如鼋。⑩
摩诘本诗老,佩芷袭芳荪。⑪
今观此壁画,亦若其诗清且敦⑫。
祇园弟子尽鹤骨⑬,心如死灰⑭不复温。
门前两丛竹,雪节贯霜根⑮。
交柯乱叶动无数,一一皆可寻其源。⑯
吴生虽妙绝,犹以画工论。⑰
摩诘得之于象外,有如仙翮谢笼樊。⑱
吾观二子皆神俊,又于维也敛衽无间言。⑲

注释

① 王维：字摩诘，盛唐著名诗人、画家。吴道子：吴道玄，字道子，盛唐著名画家，被尊为"画圣"，也称"吴生"。嘉祐六年（1061）冬，苏轼到达凤翔，在此担任签判三年多，其间寻访名胜古迹，对秦刻"石鼓"、秦碑"诅楚文"、王维吴道子画、与吴道子同时的雕塑家杨惠之雕刻的维摩像、东湖、真兴寺阁、李氏园和秦穆公墓等八大景观一一加以吟咏，于嘉祐八年（1063）合编为《凤翔八观》，并加上序言。这是其中第三首。

② 普门、开元：凤翔的两座寺院。

③ 手痕：手迹。这两句说，开元寺东塔上有王维的亲笔画作。

④ 画品：画的品位格调。莫如：没有谁比得上。二子：两位先生，指王维和吴道子。尊：尊贵崇高。

⑤ 雄放：雄壮奔放。浩：浩荡高远。

⑥ 吞：涵括容纳。这两句形容吴道子绘画时下笔迅捷，如同风雨之快速，气势酣畅，笔未到而气势已先布满画幅。

⑦ 亭亭：高耸的样子。双林：两棵娑罗树。彩晕：彩色的云气。扶桑：神话中的树名，传说是东方日出的地方。暾（tūn）：初升的太阳。

⑧ 至人：超凡脱俗、境界高超的人。寂灭：佛教语，即"涅槃"，指超脱生死的境界。

⑨ 悟者：听懂佛法、觉醒了悟的人。悲涕：悲喜交加而流泪。迷者：沉迷未悟的人。扪：按住。

⑩ 君：君长。伯：头领。相排竞进：相互推挤，争着上前。鼋（yuán）：大鳖，爬行动物，头部小而易伸缩。这两句写画上听法者众多，各色人、鬼都有，杂多拥挤，像鼋一样伸头倾听。

⑪ 诗老：老于诗者，作诗老手。佩、袭：都指佩带。芷、芳荪：都是香草名。这两句形容王维的气质和诗风高洁清幽。

⑫ 敦：敦厚朴实。

⑬ 祇(qí)园："祇树给孤独园"的简称，后用为佛寺的代称。鹤骨：比喻画中人物形象清瘦。

⑭ 心如死灰：心志坚定、不为外物所动，与今天用来形容灰心、失意不同。

⑮ 雪节：竹节处有白色粉末，故称"雪节"。霜根：白色的竹根。

⑯ 交柯：交错的竹枝。动：变化。这两句说，画上的枝叶虽然繁多杂乱，但由叶片到细枝、粗干，每枝每叶的源头脉络都很清楚，画面看似混乱实则有序，形散而神不散。

⑰ 妙绝：精妙绝伦。画工：从事绘画的工匠。论(lún)：伦，类。这两句说，吴道子虽然技法妙绝，但还属于画工一类，只见技法不见精神。

⑱ 象外：物象之外。翮(hé)：鸟羽的茎，代指鸟。谢：离开。樊：篱笆。这两句说，王维的画突破了形似的局限，具有象外之境，好比仙鸟冲破了樊笼的限制。

⑲ 神俊：神气飞扬，才智超群。敛(liǎn)衽(rèn)：整理衣襟，表示尊敬。间(jiàn)言：异议。这两句说，王维吴道子的画都成就非凡，但对王维尤为推崇。

|评析|

这首七古题画诗引发了中国艺术观念的一场革命。

王维诗画兼擅，但从唐代到宋初，他在画坛的地位并不太高，吴道子才是长期备受推崇的绘画圣手。与二人同时的杜甫，在《冬日洛城北谒玄元皇帝庙》中赞扬吴道子艺术妙绝，远胜他人："画手看前辈，吴生远擅场。森罗移地轴，妙绝动宫墙。"中唐朱景玄《唐朝名画录》将吴道子画置于最高品"神品"上，王维画则只在"妙品",品第远低于吴道子。晚唐张彦远《历代名画记》尊奉吴道子为"画圣",称他"古今独步",空前绝后,批评王维过于朴拙,细巧失真。就连苏轼的父亲苏洵《吴道子画五星赞》也说吴道子超迈前人,"独称一时"。苏轼却在诗里一下子推倒了300多年来的历史定论,特别针对杜甫的评价,指出吴道子虽然技法妙绝,但只是画工一类;王维则是个士大夫,其人品格高洁、诗画兼擅,其画兼融诗意、神飞象外,突破形似局限,表现气韵精神。前者是职业画工,后者是文人画家,代表两种不同的艺术范式,而以后者为高,表明了扬王抑吴的态度。苏轼敏锐地发现了王维在画史上的转折意义,言论石破天惊,连一向认同兄长的苏辙在和诗里都不同意,坚持认为二子"各自胜绝无彼此"。但由于苏轼本人在诗画理论、创作各方面均成就杰出,又有崇高的文化地位,他在诗中和其他地方借推尊王维而提出的文人画(又称"士人画")理论逐渐被广泛接受,影响中国艺术上千年,最终成为中国绘画史的基本观念,文人画也成为中国画的一大流派。苏轼是文人画理论的奠基者,也是宋代文人画的代表画家,王维则由于苏轼这首诗的推尊而被追认为文人画的鼻祖。

为了让这个革命性的观点显得公允稳重,苏轼在诗的结构上安排得很平稳。先用六句总论二子,接着各以十句分别评述、赞美二子的画作,最后又以六句总评二子,最终裁定高下,章法不偏不倚,描摹不遗余力。这是以司马迁《史记》合传论赞的体式作诗,大概苏轼自己也明确地意识到他正在撰写全新的诗歌体的绘画史。

出颍口初见淮山,是日至寿州①

我行日夜向江海,枫叶芦花秋兴长②。
长淮忽迷天远近,青山久与船低昂。③

寿州已见白石塔,短棹未转黄茅冈。④

波平风软望不到⑤,故人久立烟苍茫⑥。

注释

① 颍口:颍水流入淮河的地方,在寿州(今安徽寿县)西部正阳关。淮山:淮河两岸的山。熙宁四年(1071)七月,苏轼赴杭州通判任,十月初,出颍口,作此诗。

② 秋兴:秋天里的情感和意兴。这句的意象组合近似白居易《琵琶行》"枫叶荻花秋瑟瑟",但把"秋瑟瑟"改为"秋兴长",就把白诗萧索寒凉的氛围变成了悠长深沉的感慨。

③ 昂:高。这两句说,从支流颍水进入淮河,视野忽然开阔,只见水天相接,不知自己离天空是远是近;水波起伏,人在颠簸的船中,看到两岸的青山也忽高忽低。

④ 白石塔:北宋时,寿州寿春县有崇教禅院,寺内有舍利砖塔,塔高九级,远远即可望见。寺院今名报恩寺,塔已不存。棹(zhào):船桨。黄茅冈:这里不是地名,而是指长满黄茅的山冈。这两句说寿州的白塔已经在望,但要到达那里,还要等船绕过前面那一带黄茅冈。

⑤ 风软:风小无力。望:视野,目力所及。"望不到"指望得到目的地,船却久久未能到达。水面平静说明水流缓慢,再加上风力微弱,因此船行得不快。

⑥ 故人:老朋友,指在寿州任职的李定。苏轼抵达寿州时,李定出城东为他饯行。烟苍茫:云烟水汽广阔无边。据苏轼晚年亲笔书写此诗的题记,到寿州当日有"烟雨"。

评析

英宗治平三年（1066），苏洵去世，苏轼兄弟自京师扶灵柩返家乡安葬，并居家丁忧（守丧）。在这期间，朝政发生重大变化。在位仅四年的英宗英年早逝，神宗继位，改元熙宁，熙宁二年（1069）二月，任用王安石为参知政事（副宰相），开始推行"新法"，史称王安石变法。与此同时，二苏丁忧期满，重返朝廷，分别发表了反对"新法"的意见。王安石的姻亲谢景温借故弹劾苏轼，指控他走私货物及滥用权力。结果虽然查无实据，但苏轼已深感来自皇帝和政敌的恶意，只好请求外任，躲避风头。熙宁四年（1071）六月，他被任命为杭州通判（相当于副知州，并有监督知州之权责），于七月乘船离开危机四伏的国都，前往江海相接之地——杭州，故此诗开头即言"向江海"。苏轼在给堂兄的信里说，朝廷害怕他不奉行"新法"，故不许他任知州，但杭州"风物之美冠天下"，也算得一个好去处。首联写赴任途中的复杂感慨，有被迫远离庙堂、辗转江湖的沉痛之感。但颔联并不具体交代有哪些感慨，而是从人事转向风物，描写天、水、山、船之间的动态关系，在空阔流动的景致中表现出长淮行舟的野兴逸趣。颈联信笔直书，用地名书写行程，写得一气流转，避免了堆砌地名的弊病。尾联从风物转回人事，并且转换视角，设想故人在苍茫烟雨中久立等待自己，传达出一种难以名状的怅惘之情，如烟如幻，挥之不去。

全诗抒发迢迢去国的复杂矛盾之情，声调格律也与之相应。中间两联对仗工整，但自然流走，让人感觉不到是对仗。平仄方面，"长淮"接"枫叶"失黏，"青山"与"长淮"、"波平风软"与"故人久立"均失对，"船低昂""黄茅冈""烟苍茫"皆为"三平调"（三平尾），这是拗体七律的作法。这样就构成一种独特的音乐美，在流动拗折的声调中表现出郁勃不平之气。

龟　山①

我生飘荡去何求②,再过龟山岁五周③。
身行万里半天下,僧卧一庵初白头④。
地隔中原劳北望,潮连沧海欲东游。⑤
元嘉旧事无人记,故垒摧颓今在不。⑥

注释

① 龟山:泗州盱眙(xū yí)县(今属江苏)东北有龟山,下有龟山镇,临近淮河,是水运枢纽。熙宁四年(1071)十月初,苏轼途经这里,作此诗。

② 飘荡:漂泊不定。

③ 岁五周:五周年。治平三年(1066)十月,苏轼扶苏洵灵柩回四川,曾路过龟山,距离此时正好五周年。

④ 庵:寺院。初白头:僧人没有头发,这里指鬓角开始变白。

⑤ 劳:辛苦。北宋行舟路线,从开封走汴河,东至盱眙入淮河,然后从龟山通过江淮运河到长江北岸的扬州,过江是镇江,再沿江南运河到达杭州。这两句借龟山的交通枢纽地位生发,意谓这里已望不见地处中原的首都东京,即将前往江海相接的杭州任职。前面《出颍口初见淮山,是日至寿州》说"我行日夜向江海",后面《游金山寺》说"宦游直送江入海",都是"潮连沧海欲东游"的意思。龟山的西北方向是开封,东南方向是杭州,故称"北望""东游"。

⑥ 苏轼自注:"宋文帝遣将拒魏太武,筑城此山。"元嘉:南朝宋文帝年号(424—453)。元嘉二十七年(450),北魏太武帝率领大军数十万南侵,攻打盱眙,宋文帝派遣臧质率军一万前往营救,在龟山一带筑城迎敌,最

终大败北魏军队，取得了盱眙保卫战的胜利，南北方从此形成对立局面，臧质受到宋文帝嘉奖提拔。故垒：以前的堡垒，这里指臧质当年所筑的城堡。摧颓：倒塌毁坏。不：通"否"，表示疑问，在诗韵里读作平声。

评析

宋代文化是内省型的，苏轼尤其爱反思。在这首诗里，他劈头就问自己到处奔走究竟在追求什么，一下子把读者带入"一生何求"的终极关怀中，奠定了全诗反思的基调。按照逻辑，应该是"再过龟山岁五周"的事实激发了"我生飘荡去何求"的疑问，而且"我生"句与下句"身行万里半天下"平仄黏连，符合七律的惯常格律。苏轼偏要把首联倒装，将"我生"一句置于开头，宁可采用七律变格"折腰体"的体式（"身行"句接"再过"句平仄失黏），也要凸显人生思考，让人人必须面对的"大哉问"扑面而来，包围读者全身。

同样不让正统格律束缚情思表达的还有对仗。据说精于声律的大诗人黄庭坚读到颔联，认为"白"不能对"天"，应该改为"日头"才能与"天下"相对仗。张耒把他的意见转告苏轼，苏轼说："如果黄庭坚非要改作'日头'，我也奈何他不得。"诚然，从对仗的角度看，"日"比"白"要工稳。但从诗意的角度看，"日头"只是陈述了僧人在庙里晒太阳的事实，"白头"则暗示了时间的流逝。在红尘中万里奔波的人日夜多事，但一事无成，白白耗费了光阴；在红尘外的人本无一事，安卧修行。二者最终都白了鬓发、老了身体，没有谁敌得过时间的流逝。两句意脉流动，语境距离遥远，上句写自己，下句写僧人，上句动，下句静，上句境界阔大辽远，下句境界幽静安闲，用不工整的对仗化顺稳为奇特，造成一种强大的张力。

颔联用僧人映衬诗人,尾联用历史的兴亡映衬诗人的沉浮。数百年前的辉煌功业已无人记得,连可供凭吊的古迹亦不复存在,那么我之奔波和僧之安卧到头来更不可能留下任何痕迹。当下的感慨至此增加了苍凉的历史感,地理、历史和个人的结合使诗中的情感变得厚重起来,悲壮意味陡生。个体反思的意义扩大了,泛化成群体的普遍之思。苏轼明知故垒不存,却故意设问,在形式上呼应开头,再次把读者带回那终极之问:一生何求?

无所谓最终结局。古人抗击敌军,贡献何等巨大;苏轼身行万里,境界何等辽阔;僧人静守一庵,修持何等坚韧。每一种真诚以对的人生都极其不易,也极其充实,人们各自在人生道路上完成自我的坚守。

过程就是结局。坚持就是意义。

游金山寺①

我家江水初发源,宦游直送江入海。②
闻道潮头一丈高③,天寒尚有沙痕在④。
中泠南畔石盘陀⑤,古来出没随涛波。
试登绝顶望乡国,江南江北青山多。⑥
羁愁畏晚寻归楫⑦,山僧⑧苦留看落日。
微风万顷靴文⑨细,断霞半空鱼尾赤⑩。
是时江月初生魄⑪,二更月落天深黑。
江心似有炬火明,飞焰照山栖乌惊。
怅然归卧心莫识,非鬼非人竟何物。⑫
江山如此不归山,江神见怪警我顽。⑬

我谢江神岂得已,有田不归如江水。⑭

注释

① 金山寺:初名泽心寺,唐代叫金山寺,宋真宗曾在梦中游览此寺,故改名龙游寺,在江苏镇江市西北金山上,金山原处于长江之中,到清朝末年才与长江南岸的陆地相连。熙宁四年(1071),苏轼往杭州赴任,十一月初三途经镇江,作此诗。

② 这两句说,自己的经历和长江很相似:长江发源于我的家乡,流经镇江,再往前就入海了;我因为做官而远离家乡,现在也路过镇江,也要前往海边的杭州。宦游:外出做官。苏轼的家乡有岷江流过,至宜宾汇入长江,岷江源出四川岷山,而古人认为长江也发源于岷山,故有首句。镇江古称"海门",长江自此东流入海,江面广阔,故有次句。

③ 闻道:听说。唐代中期以前,长江入海口在镇江、扬州(旧称广陵)河段,海潮上溯到扬州附近,形成汹涌澎湃的"广陵潮"。

④ 这句说,冬天水退时,沙岸上还有涨潮的痕迹。

⑤ 中泠(líng):长江在金山一带曲折转流,分为南、北、中三泠,中间一泠有泉,故名中泠泉,被称为"天下第一泉",在金山寺旁边。南畔(pàn):南边。盘陀:形容石头堆积不平。

⑥ 绝顶:山的最高峰。乡国:家乡。这两句说,想登高远望家乡,但视线被重叠的青山遮住。

⑦ 羁(jī)愁:旅行漂泊的愁思。归楫(jí):返回镇江的船。因为金山在长江中间。

⑧ 山僧:金山寺里的僧人,可能指释宝觉、释圆通。

⑨ 靴文:靴皮的皱纹,比喻微风吹起的一道道细微江波。

⑩ 断霞:片段的晚霞。鱼尾赤:用红色的鱼尾比喻红色的鱼鳞状的晚霞。
⑪ 是时:这个时候。月初生魄:月亮初出时的微光。当时是十一月初三。
⑫ 这四句苏轼自注:"是夜所见如此。"炬火明:像点燃的火把一样明亮。乌:有的版本作"鸟"。怅然:失意不乐的样子。苏轼所见应当是江中的磷火,古人缺乏科学认识,因此深感惊异,以为是"阴火""鬼火"。
⑬ 归山:辞官归隐山林。见:通"现"。警:告诫,警醒。顽:愚钝顽固。这两句说,江山如此美丽,我却不辞官归隐山水,也许江神就因此呈现江心火明的怪异现象来警醒我。
⑭ 谢:道歉,认错。岂得已:不得已。如江水:古人常指着水发誓,说"有如此水"之类。这两句说,我向江神致歉,表达决心:宦游是迫不得已,只要有一点田地,能够养家糊口,就一定立即辞官归隐。

评析

这首诗游览的是金山寺,抒发的却是思归情,包含羁旅行役的乡愁、宦海沉浮的抑郁、出仕归隐的矛盾和退隐山林的愿望。情感如此丰富复杂,长篇七古的体裁正好与之相应。

七古的结构讲究开阖变化,也需要线索贯串。全诗二十二句,分为三个层次。前八句为第一层,写金山寺所处环境的山水形胜,从江水落笔,点明思乡的题意,其中"望乡国"一句虚写一笔,将视线和情思引向故乡,照应首句,又逗引诗的末句"有田不归",是一篇之枢纽。中间十句为第二层,写登高远眺所见,按时间顺序,描画落日晚霞、初月天黑、江心火明的景物变化,由江水仰望天空,由月落回到江水,仍不离羁愁。末尾四句指着江水发誓,表达归隐决心。可见思归是全篇的主旨,江水是贯串始终的纽带。

江水能成为全诗的纽带,靠的是诗人巧妙而丰富的联想。开头两句写长江西来、东流入海,切合金山寺的位置,是四川人苏轼游金山寺的发端,既将苏轼身行万里、浮沉半生的经历一笔道尽,言简意赅,又点出思乡情意,高屋建瓴,自然高妙。望见沙痕而想到潮涌金山的壮观景象,望见大石而想到古来随波涛出没的浮沉情状,虚实相生,时空交错,动静结合,营造出波澜壮阔的气势。"靴文细""鱼尾赤"两个比喻,色彩绚丽而境界壮美,来自新颖贴切的设想。见到江心炬火,又联想到江神警示,有声有色,想落天外。联想如此丰富,但都紧扣江水和思归生发,故全诗波澜阔大而结构谨严,想象奇特而巧妙自然,极具奇趣远韵。

六月二十七日望湖楼醉书①

黑云翻墨②未遮山,白雨跳珠乱入船③。
卷地风来忽吹散,望湖楼下水如天④。

注释

① 熙宁五年(1072)六月作于杭州通判任上。原为五首绝句,这是第一首。望湖楼:在杭州西湖边,吴越王钱弘俶(chù)所建,原名看经楼,入宋后改称望湖楼,是观赏湖景的好地方。

② 黑云翻墨:乌云翻滚,好像墨块在翻动。古代的墨块分"松烟墨"和"油烟墨"两种,颜色皆乌黑。

③ 白雨:暴雨的雨点很大,看上去像是白色。跳珠:溅起来的雨点,像跳跃的珠子,形容雨又大又急。"跳"在诗韵里有平声、去声两个声调,表示"跳跃"的意思时读平声。按照近体诗的平仄要求,这个句型中"跳珠"二字的

位置都要用平声,否则犯"孤平"(除了韵脚外只有一个平声字)。
④ 水如天:形容湖水与天空一样开阔、澄澈、平静。

> 评析

人人都经历过夏日的暴风雨,却无法留下持久的印象,也难以具体描述,因为它来得快,去得也快。有时我们仿佛有点感觉,却又不知如何表达,正如北宋唐庚《春日郊外》诗所说:"疑此江头有佳句,为君寻取却茫茫。"风雨来去匆匆,诗思也转瞬即逝,稍作沉吟就不见了缪斯女神,就像南北宋之交陈与义《春日》所叹:"忽有好诗生眼底,安排句法已难寻。"苏轼却没有这样的苦恼,用寥寥二十八个字,写出夏日一场大雨变化的全过程,看似信手拈来、明白如话,却准确生动、俊快传神。全诗只有四句,先后写了云、雨、风、水四个意象,动态变幻:先是黑云翻滚、继而大雨骤降、忽然风吹云散、转眼水天一色。虚词"未""乱""忽""如"的渐次使用充分表现出夏日风雨的急剧变化,前两句的混乱、喧闹反衬出末尾的和谐、宁静。暴雨虽狂,但很快过去,雨过天晴之后,天更蓝,水更清,人的心情也格外清爽。这也可以看作人生经历风雨的一个写照。简单的语言和情景背后蕴含着深刻的哲理和韵味,这是苏轼诗词的一大特点。

光阴似箭,美好的事物总是匆匆而逝、一去不返,苏轼相信写诗作文能够让瞬间变成永恒,他在《腊日游孤山访惠勤惠思二僧》里就说:"作诗火急追亡逋,清景一失后难摹。"快捷挥洒的诗思笔法能捕捉住转瞬即逝的情景,让逝去的事物永存。英国诗人雪莱《为诗辩护》里也说:"诗可以使世间最善最美的一切永垂不朽;它捉住了那些飘入人生阴影中一瞬即逝的幻象,用文字或者用形相把它们装饰起来,然后送它们到人间去。"因了苏轼这首诗,虽然熙宁五年六月二十七日早已过去,苏轼也早已不在,但那天西湖上空那场暴雨的瞬息变化过程还在，那一刻的情景和心绪也代代相传。

赠孙莘老①

嗟予与子久离群②，耳冷心灰百不闻③。
若对青山谈世事，当须举白便浮君④。

注释

① 孙莘(shēn)老：孙觉，字莘老，与王安石、苏轼都是好朋友，还是黄庭坚的岳父、秦观的老师，因反对王安石"新法"而离开朝廷，出任地方官，熙宁四年(1071)到湖州(今属浙江)任知州。次年(1072)十二月，苏轼到湖州与孙觉会面，写了七首绝句赠给他，这里选第一首。
② 嗟：叹息。子：您。离群：离开众人。这句说，大家都追随王安石去搞"新法"了，我和您都因为反对"新法"而离开了朝廷，离开了一起在朝做官的同僚。
③ 耳冷：听觉不灵敏，这里指对世事不感兴趣，不愿听到。心灰：心如死灰，灰心丧气。百不闻：不想听到任何世事。
④ 白：指酒杯。浮：罚酒。

评析

王安石变法，在短时间内全面推行各项措施，导致反对者众，包括他的许多故交、门生都通过实例指出用人不当、青苗法扰民等等问题。但在神宗的坚定支持下，王安石及其亲信将反对者或罢免，或外放，或贬逐，暂时平息了反对风潮。其中，孙觉被降低职位，先于熙宁三年（1070）出任广德军（今安徽广德）知军，翌年六月，苏轼被外放为杭州通判，十一月底到任，孙觉也在同一月改任湖州知州。又过一年，苏轼被派往湖州，与孙觉商讨修筑堤坝之事。昔日的在朝好友异地重逢，免不了诗酒唱和，于是就有了这首赠诗。

赞扬"新法"者都高升了，二人因反对"新法"而"离群"，嗟叹之中见落寞，但何尝不是对趋炎附势的鄙视、对独立不阿的自我肯定。据史料记载，当时曾巩在越州（今浙江绍兴）革除免役法的弊端，苏轼在杭州、孙觉在湖州拒绝执行新盐法，因此，苏轼所谓心灰意冷、不听时事，并非万事不关心，而是拒绝听从他不认同的命令。最后两句，约定不谈世事，否则就要罚酒，也不是真的不谈，而是不满世事、不屑于谈世事：在如此美好的青山面前，世事不值一提。在牢骚愤激之中蕴含兀傲不屈的精神，也隐含对"新法"的讥讽：在上位者声称"新法"可带来太平盛世，却导致大家不敢谈论世事。

北宋前期，君臣之间、朝野上下的谈话和议论大胆自由。真宗鼓励"异论相搅"，让官员自由发表意见，彼此互相牵制；仁宗朝更是异论蜂起，士人对皇帝、高官和时事的指责都非常激烈。王安石变法后，主张不应再允许"人人异论相搅"，否则"新法"不能成功，神宗采纳推行，北宋的政治风气由此大变。孙觉和苏轼都是在仁宗朝成长起来的士大夫，一直在公开"谈世事"、发"异论"，如今却遇到了不准谈的规矩，犯规便受处罚。这是权力对言论的打压。苏轼的朋友梁师孟曾在杭州劝诫他谨慎说话，但习惯了独立思考、自由表达的他对此无法接受，于是就有了这首表现反抗情绪的短诗，在中国思想史上有着特别的意义。

法惠寺横翠阁①

朝见吴山横,暮见吴山纵。②

吴山故多态,转侧为君容。③

幽人起朱阁,空洞更无物。

惟有千步冈,东西作帘额。④

春来故国归无期,人言秋悲春更悲。⑤

已泛平湖思濯锦,更看横翠忆峨眉。⑥

雕栏能得几时好,不独凭栏人易老。⑦

百年兴废更堪哀,悬知草莽化池台⑧。

游人寻我旧游处,但觅吴山横处来。⑨

注释

① 熙宁六年(1073)春作于杭州。法惠寺:五代吴越国王钱氏所建,原名兴庆寺,北宋时改名法惠寺。

② 吴山:在杭州西湖东南,又名胥山,俗称城隍山。纵:直,这里读平声。这两句说:白天看,吴山横列在前,是长长的一道"横翠";晚上看不完整,只见吴山高高耸立。

③ 故:本来。转侧:转换方向位置。有的版本作"转折"。为君容:为你打扮。这两句说,吴山本就有多种美态,不停变换角度向人展示她的美丽。

④ 幽人:幽居不出之人,这里指僧人。起:建造。朱阁:红色的楼阁,指横翠阁。千步冈:指吴山。帘额:门窗上挂的帘子。这四句说,僧人建造了横翠阁,阁里没什么陈设,只有窗外横着一座吴山,从东到西,仿佛是遮窗的帘子。

⑤ 故国：故乡。这两句说，大家都说秋天令人悲伤，现在又是一年春来到，我却不知何时能返回故乡，心情比秋天还要悲伤。
⑥ 泛：乘船。平湖：西湖。濯（zhuó）锦：濯锦江，即锦江。这两句说，游览了杭州的西湖和吴山，就想起故乡四川的锦江和峨眉山。
⑦ 雕栏：雕饰华美的栏杆。南唐后主李煜《虞美人》："雕栏玉砌应犹在，只是朱颜改。"《浪淘沙令》："独自莫凭栏，无限关山，别时容易见时难。"这两句暗用李后主的语句而反用他的意思，指出不仅是"凭栏人易老"，即使雕栏、楼阁本身也会很快腐朽倒塌。
⑧ 悬知：预先知道。草莽化池台：即"池台化草莽"，池台楼阁化为草丛。
⑨ 这两句说，许多年以后，我和横翠阁都已不在，后人来寻找我和我游览过的地方，只能找到横亘的吴山。

评析

这首诗意蕴深厚，在山水的美好、思乡的伤悲、兴废的苍凉之上，叠加从未来反观现在的超旷，情感开阖变化，波澜起伏。春到杭州，吴山多态，本该心旷神怡，却猛然想到返乡无期，不禁悲从中来。故意说春比秋悲，推翻传统定见，翻过一层说悲。从西湖联想到成都的锦江，从吴山联想到故乡眉山附近的峨眉山，空间平行挪移，既写出对杭州的喜爱，也抒发对故乡的深情，补足思乡之悲。从思乡进一步想到世事无常、人事代谢。化用李后主的词语句意又翻过一层，感慨人易老、阁易朽，百年之后，这里的楼阁亭台将化为废墟草莽，自己也早已归于尘土，思之令人怆然，情感至此达到高潮。末尾两句又转一层，设想未来，自己和横翠阁都不复存在后，依然会有人来这里观赏翠绿的吴山，首尾呼应，从现在飞向未来，从未来穿越回现在，在巨大的时间穿梭中拓开万古心胸，真是奇气横溢。从狭窄的一时一地看，个体和个体的功业都是转瞬即逝的；但从更广远的时空看，自然是永恒的，作为整体的人类是无穷的，永远都会有人在这里欣赏美好的山水，因此不必过于伤感。《赤壁赋》里的哲思，已在这里露出端倪。

诗的形式与内容配合得当。全诗共十八句，前八句为五字句，描写景物，后十句为七字句，抒发情感。诗是七古，"已泛"二句却专门使用律句，平仄谐和，对仗工整，两地风景互相映衬，平行之中有递进，语气圆转，完成了从杭州到故乡的转换，衔接自然。押韵则平仄韵交错，前面十二句都是四句一转韵，到"雕栏"二句独押上声"皓"韵，隔开诗意，从前面思乡之悲转向后面兴废之叹，上声属于升调，在平上去入四声中声调最高，"好""老"二字读起来就仿佛两声长叹，格外突出，更容易引起怆然之感。最后又是四句一转韵，而且以平声韵收结，声音平稳悠长，诗情延绵不尽。这样处理，就使得诗歌的结构布局在整齐中有变化，既曲折多变，又脉络分明，取得了声情相应而摇曳的艺术效果。

饮湖上初晴后雨二首①

其　一

朝曦迎客艳重冈②，晚雨留人入醉乡③。
此意自佳君不会④，一杯当属水仙王⑤。

注释

① 熙宁六年(1073)正月作于杭州。湖：西湖。

② 朝曦：早晨的阳光。艳：照耀。重冈：重叠的山冈。
③ 醉乡：醉中的境界。
④ 会：懂，理解。
⑤ 属(zhǔ)：劝人喝酒。水仙王：苏轼自注："湖上有水仙王庙。""水仙"指水中的神仙，江苏、浙江、福建、广东、台湾等地民众信仰水神，建水仙王庙祭拜，又称水仙庙，以祈求庇佑。西湖水仙庙祭祀的是钱塘江的龙君。

其 二

水光潋滟晴方好①，山色空蒙②雨亦奇。
欲把西湖比西子，淡妆浓抹总相宜。③

注释

① 潋滟(liàn yàn)：形容水波荡漾闪光。方好：正显得很美。
② 空蒙：模糊不清、若有若无。
③ 欲：想要。欲把，有的版本作"若把"。西子：西施，春秋时越国的美女。杭州在古代曾属于越国。相宜：合适。这两句说，西湖就像美女西施一样，西施不管是淡妆还是浓妆都很漂亮，西湖无论是晴天还是雨天都很美丽。

评析

这两首七绝，第二首千古传诵，第一首则知者寥寥。其实它们是组诗，一气呵成，前后贯通，需要连起来一起读才能更完整地理解第二首。

西湖上空的天气变化不定，前面《六月二十七日望湖楼醉书》写的是初雨后晴，这两首写的是"初晴后雨"。同一个地点，同是天气的晴雨变化，苏轼的感受和思考却不一样。在西湖边或者泛舟湖上饮酒赏景，朝阳仿佛通人性，照射万丈光芒来迎接游客，白天晴空万里、波光粼粼，此即"朝曦迎客艳重冈""水光潋滟晴方好"。游客自然心旷神怡、兴致勃勃。不料忽然下起雨来，大家都深感扫兴、不快，苏轼却说这是老天爷热情好客，用下雨的方式来挽留游客，"此意自佳君不会"，觉得雨天的西湖也自有一种美态，"山色空蒙雨亦奇"，烟雨迷蒙，别具奇趣，令人陶醉其中。但能欣赏这种趣味的人毕竟是少数，大多数人游湖遇到下雨都会惊慌失措，所以苏轼感叹"此意自佳君不会"，只好举起酒杯去敬水仙王，后者是西湖的水神，定能与苏轼悠然心会，领略雨中湖光山色的美好。这一场人神交流对饮，充满巧思谐趣。

苏轼在组诗里继续发挥善用拟人手法的长处。"朝曦迎客""晚雨留人"，朝阳和晚雨都化身热情好客的主人，自然界成为人类的好朋友。还有"西湖比西子"，把西湖拟作古代著名的美女西施。称"西子"而不称"西施"，是因为这个位置要用仄声字，而且"子"是对人的尊称。此处拟人的构思十分巧妙：西湖和西施的第一个字都是"西"，称呼起来浑然天成；西施的故乡浙江诸暨离杭州不远，两地同属古越国。这样拟人既巧妙自然，又准确新颖，把西湖晴雨变化各具美态的特征表现得异常具体、生动，让人印象深刻。苏轼的描写从此成为西湖的定评，西湖也由此多了一个别名——西子湖。

苏轼从西湖的晴雨两景中体会到的"意"，恐怕不只是天气的变化。对自然的变化不必惊慌失措、扫兴悲观，对社会的变化、人生遭遇的变化又何尝不是如此呢？

新城道中①

东风知我欲山行②,吹断檐间积雨声③。

岭上晴云披絮帽④,树头初日挂铜钲⑤。

野桃含笑竹篱⑥短,溪柳自摇沙水清⑦。

西崦⑧人家应最乐,煮芹烧笋饷春耕⑨。

注释

① 新城:杭州的属县,在今浙江省杭州市富阳区新登镇。熙宁六年(1073)二月,苏轼巡视属县,写诗描述新城路上看到的情景,共两首,这里选第一首。

② 山行:在山中行走。

③ 檐:屋檐。积雨:持久的雨。

④ 晴云:晴空飘浮的白云。披:覆盖。絮帽:白棉絮做成的帽子。山岭上浮着的晴云好像披着絮帽,比喻晴云又白又轻软。

⑤ 树头:树干的上部,树梢。初日:刚升起的太阳。铜钲(zhēng):这里指铜锣,用"钲"而不用"锣"是出于押韵的需要。从树头看过去,初日像挂着的铜锣,比喻朝阳圆而发红。

⑥ 竹篱:用竹子编成的篱笆。

⑦ 沙水:沙滩上的水。这句在格律上属于"拗救"类型,"自"字的位置本应是平声却用了仄声,这是"拗","沙"字的位置本应是仄声而改用平声,这是"救",否则就犯"孤平"。

⑧ 西崦(yān):西山。"崦"的意思是山,在诗韵里有平、上两个声调,根据平仄要求,这里读上声。不说"西山"而说"西崦",也是平仄的需要。

⑨ 芹：有的版本作"葵"。饷(xiǎng)：把食物送给别人吃。春耕、秋收等农忙时节，为了抓紧时间，家里人会把做好的饭菜送到田间地头，农民吃饱后继续干活。

【评析】

这首诗的拟人手法历来深受推崇，比喻的喻体则存在争议。

苏轼常将自然人格化。诗的开头写东风专门为他吹散了乌云、吹停了久雨，帮助他出门山行，堪称诗人的知心好友。这样的拟人手法创造了一个对人充满善意的自然界，人和自然是亲密友好的关系，彼此互相交流。五、六句描写江南山乡春天的秀丽风光，也给山水草木赋予人格特征和人性情感。野外的桃花在阳光照耀下含笑绽放，溪边的柳条在春风吹拂中自由摇舞，自然万物都充满勃勃生机，快活自在。"自摇"二字活画出柳树以清水作镜子、对镜摆动腰肢自我欣赏的陶醉神态。竹篱短显得野桃高，沙水清衬托溪柳柔，彼此相亲相爱，一片和美。全诗就在人与自然的亲密友好、万物之间的和谐互助中传达出轻松愉悦的心情，情景相生。

三、四句的比喻手法需要辨析。用白棉絮比喻晴云并非苏轼首创，中唐韩愈《晚寄张十八助教、周郎博士》就说"晴云如擘絮"，晚唐杜牧《长安杂题长句》也说"晴云似絮惹低空"，苏轼进一步具体化，以故为新，比喻为"披絮帽"，描绘雨过天晴的春日，岭头浮云缭绕，又白又轻又软，似乎山岭戴上了一顶白色絮帽，不仅真切形象，而且新奇幽默。用铜锣比喻旭日，也新颖有趣。古代许多评论家固守典雅的原则，批评这两个比喻拙劣、粗俗。其实，他们不懂得雅和俗的辩证关系。苏轼这首诗是写乡间山行，受山中的美景和农家的快乐所感染，遣词造句也注意贴近现场，絮帽和铜锣都是农村日用琐细之事物，用来比喻乡间所见的"岭上晴云""树头初日"，正是就地取材、以俗为雅，给平凡的日常生活添上了奇趣和谐趣。特别是"挂"字,照应开头的"山行",从树林间看上去,初升的太阳圆乎乎、金灿灿,像铜锣一样挂在树梢。这样不仅准确生动地描画出山间所见朝阳的形状和颜色,而且让人联想到铜锣被挂起来敲打的响声,从而营造了从视觉转到听觉的通感,引出下文活泼热闹的情景。以故为新、以俗为雅,正是以苏轼、黄庭坚为代表的宋代诗人的艺术追求。

山村五绝①

其 一

竹篱茅屋趁溪②斜,春入山村处处花。
无象太平还有象③,孤烟④起处是人家。

> 注释

① 熙宁六年(1073)春天作于杭州,当时苏轼任杭州通判,巡视属县,有感而发。五绝:这里指五首绝句,具体是五首七言绝句。
② 趁溪:临溪,靠着溪边。
③ 无象太平:《旧唐书·牛僧孺传》记载,唐文宗曾问宰相牛僧孺:"天下如何才能达到太平?你们有意去努力实现吗?"牛僧孺上奏说:"太平亦无象。我们努力多年,现在的情形虽然尚未到达完美状态,但也称得上小康。陛下若要另外寻求太平,那不是我们所能做到的。"意思是"太平"并没有特别的迹象来表现。这句说,现在的太平还有专门的迹象,因此不是真正的太平。
④ 孤烟:单独飘起的炊烟。

其 二

烟雨蒙蒙鸡犬声,有生何处不安生①。
但令黄犊无人佩,布谷何劳也劝耕。②

> 注释

① 有生:有生命者,指人。这句说,哪里的人不想生活安定呢?
② 但令:只要让。"令"字在诗韵里有平、仄两个声调,这里读平声。黄犊:小牛,借指刀剑。西汉时,龚遂任渤海太守,当地人喜欢佩带刀剑,龚遂让他们卖掉刀剑而买牛犊,他们问:"为什么要带牛佩犊呢?"布谷:布谷鸟,比喻负责督促农业生产的劝农使。当时朝廷派官员到各地督导"新法"施行,包括农田水利赋役等。何劳:不必劳烦,用不着。劝:劝导催促。这两句说,如果放宽盐禁,人民生活好些,不再佩带刀剑去贩卖私盐,自然就会勤劳耕作,用不着官员像布谷鸟那样去催耕。北宋实行官盐制度,由官府完全控制食盐的收购、运输、分配、定价和销售,严禁民间私自贩运,以获取巨额的专卖利益。违犯者予以严厉处罚,轻则坐牢,重则处死。民间的偷贩者就佩带刀剑,以防止官兵拦截。据《宋史》记载,王安石变法期间,卢秉代理提点两浙刑狱,专门督察新盐法的施行,到处缉捕私盐贩子,严苛论罪,大搞株连,一年里就有成千上万的人及其家庭被波及。

其 三

老翁七十自腰镰,惭愧春山笋蕨甜。①
岂是闻韶解忘味,迩来三月食无盐。②

> 注释

① 腰镰：腰间佩带镰刀。惭愧：难得，侥幸。笋蕨(jué)：竹笋和蕨菜。蕨是一种多年生草本植物，长在山野，嫩叶可以吃，俗称蕨菜。这两句说，山里的人贫困饥饿，没有食物，好在山上还有竹笋和蕨菜，连老人都要亲自到山上采集来充饥。
② 岂：难道。解：能够。闻韶、忘味：《论语·述而》记载，孔子听了美妙的《韶》乐后，沉浸在对音乐的体味中，三个月都不知肉味。迩(ěr)来：近来。这两句说，虽然有甜嫩的竹笋和蕨菜，也食而无味，并不是由于听到《韶》乐而忘记了滋味，而是近三个月都吃不上盐了。

其　四

杖藜裹饭去匆匆①，过眼青钱转手空②。
赢得儿童语音好，一年强半在城中。③

> 注释

① 杖藜(lí)：拄着手杖。藜是一种野生植物，茎坚韧，可作手杖。裹饭：携带饭菜干粮。去：到城里去。
② 青钱：铜钱，这里指青苗钱。熙宁新法中有青苗法，规定每年在青黄不接的正月、二月和五月、六月，由政府贷钱给农民，农民得以筹措生产，收获后归还，加收两分利息。转手空：马上就没有了。这里指农民到了城里，见到丰富的商品，经不住诱惑，很快就把贷来的钱花光了。

③ 赢得：落得，剩得。语音好：学会了城里人的口音。强半：大半。这两句说，农民本来一年就要缴税两次，施行青苗法后，每年要办理两次贷款、两次缴纳利息和归还本金，再加上缴纳免疫法的免役钱，老老少少一年里有大半的时间要往城里跑，导致农业生产荒废，只落得小孩子学会了城里人口音的结果。

其　五

窃禄忘归我自羞①，丰年底事汝忧愁②。

不须更待飞鸢堕，方念平生马少游。③

注释

① 窃禄：做官受禄，这是谦虚的说法。忘归：忘记归隐，指仍然在做官。

② 丰年：丰收的年份。底事：什么事。汝：你，指苏辙。苏辙有《次韵子瞻山村五绝》，是对苏轼这组诗的唱和，据此，苏轼应该是先写了诗寄给苏辙看，那么这里的"汝"就指苏辙。

③ 待：等到。鸢（yuān）：老鹰。堕：掉落。方：才。马少游：马援的堂弟，这里指弟弟苏辙。马援是西汉末年人，志向远大，堂弟马少游却对他说，人生在世，只要衣食丰足、亲人团聚、受到乡里人敬重，就可以了；追求多余的东西，只会苦了自己。后来马援在外带兵打仗，经过毒气熏蒸的地区，看到高飞的老鹰也被熏得掉落水中，就回想起堂弟的话。这两句说，"新法"害民，我不愿意执行，现在就想辞官归隐，不用等到将来才想起你我当初的约定。

评析

　　王安石变法的利弊功过,难以简单说清。朝廷在短时间内急剧推行多种"新法",增加了政府收入,增强了国防力量,但由于施行过程中运作不良和部分举措不切实际,也在不同程度上损害了百姓的利益。苏轼身为地方官,耳闻目睹民间疾苦,从同情百姓、希望朝廷改正的善心出发,用笔将见闻和感受记录下来,就有了这组七绝。

　　第一首是组诗的总纲领,从政治理论上否定"新法"。真正的太平是没有明显迹象的,现在却要设计许多"新法"来制造"太平"迹象,说明还没有太平,设计再多也徒劳无功。如果措施造成了扰民,那就是失败的。第二首批评盐法过于严苛峻急,导致百姓被迫走私、影响农业生产。第三首讽刺"新法"致使农民生活困难,连盐都吃不上。第四首揭露青苗法、免役法等导致农民荒废了生产。第五首表达提前归隐的愿望,表明自己不愿意执行"新法"的不合作态度。古人曾用一位敲击土地的快乐老人的事例表明,最好的政治就是让人感觉不到政治的存在,"帝力于我何有哉"!《论语·泰伯》也记载,孔子赞叹尧帝的统治任运自然,让人民感到舒心,却讲不出好处在哪儿,这就是最大的好处。苏轼的想法与此类似,自有它深刻的地方。

　　苏轼后来身陷"乌台诗案",这组诗和《吴中田妇叹》都成为他的罪证。御史们指控他在诗里讥讽"新法"、诽谤皇帝,但没说他造谣。可见为"新法"辩护的人也无法否认苏轼写的是事实。苏轼在《上文侍中论榷盐书》《乞不给散青苗钱斛状》等公务文书中也陈述了类似的现象。其实,苏轼的诗歌只是继承了中国文学悠久的"讽谏"传统:揭露社会黑暗、反映民生疾苦、沟通朝野上下,也发扬了宋仁宗朝文学针砭时弊、干预现实的精神,主持"新法"的王安石本人也写过同类诗歌。然而到了神宗朝,朝廷不再允许针对"新法"进行讽谏,苏轼也因为诗歌而获罪。这组诗是时代的记录,也是诗人良知的体现。如果连人的良知都要打击,其影响将是灾难性的。

有美堂暴雨①

游人脚底一声雷②,满座顽云③拨不开。
天外黑风吹海立,浙东飞雨过江来。④
十分潋滟金樽凸⑤,千杖敲铿羯鼓催⑥。
唤起谪仙泉洒面,倒倾鲛室泻琼瑰。⑦

注释

① 熙宁六年(1073)七月作于杭州。有美堂:在杭州吴山的最高处,嘉祐二年(1057),梅挚出任杭州知州,宋仁宗作《赐梅挚知杭州》送行,开头写道:"地有湖山美,东南第一州。"梅挚到任后,在吴山上修建有美堂,左侧是钱塘江,右侧是西湖,远远对着海门(今浙江椒江),成为登高览胜的好去处。欧阳修写了《有美堂记》。

② 这句极力形容山高雷低。宋朝有俗语说"高雷无雨",因此,雷从山上游人的脚底下震响,预示会有暴雨。

③ 顽云:这是拟人法,指密布不散的黑云,形容云层浓厚低垂。

④ 黑风:狂暴的风。浙东:杭州在浙江(钱塘江)西边,所以说雨从东边来。这两句说,天边的海水被狂风卷起,仿佛直立;暴雨横斜,从钱塘江东面飞过江来。上句化用杜甫《朝献太清宫赋》的句子"九天之云下垂,四海之水皆立",下句借用唐代殷尧藩《喜雨》诗中的成句。

⑤ 十分:斟酒斟到全满。潋滟(liàn yàn):形容水满。金樽凸(tū):华美酒杯中的酒满得溢出来。杜牧《羊栏浦夜陪宴会》:"酒凸觥心泛滟光。"描写杯中酒满。苏轼化用来比喻水势。这句说,从有美堂往山下看,西湖因为突降暴雨而水势急涨,湖水也快要溢出堤坝了。

⑥ 杖:棍棒,这里指鼓槌。敲铿(kēng):指击鼓声。羯(jié)鼓:古代西域羯族的一种打击乐器,形状像漆桶,用两根鼓槌敲击,又名"两杖鼓",盛行于唐代开元、天宝年间,唐玄宗本人也很擅长。苏轼借用典故,用千杖急促击打的羯鼓声比喻骤急的暴雨声。

⑦ 谪(zhé)仙:李白被称为谪仙人,常常与同伴在酒馆里醉酒不醒。一天,唐玄宗派人召李白写乐府歌词,发现他醉倒在酒肆,便带入宫中,用水洒在他脸上,帮助他醒酒。李白在半醉半醒之中挥笔疾书,顷刻间写成十多首诗。这里苏轼自比为李白。鲛(jiāo)室:鲛人的居室,这里指大海。神话传说中,南海中有一种人鱼,叫"鲛人",其泪珠能化作珍珠。泻:倾泻。琼瑰:珍珠美玉,代指双关杰出的诗篇。这两句说,暴雨洒落,是为了唤醒诗仙作诗,急剧的雨点,以及诗人的作品,都如同大海翻转而倾泻的珍珠那样精美。

> 评析

苏轼在《评诗人写物》中认为:"诗人有写物之功。"强调用语言准确生动地表现客观事物。这首诗通篇都在摹写滨海之地的暴雨,突出一个"暴"字,调动夸张、比喻、对仗、用典、拟人、照应等多种艺术手段渲染,想象奇特,气势豪壮。作者始终抓住此时此地的特点,刻画出独特的"这一个"。首先,这是近海的江上、湖上的雨,江水、湖水、暴雨混而为一,以湖水汹涌烘托雨势浩大。其次,这是从山上所见的雨,从头到尾都呈现俯视的特征。中间两联的对仗十分工稳。第三句化用杜甫文句,第四句使用殷尧藩成句,信手拈来,却与眼前情景浑然一体,而且以唐对唐,看上去自然天成、妙手偶得,其实蕴含着锤炼之功。颈联的语言艺术最为惊人。"潋滟"是叠韵词,"敲铿"是双声词(当时的声母都是"溪"母),构成工整的联绵词对。上句化用杜牧诗句,下句借用唐代典故,仍然是以唐对唐。下句的用典技巧尤其高超,南卓《羯鼓录》写道,唐人敲打羯鼓,讲究手势像暴雨雨点那样碎而急;又载玄宗鼓奏《春光好》一曲,催发了内庭的花柳;王谠《唐语林》记载,唐人从打坏多少鼓杖来判断所下的功夫,李龟年说自己打坏了"五千杖":七个字兼用三个典故,如盐溶于水,溶化无痕。同时,"催"字引出尾联,李白被水浇醒而作诗的典故又与玄宗交集,与上联在时代和内容上绾合无间。

大自然在这里成了催生艺术品的灵感女神。杜甫可能是把雨想象成催诗者的第一人,他写道:"片云头上黑,应是雨催诗。"苏轼继承了这种构思,在诗中多次提及雨能催诗,如《游张山人园》:"纤纤入麦黄花乱,飒飒催诗白雨来。"《道者院池上作》:"归途更萧瑟,真个解催诗。"《行琼儋间,肩舆坐睡,梦中得句云:"千山动鳞甲,万谷酣笙钟。"觉而遇清风急雨,戏作此数句》:"急雨岂无意,催诗走群龙。"这首诗也将暴雨视为诗的催生者,苏轼眼中俯视万物,笔端驱使万象,读者的视境随之阔开,具有傲视一切的胸襟和气魄。因此,雄豪壮阔既是暴雨的特征,也是苏轼人格精神的写照。

雪后书北台壁二首①

其　一

黄昏犹作雨纤纤②,夜静无风势转严③。

但觉衾裯如泼水④,不知庭院已堆盐⑤。
五更晓色来书幌,半夜寒声落画檐。⑥
试扫北台看马耳,未随埋没有双尖。⑦

注释

① 熙宁七年(1074)十二月,苏轼抵达密州(今山东诸城),担任知州,第二年正月,天气由雨转雪,由雪转晴,苏轼在北台的墙壁上写下这两首诗。北台:在密州城的北城上。

② 纤纤:形容雨下得很细微。

③ 势:天气情况。严:寒气凛冽。

④ 衾裯(qīn chóu):被褥床单等卧具。如泼水:形容衾裯寒冷得像被泼了水。

⑤ 堆盐:指地上积雪很厚。《世说新语》记载,东晋宰相谢安曾问家里人,白雪纷纷,好似什么？侄子谢朗说大略可以比成"撒盐空中",侄女谢道韫(yùn)则说不如比成"柳絮因风起"。

⑥ 五更:古人将从黄昏到天亮的一整夜,分为甲、乙、丙、丁、戊共五个时段,称作"五更"。晓色:天亮时的天色。书幌(huǎng):遮挡书橱的帷幕。寒声:寒冷的声音,如风声、雨声、雪声等。画檐:涂画装饰过的屋檐。这两句说,夜里已有晓色照亮书房,半夜听到有东西落在屋檐上,后来才明白其实是夜里下起大雪,地上堆积的白雪反光,照在书橱的帷幕上;屋檐上扑扑簌簌,是下雪的声音。

⑦ 马耳:马耳山,在密州城的西南边,主峰有两座巨石并立,远望像马的两只耳朵,因此得名。埋没:埋藏。双尖:马耳山的两座高峰。马的耳朵呈尖形,所以叫"双尖"。这两句说,扫除北台积雪,登高眺望,只见群山都被大

雪覆盖，只有南边马耳山的两座尖峰未被埋藏。

其　二

城头初日始翻鸦，陌上晴泥已没车。①
冻合玉楼寒起粟，光摇银海眩生花。②
遗蝗入地应千尺，宿麦连云有几家？③
老病自嗟诗力退，空吟《冰柱》忆刘叉。④

注释

① 初日：刚升起的太阳。翻鸦：翻飞的乌鸦。陌：道路。这两句说，旭日初升，乌鸦刚出来活动，路上的积雪逐渐融化，被行人和车辆踩踏碾压，雪和泥混合在一起，粘在了车轮上，百姓真是辛苦。

② 玉楼：华美的楼房，这里指被白雪装点的楼房。粟：指皮肤因受冷而起的小疙瘩，俗称鸡皮疙瘩。银海：银色的海洋，这里指冰、雪与阳光交互辉映而产生的景色。眩（xuàn）：眼睛昏花。这两句说，在北台上放眼四望，楼房被白雪覆盖，仿佛琼楼玉宇，人被冻得起鸡皮疙瘩；阳光和冰雪交相辉映，光耀万象，照得人眼花。古今许多注释者为了炫耀学识，假托权威，虚造出处，宣称这里用了道教的典故，说"玉楼"指肩、"银海"指目，但都没有确凿的证据，只是以讹传讹，与上下文也讲不通，不足为训。其实苏轼只是白描实景，至于词语来源，清代袁枚已正确地指出，苏轼化用了唐末五代诗人裴说的残句："瘦肌寒带粟，病眼馁生花。"

③ 遗蝗：幼小的蝗虫。入地应千尺：古代的农谚说，大雪将蝗虫深埋地下，

冬麦没有虫害,来年将会丰收。宿麦:秋冬种下、次年成熟的麦子,即冬麦。连云:与云相连接,形容麦子高大茂盛。这两句说,都说瑞雪兆丰年,但到时真正能够丰收的有几家呢?"几",有的版本作"万",误。苏轼一到密州,马上给朝廷上奏《论河北京东盗贼状》,里面提到,入秋以来,本地大旱,无法种麦,入冬以后才下了极少的雨雪,但地冷难种,即使种了也难以生长,冬麦只有常年的二三成,华北地区大致如此;农民生活本已困苦,来年日子会更加艰难。这两句也反映了苏轼对作物收成的担忧。

④ 老病:苏轼此时40岁,古人寿命短,普遍在40岁前后就感叹衰老;苏轼因反对"新法",离开京师到地方任职已多年,更加容易叹老嗟卑。嗟(jiē):叹息。刘叉:中唐诗人,作有《冰柱》《雪车》两首咏雪名诗,描写冰天雪地中农民的悲惨遭遇,他们没有收成,饥寒交迫,还要被驱赶着给皇宫运载冰雪,给宫中来年作消暑之用。《冰柱》说:"畎中无熟谷,垄上无桑麻……不为四时雨,徒于道路成泥柤"《雪车》写:"腊令凝缜三十日,缤纷密雪一复一。孰云润泽在枯荄,阛阓饥民冻欲死……寒锁侯门见客稀,色迷塞路行商断。小小细细如尘间,轻轻缓缓成朴簌。官家不知民馁寒,尽驱牛车盈道载屑玉。"苏轼这首诗的词句、含义与上述诗句很接近。这两句说,同样是对雪悯农,刘叉写出了著名的诗篇,我却老病交加,才思减退,写不出那样的好诗,只能徒然地吟诵他的诗歌。

评析

这两首咏雪名篇首先在用韵方面广受赞誉。古人作诗,押韵用字有"宽韵"和"窄韵"的区别,前者指包含字数较多的韵部,如东、支、阳、尤等;后者指包含字数较少的韵部,如青、蒸、覃、盐等。又有"险韵"的说法,一是指窄韵中字数特别少的韵部,如江、佳、肴、咸等;二是指生僻少用或难以押韵的字,如孥、虇、扛、尖、叉等。苏轼第一首选用了窄韵的盐部，五个韵脚中只有"檐"字是常用诗韵，"尖"字尤其难押；第二首选用了麻部，可用的字数也不太多，韵脚又用了极难押韵的"叉"字，真是险之又险、难上加难！然而苏轼运用自如，用字出于咏物抒情的实际需要，韵律与诗意相合，浑然天成，毫无牵强拼凑的痕迹，极具天然妙趣，实则出奇制胜，精妙绝伦，有意与言会之工稳，无捉襟见肘之困窘，表现出极高的艺术造诣。由于苏轼的原作成就卓著，影响巨大，同时唱和者众多，"尖叉"从此成为险韵诗的代名词。

　　不要只惊叹险韵，全诗的情思也值得细品。第一首，前四句写从黄昏开始下雨，到夜里，诗人感觉寒气凛冽，而不知外面已转变为雪，第五句奇怪天未晓而有光亮照入，第六句回想半夜里屋檐的响动而作出解释，是以下句叫醒上句、后文叫醒前文，结构新奇，富有戏剧性。雪落在屋檐上，或屋檐上的雪块掉落地上，都扑簌有声，第六句写夜静雪落时的体验，细致入微，生动传神。第二首，需要结合其他作品来理解。一是参照苏轼同时写的公文《论河北京东盗贼状》，可知当时由于干旱和寒冷，冬麦种植面积锐减，因此第三联是说，虽然现在天降大雪，蝗灾可能不会有，但收成好的农家恐怕也不会多。由此反观前面，则第一联是同情雪地泥泞，百姓出行艰难，第二联写雪光让人眼花，雪化时寒气逼人，也是在关心百姓饥寒。二是参照刘叉的原诗，说由于苛政害民，通常预兆丰年的大雪未能给百姓带来好处，苏轼面对大雪时专门吟诵刘叉的诗歌，也对农民的收成深感忧虑。表面上在嗟叹自己老病无用，其实隐含着对"新法"弊端的批评。

东栏梨花①

梨花淡白柳深青②，柳絮飞时花满城。

惆怅东栏一株雪，人生看得几清明。③

注释

① 熙宁十年(1077)四月作于徐州(今属江苏)知州任上。孔密州即孔宗翰，继苏轼之后任密州知州。
② 深青：深绿色。
③ 东栏：从《和孔密州五绝》整组诗来看，东栏在密州，是苏轼之前任密州知州时观赏梨花的地方。一：有的版本作"二"，从全诗的诗意看，作"一"为好。雪：代指雪白的梨花。清明：清朗明亮，形容梨花清丽洁白，也兼指清明节气。寒食、清明前后天朗气清，古人有出游踏青、游春赏花的习俗，古代诗词中，梨花又常常和寒食、清明的节气联系在一起。第三句的平仄，按一般规则，后三字须是平仄仄，"一株雪"则是仄平仄，第五、第六两个字的平仄被互换了，可看作句中自救，这在唐宋近体诗中很常见，几乎算得上一种常规格式。这两句说，密州东栏那株梨花尤其洁白美丽，一生中在清明时节欣赏它的清朗姿容，是看不了几回的，真令人伤感失落。

评析

全诗借春光易逝抒发人生短暂的惆怅，清丽凄婉，极有情致。前两句以柳树衬托梨花，总写柳絮满城、梨花盛开的暮春景色。首句用近景写颜色，淡白绘梨花，深青描柳叶，表明柳枝渐老、梨花已开。次句将镜头覆盖全景，从俯瞰的角度写柳絮飘飞、梨花盛开的状态。柳树从淡绿到深绿再到飘絮，梨花从淡白到开满全城，暗示时间在悄然流逝，春天就要归去，夏天即将来临。

在柳絮飞、梨花盛的两相映衬中，一股伤春的愁思弥漫开来。后两句使用特写镜头，单写东栏的梨花，"惆怅"二字将前面的情感暗流引出水面，引发人生短促、不能长久欣赏的淡淡哀愁。晚唐诗人杜牧《初冬夜饮》诗："淮阳多病偶求欢，客袖侵霜与烛盘。砌下梨花一堆雪，明年谁此凭栏干？"用一堆雪比喻梨花的洁白，借梨花抒发物是人非的感慨。苏轼化用他的比喻，加以改造，通篇吟咏梨花，前后两联融为一体，又从梨花盛开之景引发人生有限之叹，用明丽的景色和明快的节奏拓开意境，虽有惆怅，却不暗淡消沉，气韵浑然天成，自有"以故为新"之妙。

明代郎瑛认为，既然说了"淡白"，又说"一株雪"，前后重复，要把"梨花淡白"改为"桃花烂漫"。这是对诗意的误解。题目是咏梨花而不是桃花，如果首句改为"桃花烂漫"，那么次句"花满城"就是桃花满城，完全跑题，而且与下文的"一株雪"也毫无关系。其实，第二句的"柳""花"二字虽与第一句重复，却是承接关系，"柳絮飞"呼应"柳深青"，"花满城"呼应"梨花淡白"，这就使得两句之间有上递下接的趣味，蝉联而下，回环往复，有一唱三叹之情韵。七绝多在第三句作转折，这首诗的第三句转向东栏梨花的特写，三、四两句之间紧紧接应，与一、二句不即不离，以第四句补足前句内容，又使用诘问语气，用"几"字表示疑问，在富于包孕性的咏叹中结束全篇，这都是典型的七绝作法。

李思训画《长江绝岛图》[①]

山苍苍，水茫茫，大孤小孤江中央[②]。
崖崩路绝猿鸟去[③]，惟有乔木搀天长[④]。
客舟何处来？棹歌中流声抑扬[⑤]。

沙平风软望不到,孤山久与船低昂。⑥

峨峨两烟鬟,晓镜开新妆。⑦

舟中贾客莫漫狂,小姑前年嫁彭郎。⑧

注释

① 元丰元年(1078)作于知徐州任上。李思训:唐朝的宗室,著名山水画家,唐朝人称他为本朝"山水画第一",明代人尊他为山水画"北宗"的创始人,存世的《江帆楼阁图》相传是他的作品。绝岛:孤岛。

② 大孤小孤:大孤山,在江西九江东南鄱阳湖出口处,形状像鞋靴,又叫"鞋山"。小孤山:长江中的一座小岛,位于江西彭泽北边、安徽宿松东南。鄱阳湖与长江相连接,大孤山与小孤山遥遥相对,因此常常并提。

③ 去:离开,抛弃。这句说,山势险峻,又四面环水,无路可通,连猿猴和飞鸟都不来。

④ 乔木:高大的树木。撑天:参天,高耸。"撑"的意思是刺。

⑤ 棹(zhào)歌:行船时所唱的歌。中流:江水中央。抑扬:声音的高低。

⑥ 沙平:沙岸平直。风软:风小无力。望:视野,目力所及。"望不到"指望得到岸,客舟却久久未能到岸。昂:高。这两句说,沙岸平直,水流缓慢,再加上风力微弱,因此船行不快,很久都没有到岸;水波起伏,人在颠簸的船中,看到的孤山也忽高忽低。这两句与前面《出颍口初见淮山,是日至寿州》的第七句"波平风软望不到"、第四句"青山久与船低昂"相比,分别只改动了一个字。

⑦ 峨峨:高耸的样子。鬟(huán):古代女子的环形发髻。镜:比喻水面清澈平静,如同镜子。新妆:新打扮好的妆容。这两句说,大孤山和小孤山高耸入云,峰峦烟雾缭绕,倒映在水中,好似早晨起来对着镜子梳妆打扮的

女子的一对发髻。

⑧贾(gǔ)客：商人。莫：不要。漫狂：轻狂随便。小姑："小孤"的谐音,指小孤山。前年：往时,以前。彭郎："澎浪"的谐音,指彭泽县长江南岸的大石滩澎浪矶,屹立江中,因风浪激荡、波涛澎湃而得名,与小孤山南北相望。民间传说,彭郎是小姑的丈夫。苏轼借当地的传说打趣道,虽然江山秀美,惹人喜爱,但过路的商人不要轻狂随便,因为美丽的小姑早就嫁给彭郎为妻了。在古代社会里,外出做买卖的商人形象不佳,常被文学作品塑造为重利好色的典型,因此苏轼会这样戏谑。

评析

这是一首题画诗。题画诗是指以绘画作品为题材而加以吟咏的诗,可以题写在画面的空白处,也可以在另外的地方书写。唐代的山水画一般画幅比较大,全景画面多,李思训擅长青绿山水,画面壮阔,苏轼这首诗用篇幅较长的七古来题咏,兼具全景和细节描写,与题写的对象配合得当。

李思训所画未必是真正的大小孤山,苏轼将画中的长江绝岛坐实,然后在诗里完全把画中的景象当作真实的景象来描写,与描写真实山水的写景诗极度相似。读者如果不看题目,会沉浸在真实自然的时空中,根本不知道这是在描写画中内容。这是苏轼题画诗的特点。更重要的是,"沙平"二句,苏轼将自己以前表现真实景象的诗句几乎照搬过来,直接用于题画诗中。这就将自身置于画中,将亲身体验代入艺术欣赏,不仅设想奇妙,而且转移了视点,描述的对象由注视画中客舟的赏画者转到了画中的舟客,继而又转到生活中真实的旅行者。水波起伏,人在船中所见的孤山也随之高低不定。第三次转移,是从画中景物、真实山水转向奇幻仙境：天然形成的大小孤山化身美丽的仙女,险峻的峰峦变成她们的环形发髻,开阔的江面变成她们妆扮的明镜。最后两句是第四次转移,从仙境转向人神交际。苏轼借用当地民间传说提醒舟中的商人,不要见色起意、对仙女有非分之想,因为小姑(小孤山)早已嫁给了彭郎(澎浪矶)。这一调侃颇似汉乐府民歌《陌上桑》,结尾以夫妻之稳定挚爱否定邂逅之轻狂幻想,用于现实生活会显得低俗鄙俚,用于虚拟的画中景象则诙谐灵动,堪称神来之笔。况且,"舟中贾客"照应前面的客舟棹歌,"小姑"回应前面"与船低昂"、一路陪伴商人的孤山。因此,这个想象不算突兀做作,而是前后呼应,自然天成,"沙平"二句虽然是旧句,却也起了新的作用,而且在结构上成为关键枢纽。这些舟行体验和奇幻想象都是绘画无法表现的,又始终紧扣画中青绿澄澈的山水。苏轼的题画诗重在探索、阐释画中的意境,诗与画若即若离,充满诗情、画意、美景、奇思和谐趣。

百 步 洪①

长洪斗落生跳波②,轻舟南下如投梭③。
水师绝叫凫雁起④,乱石一线争磋磨⑤。
有如兔走鹰隼落⑥,骏马下注千丈坡⑦。
断弦离柱⑧箭脱手,飞电过隙珠翻荷。
四山眩转风掠耳⑨,但见流沫生千涡⑩。
崄中得乐虽一快,何意水伯夸秋河⑪。
我生乘化日夜逝,坐觉一念逾新罗⑫。
纷纷争夺醉梦里,岂信荆棘埋铜驼⑬。
觉来俯仰失千劫,回视此水殊委蛇⑭。
君看岸边苍石上,古来篙眼如蜂窠⑮。
但应此心无所住,造物虽驶如吾何⑯!

回船上马各归去，多言哓哓师所呵⑰。

注释

① 百步洪：在徐州城东南，又名徐州洪，是泗水的一段激流，悬流湍急，乱石陡峭，共百余步。元丰元年（1078），苏轼在徐州任知州，友人王巩（字定国）来访，曾游百步洪。一个月后，苏轼也与僧道潜等人前去游玩，追怀往日所游，已为陈迹，感慨万分，便作诗两首，加序言，第一首赠给道潜，第二首寄赠王巩。这里选第一首。

② 长洪：指百步洪。斗落：陡峭而下。斗，通"陡"。跳波：飞溅的水波。

③ 如投梭：有如投掷织布机上的梭子，比喻船行疾速。

④ 水师：船夫。绝叫：极力大叫。凫（fú）：野鸭。起：飞起。

⑤ 一线：形容水路非常狭窄。磋磨：撞击摩擦。这句说两岸乱石挨挨挤挤，只留下一线水路。

⑥ 走：跑。隼（sǔn）：猛禽，飞得很快。

⑦ 注……坡：从斜坡上飞奔而下。

⑧ 柱：指乐器上的系弦木。

⑨ 四山：四周的山。眩（xuàn）转：旋转不定。

⑩ 但见：只见。流沫：流动的水泡。涡（wō）：旋涡。

⑪ 崄：通"险"。水伯夸秋河：《庄子·秋水》记载，秋天河水大涨，河面开阔，河伯得意扬扬，以为天下之美都集中于自身，等见到北海之大，才望洋兴叹，感到自己见识浅薄。这两句说，险中得乐虽然是一大快事，但与河伯自夸秋河没有区别，都微不足道。

⑫ 乘化：顺应自然的运转变化。日夜逝：比喻生命如流水一般飞快消逝，一去不复返，出自《论语·子罕》："子在川上曰：'逝者如斯夫！不舍昼夜。'"一

念逾新罗：一念之间就跨越千万里。新罗即古新罗国，在今朝鲜。禅宗典籍记载，有僧人问从盛禅师，什么是当面能见到的感悟体验？从盛回答道："新罗国去也。"苏轼化用了这个话头。这两句说，人生在世，顺应自然的变化，时光飞逝，就像佛教禅宗常说的，坐着就能感觉到一念之间到了新罗国。

⑬ 荆棘埋铜驼：指世事巨变。铜驼即铜做的骆驼，象征权势富贵。西晋人索靖预感天下将要大乱，说洛阳宫门前的铜驼很快会被埋在荆棘丛中。这两句说，世上的人纷纷争夺名利，如同在醉梦中，执迷不悟，不相信兴亡变化的常理。

⑭ 觉来：觉醒后。劫：佛教计时用语，以世界经历一次从形成到毁灭的过程为一劫。殊：特别，非常。委蛇：舒缓自得的样子，表示这个意义时读平声，音同"威驼"，出自《诗经·召南·羔羊》："退食自公，委蛇委蛇。"同是感慨生命流逝之迅速，"坐觉"句从空间出发，这两句从时间展开，意思说，低头抬头之间就过去了千劫，与生命的短暂、意念的飞速、世事的巨变和时间的飞逝等等相比，这迅疾的水流反倒显得舒缓从容了。

⑮ 苍石：苍老的石头。篙（gāo）眼：指用竹篙撑船而留在石上的孔穴。蜂窠（kē）：蜂巢。这两句说，请看岸边的石头上，篙眼像蜂房一样密密麻麻，来过的人数不胜数，如今都已不在，可知我们也会转瞬即逝。

⑯ 无所住：佛教语，指不执着，无牵挂，无爱憎。造物：自然界。驶：快速前行。如吾何：奈何我不得。这两句说，只要我的心灵不执着于某事某物，自然的变化即使再迅疾也不会影响到我。

⑰ 譊（náo）譊：喧闹辩论。师：对僧人的尊称，这里指同游的道潜，字参寥，北宋著名诗僧，苏轼的好朋友。呵：呵斥，斥责。苏轼与道潜同游百步洪，而且这首诗是赠给他的，所以结尾归结到他。

> 评析

全诗描绘急流行舟的迅疾惊险，由此思考事物"变化"的本质，最终以佛教思想化解人生短暂的感慨。前半部分写景，开篇即突出长洪陡落、轻舟飞驰的快速，以人和禽鸟的惊恐反应作烘托；接着连用多个比喻，极力渲染轻舟下急流的迅疾。后半部分说理，由水流湍急想到生命如逝水一去不返，从意念、历史、空间和时间等四方面感慨变化之迅速。进而觉得，与生命的短暂、意念的飞速、世事的巨变和时间的飞逝等等相比，湍急的水流反倒显得从容舒缓。既然生命短暂，世事无常，就不必沉迷于争名夺利，不要一味执着，而应该像佛教禅宗说的那样，解除世俗荣辱得失的束缚，无所拘执，心灵自由，以不变应万变，顺应自然的变化。这些情理不是靠抽象说教，而是用"回视此水""君看岸边""回船上马"频频联结牵挽，出自形象又超越形象，耐人寻味。

诗中的比喻最为奇特。为了突出轻舟下急流的极速，苏轼一口气创造八个比喻：投梭穿过织机、脱兔快速奔跑、鹰隼猛然落地、骏马奔下陡坡、断弦瞬间离柱、利箭脱手飞射、闪电掠过缝隙、露珠滚落荷叶，想象真是前所未见。其中"有如"以下连续用了七个比喻，而"兔走鹰隼落""断弦离柱箭脱手""飞电过隙珠翻荷"更是一句中连用两个比喻，可谓创格。如此一气贯注，气势豪雄，让人目不暇接，喘不过气，对水势的湍急留下极其新奇、鲜明、深刻的印象，永生难忘。这种用几个喻体从不同角度反复比喻同一个事物本体的手法，叫作"博喻"，是一种"车轮战法"，使事物的现象和本质均表现无遗，无所遁形。

这首七言古体的声韵安排也极具匠心。使用三平尾（三平调）的词语有：生跳波、如投梭、争磋磨、珠翻荷、生千涡、夸秋河、逾新罗、埋铜驼、殊委蛇、如蜂窠、如吾何，共11句。使用三仄尾（三仄调）的词语有：凫雁起、箭脱手、日夜逝、醉梦里、各归去，共5句。全诗共24句，三平三仄脚就有16句，比例超过六成，其中"日夜逝""逾新罗""醉梦里""埋铜驼"更是三仄尾和三平尾交替使用，声调极为高古，音韵与情思相得益彰。

予以事系御史台狱，狱吏稍见侵，自度不能堪，死狱中，不得一别子由，故作二诗授狱卒梁成，以遗子由，二首①

其 一

圣主如天万物春②，小臣愚暗自亡身③。
百年未满先偿债，十口无归更累人。④
是处青山可埋骨，他时夜雨独伤神。⑤
与君今世为兄弟，又结来生未了因。⑥

注释

① 元丰二年（1079）七月二十八日，时任湖州知州的苏轼被朝廷派人逮捕，押送进京。八月十八日，苏轼被关进御史台监狱，囚禁期间，遭到逼供，因担心死在狱中，就写了这两首遗诗，请狱卒转交给苏辙。诗题相当于序言，很长，故常常被简称为"狱中寄子由二首"。系：拘留囚禁。御史台：官署名，专门负责弹劾官员。狱吏：掌管诉讼、刑狱的官吏，以及管理监狱的小吏。见侵：侵犯、逼迫我，指遭到逼供。自度（duó）：自己估计。不能堪：经受不起。授：交给。狱卒：看管囚犯的差役。遗（wèi）：送交。

② 圣主：圣明的君主，指宋神宗。春：指生机勃发。

③ 小臣：官员在君王面前的自称，指苏轼自己。愚暗：愚昧而不明事理。自亡身：自取灭亡。

④ 百年未满：未到去世的年龄。通常说人生百年，苏轼此时才44岁。偿债：

还债,指死亡。佛教认为,人来到世间是为了还前世的债。十口:十口人,指遗留的家属。这两句说,我未满寿数就要被处死了,留下一家大小,孤苦无依,要连累弟弟你去照顾。

⑤ 是处:到处,处处。他时:将来,以后。夜雨:指兄弟"夜雨对床"、团聚闲居的约定,见前面《辛丑十一月十九日,既与子由别于郑州西门之外,马上赋诗一篇寄之》诗注。这两句说,我死后,埋葬在哪里都可以,但以后夜雨萧瑟时,只有你独自伤心了。

⑥ 君:您,指苏辙。来生:来世,下辈子。未了(liǎo):没有结束。结……因:结下因缘。佛教说,因缘是使事物产生结果的原因和条件;又用前世的因缘来解释今世的关系,即所谓"缘分",人与人之间交往联系,就是"结因""结缘"。这两句说,这辈子与你成了兄弟,手足情深,因缘没有了结,下辈子还要继续做兄弟。

其 二

柏台霜气夜凄凄①,风动琅珰月向低②。
梦绕云山心似鹿,魂惊汤火命如鸡。③
眼中犀角真吾子,身后牛衣愧老妻。④
百岁神游定何处?桐乡知葬浙江西。⑤

注释

① 柏台:指御史台。西汉御史府中排列着柏树,常有数千乌鸦在上面栖宿,因此御史台别称柏台、乌台、乌府。凄凄:寒冷凄凉。

② 琅珰(láng dāng):挂在屋檐下的铃铛,风吹动则发出"琅珰"的声音。月

向低：斜月西沉，指夜深。

③ 梦绕云山：指向往远离尘世、自由美丽的地方。心似鹿：心性似鹿。苏轼在作品里多次申明"我本麋鹿性"，渴望隐逸山林。惊：有的版本作"飞"。汤火：滚水和烈火。这两句说，我的心性如同麋鹿，向往在山林里自由奔跑，如今却身陷监狱，遭受逼供凌辱，惊魂不定，性命难保，就好像随时会被扔进汤火里烹煮的鸡鸭。

④ 眼中：眼前。犀角：额头上隆起的骨，古人认为额骨隆起是富贵之相。吾子：我的儿子。苏轼被押解往京师时，长子苏迈随行。牛衣：给牛御寒用的蓑衣之类，形容贫寒。西汉王章贫病交加，以为自己快要死了，躺在牛衣里，哭着与妻子诀别，妻子鼓励他发奋读书。王章后来做京兆尹，要上表讽谏皇帝，妻子劝他要明哲保身，他不听劝阻，结果被囚禁处死，妻子儿女都被流放。这两句说，我感到安慰的是，儿子仪表出众，逗人喜爱；我感到惭愧的是，我家境贫寒，又不听劝告，因言论惹祸致死，对不起共患难的妻子。

⑤ 百岁神游：死后魂魄飘荡。桐乡：今安徽桐城。西汉朱邑临终时对儿子说，我曾做过桐乡的小官，那里的民众爱戴我，请把我葬在那里。浙江西：指杭州、湖州等浙西地区。这两句说，我死后的游魂当在哪里停息？学习朱邑的做法，杭州、湖州的人民对我好，请把我葬在那一带。苏轼自注：我在狱中听说，杭州、湖州的人民接连多月为我做解除危难的祈祷法事，所以写了下句。

评析

御史台弹劾苏轼的证据是诗文作品，御史台别称乌台，因此这件以言治罪的案子通称"乌台诗案"，在优待士大夫的宋朝震惊朝野，影响深远，是中国历史上著名的文字狱。御史们的多份奏章都指责苏轼在诗文中讥讽"新法",指控他愚弄朝廷、指斥皇帝,要求处以死刑,认为苏轼即使死一万次也对不起当今盛世。苏轼在监狱里遭到强行逼供、通宵辱骂,恐怕会死在里面,赶紧写下这两首诗,算是给家人的遗嘱。

第一首写给苏辙,以家小相托,哀伤弟弟日后孤单,流露出深厚的手足之情。首联说当今皇帝圣明如天,万物欣欣向荣,我作为一个卑微的小臣,却不识时务、乱发谬论,真是自取灭亡、死有余辜。鼓励批评监督,不杀士大夫及上书言事人,本是宋朝的基本制度,即所谓"祖宗家法"。既然皇帝圣明,又号称迎来了万物逢春的盛世,就不应该杀士大夫,何况还是为了朝廷和百姓着想的士大夫。置苏轼于死地,要么是皇帝并非真的圣明,要么是时代并非真的盛世。一边是圣主高高在上、光芒万丈,一边是微弱的士大夫被囚禁在黑暗的角落里歌颂下令惩治自己的圣主,而这个士大夫自身的生命行将消失。下句与上句构成尖锐的对立,存在强烈的张力,隐含着荒诞性。后面三联都在与苏辙对话,回忆二人早年的约定,誓愿来生继续做兄弟,感人至深。苏轼借用了"偿债""因(因缘)"等佛教词语,但对佛教思想有所扬弃。佛教讲轮回是苦,宣扬跳出轮回、寻求"解脱",苏轼却希望轮回,渴盼生生世世永续兄弟情谊。这深挚的手足之情超越时空,给垂死者以安慰,给苟活者以力量,与首联形成鲜明对比。

第二首写给家属,交代后事,赞扬儿子,抱愧妻子,感激为自己祈祷的百姓,表现了深厚的父子情、夫妻情和同胞情。宋代士大夫主张"民胞物与",泛爱他人和万物,苏轼结尾的诗句也有类似的含义。

两首诗完整地表现了人类的普遍情感:亲情、友情、爱情和共情。生命短暂,人生实苦,是这些基本的人性和情感给个体温暖,支撑着个体在无力时抵抗强权、在黑暗中寻求光明。苏轼写的是生命的绝唱,也是情感的赞歌。

初到黄州①

自笑平生为口忙,老来事业转荒唐②。
长江绕郭③知鱼美,好竹连山觉笋香。
逐客不妨员外置,诗人例作水曹郎。④
只惭无补丝毫事,尚费官家压酒囊。⑤

注释

① 黄州:治所在今湖北黄冈。元丰二年(1079)七月二十八日,苏轼被御史台逮捕,押送进京,八月十八日入狱,十二月二十八日结案出狱,贬官流放黄州,由御史台派人转押前去。第二年二月初一,苏轼抵达黄州,作此诗。

② 荒唐:落空,没有着落。

③ 长江绕郭:长江环绕黄州外城流过。"郭"是城市的外城。

④ 逐客:被降职放逐的人,指苏轼自己。不妨:可以。员外:正式编制以外的官员,指苏轼当时的官衔水部员外郎。置:安置。例作:总是作。水曹郎:水部的郎官。水部即水部司,工部四司的最后一个司。宋初诗人王禹偁《孟宾于诗序》说"古诗人有三水部",指南朝梁诗人何逊做过尚书水部郎、唐代诗人张籍做过水部员外郎、五代南唐诗人孟宾于做过水部郎中。苏轼由此生发,说自古以来诗人总是做水部的官员,自己也不例外。这两句说,我是被贬谪之人,尽可以给我安置水部员外郎这个虚职,毕竟历史上不少诗人都做过。

⑤ 惭:惭愧。官家:公家,朝廷。压酒囊:酿酒用的袋子。米酒酿制快熟时,压榨取酒,叫"压酒"。宋代官员除了俸禄以外,有时另外发给食物,或者折算成钱支付,叫"折支"。苏轼自注:"检校官例折支,多得退酒袋。"综合

相关材料，苏轼当时已经领不到俸禄钱，只能领到这些酒袋。

评析

宋代实行检控、审判、复核三权分开的司法制度。御史台检控苏轼，要求处死。大理寺判定苏轼本当判处两年徒刑，但因赶上朝廷的赦令，应依法赦免，不必处罚。御史台对此强烈不满，提请审刑院复核。审刑院维持原判，并强调了赦令的有效性。最终，神宗下旨，对苏轼作出贬谪安置的特别责罚。受牵连的苏辙、司马光、曾巩等各有处罚。"乌台诗案"就此结案。苏轼被责授检校水部员外郎、黄州团练副使、本州安置、不得签书公事。北宋检校官是一种有名无实的荣誉官衔，共19级，最低一级为水部员外郎。苏轼连这种虚衔都被降到了最低级。宋朝的团练副使也是虚名，没有实际职权，常用于贬降官员。"本州安置"指不得离开本州。宋朝处罚被降职贬谪的官员，轻者送某地居住，较重者叫安置，更重者叫编管。"不得签书公事"指在公事上不得签字署名，即无权参与公务。可见神宗虽然饶了苏轼一命，但处罚仍然不轻，而且不按既定的程序，破坏了宋朝的基本制度。

这个结果对苏轼是沉重的打击。过去已被朝廷否定，未来也看不到希望：此时他已45岁，而神宗才33岁，要想东山再起比登天还难。可想而知，刚到黄州的苏轼是何等的悲愤、惶恐、失落、绝望，但全诗在自我调侃中仍有对苦难的化解。首联说平生因为这张嘴而奔忙，到头来却事业落空，自己都感到可笑。"为口忙"一语双关，既指因诗文议政而获罪，也指为养家糊口而忙碌。颔联呼应开头，写黄州多美食，意谓今后只"为口"，这张嘴只顾吃喝不再说话。看到长江就推知鱼美，见到好竹就感觉笋香，长江、好竹是因、是实，鱼美、笋香是果、是虚，举因知果，虚实相生，将视觉意象即时化为味觉和嗅觉，再次体现了苏轼富于联想的艺术特点，韵味新奇隽永。颈联说所责授的官职虽是闲散的虚职,却也是许多诗人的专利,反思了自己"诗人"的身份。尾联继续呼应开头,俸禄没有了,但也领到一些酒袋,无功受禄,受之有愧。全诗流动着幽默调侃的氛围,也蕴含着兀傲不平的气骨和热爱生活的热情。

作者因言获罪,却始终作诗不辍,放言无忌,体现出对自我价值的高度认同,以及对政治威权的直接抗争。

寓居定惠院之东,杂花满山,有海棠一株,土人不知贵也①

江城地瘴蕃草木,只有名花苦幽独。②
嫣然③一笑竹篱间,桃李漫山总粗俗。
也知造物④有深意,故遣佳人在空谷⑤。
自然富贵出天姿,不待金盘荐华屋⑥。
朱唇得酒晕生脸,翠袖卷纱红映肉。⑦
林深雾暗晓光迟,日暖风轻春睡足。⑧
雨中有泪亦凄怆,月下无人更清淑。⑨
先生食饱无一事⑩,散步逍遥自扪腹⑪。
不问人家与僧舍⑫,拄杖敲门看修竹⑬。
忽逢绝艳照衰朽⑭,叹息无言揩病目⑮。
陋邦何处得此花,无乃好事移西蜀?⑯
寸根千里不易致,衔子飞来定鸿鹄⑰。
天涯流落俱可念,为饮一樽歌此曲⑱。
明朝酒醒还独来,雪落纷纷那忍触⑲!

注释

① 元丰三年(1080)二月作于黄州。寓居：寄居。定惠院：寺院名，旧址在黄州东南，苏轼刚到黄州，暂时居住在这里。土人：本地人。贵：重视。

② 江城：指黄州。黄州在长江北岸。瘴(zhàng)：南方地区山林中湿热的空气，古人认为会导致人中毒、生病。蕃(fán)：茂盛。名花：指海棠。苦：非常。幽独：幽静孤独。这两句说，黄州气候湿热，使得草木繁茂，名贵的花只有海棠，显得极其幽冷孤独。

③ 嫣然：形容笑态娇媚。

④ 造物：造物者，创造万物的神。

⑤ 故遣：故意安排。佳人：杜甫《佳人》诗："绝代有佳人，幽居在空谷。"苏轼化用杜诗，将海棠拟作美女。空谷：空旷幽深的山林野谷。

⑥ 不待：不用。金盘：金属制成的餐盘。荐：进献。华屋：华丽的房屋，指富贵人家。这两句说，海棠花具有富贵姿态，出自天然，不需要放入金盘进献富贵华屋来陪衬。

⑦ 朱唇：红色的嘴唇。晕(yùn)：喝酒后脸上泛起的淡红色。肉：肌肤。这两句继续将海棠拟作美人，形容海棠的红花是美人饮酒后脸上泛起的红晕，绿叶托着红花，就仿佛美人翠绿的袖子卷起轻纱，映衬着红色的肌肤。

⑧ 晓光：早晨的阳光。春睡足：唐玄宗将醉后的杨贵妃比作"海棠睡未足"，以花喻人，苏轼反过来用，以人喻花，而且说美人已睡够。这两句说，树林幽深，雾气弥漫，早晨的阳光很晚才照到，接近中午，阳光温暖，微风轻拂，海棠睡眠已足，容光焕发。

⑨ 凄怆：悲伤凄凉。上句"凄怆"简化之前作"悽愴"，都是竖心旁；下句"清淑"都是三点水旁，对仗工整。清淑：清秀贤淑。这两句还是拟人，写雨中

的海棠在悲伤落泪,月下的海棠无人欣赏,更显得清幽贤淑,节操高尚。

⑩ 先生:指苏轼自己。无一事:苏轼被贬谪到黄州,不得参与公事,所以说什么事情也没有。

⑪ 逍遥:慢步行走的样子。扪(mén)腹:抚摸肚子,表示悠闲无事。

⑫ 人家:民房。僧舍:寺院。

⑬ 修竹:修长高大的竹子。

⑭ 绝艳:极其艳丽,指海棠花。衰朽:衰老无能,指苏轼自己。

⑮ 揩(kāi)病目:擦拭眼泪。"病目"指患病的眼睛。

⑯ 陋邦:偏远闭塞的地方,指黄州。无乃:莫非是,表示猜测的语气。好事:好事者,喜欢多事的人。移西蜀:从四川移植过来。西蜀盛产海棠,古代有"海棠香国"的说法。这两句说,黄州地处偏远,哪来这名贵的花?可能是有人从我的故乡四川移植到这里。

⑰ 致:到达。子:种子。鸿鹄(hú):天鹅。这两句说,黄州与西蜀远隔千里,短小的树苗难以运到,一定是天鹅衔着海棠种子飞来的。

⑱ 天涯:偏远的地方。念:哀怜。樽(zūn):古代盛酒的器具。此曲:指这首咏海棠的诗。这两句说,我是四川人,如今流放黄州,海棠是四川名产,也流落在这里,彼此都是沦落天涯,遭遇相同,都令人哀伤,请让我为你饮一杯酒,吟唱这首诗。这里化用了白居易《琵琶行》"同是天涯沦落人"的句意。

⑲ 雪落纷纷:比喻海棠花瓣凋零,纷纷飘落。那(nǎ):现在写作"哪"。触:接触。"那忍触"指不忍心看见。

评析

苏轼的诗富于联想,擅长比喻和拟人,而且总在前人不到处花样翻新,新颖独特。这首七言古体诗集中体现了这些特点。前半部分刻画海棠,将海棠花拟作风姿高秀的绝代佳人,开头两句写她遗世独立,"嫣然"二句写笑容娇媚动人,超越流俗,"也知"四句强调她天生丽质,无需达官贵人赏识,"朱唇"二句描形态,"林深"二句绘神情,"雨中"二句表韵味,从多个角度反复吟咏,穷形尽相,形神兼备,幽独、高雅、天姿、美艳、孤苦、清淑的海棠花如在目前,绝艳照人。后半部分写诗人寻访海棠,"先生"二句是转折之处,由海棠之曲转到情怀之歌,以下写见花生感,对花伤怀,自叹身世,与花同病相怜,充满飘零之感。结尾预料海棠很快会凋谢,那纷纷飘落的花瓣,恰似赏花人的泪滴,令人黯然销魂。诗词咏物,关键要传形写神,根本在托物咏怀。从咏物到咏怀的过渡,全靠苏轼奇妙的联想来衔接:故意想象这株海棠的种子是被鸿鹄从四川衔来,而自己也是从四川辗转流落到这里,二者经历相同,正好同病相怜。这就打破了外物和自我之间的区隔,在精神气质上契合无间,咏物得到升华,咏怀有了兴象,物与人合一,情感深沉婉曲,韵味无穷。结尾从眼前的花开想到明日的花谢,与之前《法惠寺横翠阁》从眼前春景想到世事无常、人事代谢,构思类似,具有笔力纵横、诗意跌宕的艺术效果。

　　苏轼奇妙的联想也促使读者产生进一步的联想。如果海棠像苏轼,那么故意安排海棠到这陋邦的"造物"又像谁?当然就是皇帝;既然海棠的遭遇出于上天的"深意",那么苏轼的遭遇也是出于神宗的"深意"。海棠到了瘴疠之地依旧天生丽质,我到了陋邦黄州也还是以前的我。因此,苏轼并未惊慌失措、自乱心志,而是在自怜幽独、悲叹未来的同时,包含了对自我价值的肯定和坚持。全诗兴象深微,词格超逸,难怪苏轼自称这是他平生最得意的诗,喜欢亲笔书写送人;人们也很喜爱,刻在石头上的就有五六种。

正月二十日,与潘、郭二生出郊寻春,忽记去年是日同至女王城作诗,乃和前韵①

东风未肯入东门②,走马③还寻去岁村。
人似秋鸿来有信,事如春梦了无痕。④
江城白酒三杯酽⑤,野老苍颜一笑温⑥。
已约年年为此会,故人不用赋《招魂》。⑦

注释

① 潘、郭二生:苏轼在黄州的两位朋友,潘丙,字彦明,郭遘,字兴宗。女王城:黄州东十五里有永安城,俗称女王城。元丰四年(1081)正月二十日,苏轼与潘、郭等几位朋友在女王城相聚,作诗《正月二十日,往岐亭,郡人潘、古、郭三人,送余于女王城东禅庄院》,第二年的同一天,他们又来到这里,苏轼用前韵作此诗。
② 这句用拟人法,形容春风未到,城里还没有春意。
③ 走马:骑马。
④ 秋鸿:秋天南飞的鸿雁。信:准信,有规律。了:完全。这两句说,自己来寻春,就像秋天大雁南飞那样准时,往事却如同春天的一场梦,完全没有留下痕迹。
⑤ 江城:指黄州。酽(yàn):味道浓厚。
⑥ 野老:村野老人。苍颜:苍老的容颜。温:温暖。
⑦ 会:聚会。故人:老朋友。赋《招魂》:《楚辞》中有《招魂》篇,传统上认为是宋玉所作,哀怜屈原被贬谪流放,为他招回魂魄、恢复精神,希望楚怀王

召还屈原,这里指老朋友设法让苏轼调离黄州、重新被起用。这两句说,我在黄州的日子过得不错,朋友们不必为我调离起用之事太费心力。

评析

正月二十日是一个特别的日子。元丰三年(1080)的这一天,苏轼在赴黄州贬所途中,作《梅花二首》;第二年同日,在女王城,作《正月二十日,往岐亭,郡人潘、古、郭三人,送余于女王城东禅庄院》,特别提起"去年今日关山路,细雨梅花正断魂";第三年同日,再到女王城寻春,用前韵作此诗,同时还写了《是日,偶至野人汪氏之居,有神降于其室,自称天人李全,字德通。善篆字,用笔奇妙,而字不可识,云,天篆也。与予言,有所会者。复作一篇,仍用前韵》,也用同样的韵脚;第四年同日,又作《六年正月二十日,复出东门,仍用前韵》。在前面《太白山下早行,至横渠镇,书崇寿院壁》一诗里,苏轼已通过故地重游而使昔日重现,这次仍然是"制造重游觅旧题",而且层层叠映。同样的日期、地点和韵脚,反复多次,显然不是题目所说的忽然记起,而是有意重复之前的场景,让自己的日常生活典型化、诗意化、韵律化。日期、地点和韵脚三者同时反复多次,过去就会重复出现,往事虽然了无痕迹,个人却可以有规律地生活,用记忆将瞬间化作永恒。从绝对角度看,时间是一条单向度的直线,一去不复返。从季节角度看,四季轮替,春去春又来,时间是一个圆,回环往复,周而复始,"年年为此会",就是顺应自然的节奏,用圆转的生活方式应和圆转的时间律动,把生活过成一首首同韵脚的诗。

诗的后半部分转入感受眼前的生活。此刻,此地,此诗,人生的每个阶段、每个当下都值得珍惜,应该过好每一个当下。循环往复可以改变时间的方向,过好当下则能够抵抗时间的流逝。古希腊的芝诺说"飞矢不动",每一个物体在某一个瞬间必定处在空间的某一点上,这是不动的;飞矢既然在路径的每一点上都是静止的,那么飞着的箭实际上就是不动的。中国古代的惠施说"飞鸟之景(影),未尝动也",意思也类似。时间无疑是绝对运动的,但如果将它划分为许多细小的点,那么在每一点上就是不动的。只要过好时间中的每一点,就会缓解时光飞逝的焦虑。人在逆境中固然要相信未来,但也不能在等待中浪费人生。人生不是简单的从甲地到乙地的移动,不能为了到达目的地而忽略路上的风景。当我们回首往事,常常不是因为做了什么而后悔,而是因为没做什么而后悔。因此,过好每一天吧。

题 西 林 壁①

横看成岭侧成峰②,远近高低各不同③。
不识庐山真面目,只缘身在此山中④。

注释

① 西林:西林寺,又名乾明寺,在庐山西林峰上,始建于东晋。元丰七年(1084)正月,神宗下旨,苏轼可移汝州(今属河南)团练副使、本州安置。四月,苏轼离开黄州,五月,游览庐山,作此诗。
② 峰:在唐宋诗韵中,"峰"属于"冬"韵,后面的韵脚"同""中"属于"东"韵,韵部不同,本来不能用在一起押韵,但近体诗首句的韵脚可以借用发音相近的韵部字,这属于首句押邻韵,在宋代比较流行,叫作"孤雁出群"格,所以"峰"字也符合声律要求。
③ 远近高低:指看山者站立的地方而言。各不同:有的版本作"总不同""无一同"。

④ 缘：因为。身：自身，自己。

> **评析**

苏轼被贬到黄州，长达五个年头。在漫长的艰难岁月里，他深入阅读道家和佛教典籍，对宇宙、社会和人生有很多体会。在游览庐山的过程中，与东林寺住持常总禅师昼夜交谈，领悟更多。此诗就是他两次游览庐山之后对山行和心得的总结。前两句写遍游庐山的观感：从正面（横）看，是连绵起伏的山岭；从侧面看，又成了直插云霄的高峰；从远处、近处、高处、低处看，庐山的样子各有不同。后两句顺着观感展开反思：因为始终在山中转来转去，所以无论怎么看，都只能看到庐山的一部分，无法从总体上认识庐山的真正面貌。庐山真面目，跟佛教禅宗关系密切，也被陶渊明赋予了丰富的内涵。苏轼吟咏庐山，应当会跟陶渊明、禅宗对话。但后人对这两句话的理解早已超出他的本意，在认识论上具有更普遍的意义：一方面，只有从不同角度观察事物，才能克服认识上的片面性；另一方面，要全面、深刻地认识事物，既要进入事物内部，又要跳到事物外部，超越物外，高瞻远瞩，才能整体把握好事物的本质特征和万千气象。

同是面对庐山，李白的《望庐山瀑布》充满激情与想象，苏轼此诗则蕴含着冷静、深沉的思考。此诗当然也有情感，前两句就表现出对庐山多姿多彩的喜爱之情，但不是当下直接显露的强烈情感，而是在平静中被理性调节过的平淡情感，是沉思的结晶，体现出宋诗的理性精神。为了讲清后两句的"义理"，诗句用"只缘"承接"不识"，上下句之间有很强的因果关系，意脉紧密相连。但苏轼不是抽象地发议论，而是景、情、理三点结合。先从横、侧、远、近、高、低、中共七个角度勾勒庐山样貌，给读者提供想象的空间，以虚写实；再以庐山的百变姿态为中介，推导出普遍性的哲理；又始终紧扣眼前实景，不即不离，滋味悠长。

惠崇春江晓景①

竹外桃花三两枝,春江水暖鸭先知。
蒌蒿满地芦芽短②,正是河豚欲上时③。

注释

① 元丰八年(1085)十二月,苏轼回到朝廷任职,作此诗。原题有两首,这里选第一首。惠崇:宋初僧人,诗坛"九僧"之一,能诗善画。晓景:宋代刊刻的《东坡集》作"晓景",后代的许多版本作"晚景"。"晓景"指早晨的景色,"晚景"指傍晚或夜晚的景色,全诗写的是早春景象,作"晓景"较好。
② 蒌蒿(lóu hāo):一种水生植物,嫩茎和叶子可食用,在农历正月、二月里最嫩。芦芽:芦苇的嫩芽。
③ 河豚:河鲀(tún)的俗称,早春时从海洋洄游江河、逆流而上,有剧毒,经正确处理后可食用,味道鲜美。

评析

这是一首题画诗。惠崇的画作多是画幅不大的小景,苏轼采用短小的七言绝句来题咏,诗与画的篇幅长短相称。

苏轼在诗里继续发挥他所擅长的想象和联想。"春江水暖鸭先知"是千古名句,有人反驳说,同是春天景物,为什么是鸭先知,鹅、鸟不能先知吗?但是请注意,苏轼是在题咏画作,从诗中对画面内容的再现看,这是一幅鸭子戏水图,竹子、桃花、春水、蒌蒿和芦芽作为早春的背景,鸭子是画面的中心,当然只能是"鸭先知"。作为视觉艺术的绘画,只能表现可见的春景,"暖"属于触觉,画家无法直接描摹。苏轼发挥想象,设想水中鸭子感受到了春江水暖,既是将视觉和触觉打通,也是心理上的移情:把诗人对春暖花开的感知转移到外物身上,通过鸭子对水温的感受传达出春回大地的消息。鸭子是实,水暖是虚,由实引虚,虚实相生,既补足了画面内容,也超越了原画。

苏轼对原画的超越还体现在后两句的联想中。画面中没有河豚的身影,但苏轼却说现在正是河豚逆水而上的时节,这是从第三句的景物引出的联想。根据宋代诗文材料,蒌蒿、芦芽不仅是早春植物,也是烹煮河豚的绝佳配料,其中蒌蒿还是河豚的食物。因此,苏轼对河豚的联想既是"无中生有"——写了画上没有的景物;又不是"无中生有"——在春江水涨、蒌蒿遍地、芦芽初生的早春时节,确实正是河豚由大海进入江河、洄游初上的时候。由画中实有事物出发,用富于想象力的语言去表现画中没有的事物,补充了画意,丰富了诗情,扩展了意境,这是苏轼题画诗的基本特点。

完整地看,桃花只有"三两枝",是初开;水中鸭子最先感知水暖,是初暖;"蒌蒿满地芦芽短",是初生;"河豚"欲上,是初上:全诗都在写春意的初、先、早,表现出冬去春来、天地回暖、生机勃发的早春气象,充满了活力、美好和希望。苏轼被贬黄州多年后到登州任知州,到官五日就被召还京师,在朝廷任职,可谓绝处逢生、未来可期,此诗描画的早春生机,也是爱生活、爱美食的他此刻心情的投射吧。

书王定国所藏《烟江叠嶂图》^①

江上愁心千叠山,浮空积翠如云烟。
山耶云耶远莫知,烟空云散山依然^②。
但见两崖苍苍暗绝谷^③,中有百道飞来泉^④。

萦林络石隐复见⑤，下赴谷口为奔川⑥。
川平山开林麓断⑦，小桥野店依山前⑧。
行人稍度乔木外⑨，渔舟一叶江吞天⑩。
使君何从得此本⑪？点缀毫末分清妍⑫。
不知人间何处有此境？径欲⑬往买二顷田。
君不见武昌樊口幽绝处⑭，东坡先生留五年⑮。
春风摇江天漠漠，暮云卷雨山娟娟。
丹枫翻鸦伴水宿，长松落雪惊醉眠⑯。
桃花流水在人世，武陵岂必皆神仙？⑰
江山清空我尘土，虽有去路寻无缘。⑱
还君此画三叹息⑲，山中故人应有招我归来篇⑳。

注释

① 元祐三年(1088)十二月作于首都东京，苏轼自注："王晋卿画。"王定国：王巩，字定国，自号清虚居士，苏轼的朋友，曾受苏轼"乌台诗案"牵连，被贬到岭南。王晋卿：名诜(shēn)，宋英宗女儿蜀国大长公主的驸马，善画山水，"乌台诗案"中也受苏轼牵连，被免除官职爵位。烟江：烟雾弥漫的江面。叠嶂(zhàng)：重叠的山峰。

② 江上愁心：唐代张说《江上愁心赋》："江上之峻山兮，郁崎嶬(yǐ)而不极，云为峰兮烟为色，欻(xū)变态兮心不识。"苏轼这四句借用其语，意思是，画中江上的山峰重重叠叠，直插云霄，浓郁的翠绿山色在高空中浮动，如云又如烟，撩动人的愁绪；凝视出神，高远处浮动的不知是山峰还是云烟，定睛一看，云烟只是幻觉，只有重重山峰依旧耸立。浮空积翠："积翠浮空"的倒装，"积翠"指重叠的翠绿色。

③ 两崖：两边的悬崖。苍苍：深青色。暗绝谷：使绝谷变得阴暗，"绝谷"指幽深陡峭的山谷。

④ 百道：形容很多。飞来泉：飞涌而出的泉水。

⑤ 萦、络：萦绕。隐：不见。见：同"现"，出现。

⑥ 奔川：奔腾的河流。

⑦ 川：平地，原野。林麓（lù）：山林。断：尽。

⑧ 野店：乡村旅店。依山前：紧靠山前。

⑨ 稍：正，恰好。度：走过，穿过。乔木：高大的树木。

⑩ 一叶：比喻小船。江吞天：江水与云天相接，形容江面辽阔。

⑪ 使君：指作画的王诜，曾经担任利州防御使。此本：此画所本，这幅画所根据的事物。这句说，王诜从哪里描摹到这样的景观？王诜在和诗里说："四时为我供画本。"就是对苏轼这句诗的回答。

⑫ 点缀：绘画、着色。毫末：细微的地方。清妍：清新美好。

⑬ 径欲：就想。

⑭ 武昌：今湖北鄂州。樊口：在鄂州西北，位于樊山脚下，是樊港入长江之口，与苏轼谪居的黄州隔着长江相望。幽绝处：清幽超绝的地方。

⑮ 留五年：苏轼于元丰三年（1080）贬谪黄州，元丰七年（1084）离开，跨五个年头。

⑯ 漠漠：迷蒙的样子。娟娟：娟秀柔美。丹枫：经霜后泛红的枫叶。翻鸦：翻飞的鸦鸟。水宿：在水边过夜。醉眠：喝醉酒后睡觉。这四句分写春夏秋冬的景象。

⑰ 武陵：郡名，陶渊明《桃花源记》写武陵的一个打鱼人发现了世外桃源，后人用"武陵"或"武陵源"代指美好的地方。这两句说，人世间也有桃花流水这样的美景，桃花源里也未必都是神仙，黄州、武昌一带的幽绝的地方就类似桃源仙境。

⑱ 清空：清幽洁净。尘土：比喻卑俗。寻无缘：没有办法找到。陶渊明《桃花源记》写道，打鱼人从桃花源出来后，一路上都作了标记，回来向武陵太守报告经历，太守派人随他前去，寻找留下的标记，最终迷失了方向，找不到原来的路。这两句说，江山清空，我却卑俗，即使有通往美好世界的道路，也没法找到。

⑲ 君：指收藏画作的王定国。三叹息：一再叹息。

⑳ 山中、归来：《楚辞·招隐士》："王孙兮归来，山中兮不可以久留。"这里反用其意，同时暗用陶渊明《归去来兮辞》的文意，字面意思是黄州的老朋友说不定写有邀请我回去的诗文，实际含义是表达苏轼本人归隐的情怀。

评析

这是一首长篇七言古体，也是苏轼题画诗的代表作之一。

七古之作，章法布局最为重要。此诗采用"两扇法"，前面十二句写画中之景，中间自"使君"到"寻无缘"十四句写观画之人，最后两句，"还君"一句收结画中之景，"山中"一句收结观画之人，结构宏大，开阖变化而脉络分明。

题目是题画诗，但通篇都在写景。前面部分叙述画面内容，却没有使用抽象的概括说明，而是采用形象描写的方法，把画面之景当作真实之景来描绘，化假为真，化虚为实，变题画为写景，这是苏轼题画诗的一般特点。绘画是静态的空间艺术，只能表现某个时间里事物的样态，要么有云烟，要么没有，无法同时描摹"如云烟"和"烟空云散"两种运动状态。苏轼描写山峰重叠高耸，用云烟飘荡的幻觉表现积翠浮空的美妙，用云烟消散的运动过程表现观画的心理感受，用想象之景补充画面没有的事物，化实为虚，虚实相生，化静为动，真实之景如在眼前。至于"愁心"，则是苏轼给画中景物赋予的思想感情，是对画作的阐释。

后面部分从画面之景联想到黄州之景,更是苏轼对画作的引申和阐释。李白、杜甫的题画诗对真实山川的向往一般只有一两联,出现在末尾,苏轼则扩展到一半以上的篇幅,表现观画人对画作的个人反应和独特感受。诗歌中,观画人个体的回忆、联想变得与画作同样重要,甚至更加重要。原画并未明说这是哪里的山水,苏轼却联想到黄州的风景,这是他个人特有的经历,给题画诗赋予了强烈的主体性和个人化色彩。一种"愁心",两地风景,各有不同的写法和特色。写画中风景是从空间上着眼,从远到近,从高到低,从山到水到人,明暗、隐现、动静相互对比烘托,层次清晰,意境清新。写黄州风景则以时间为线索,按先后顺序描画春夏秋冬四季的景象,一句一景,准确生动,景中含情,意境清幽闲逸,一往情深。最后两句将两处风景绾合在一处,表达了对自然和自由的向往、对生活和艺术的热爱。

与莫同年雨中饮湖上[①]

到处相逢是偶然,梦中相对各华颠[②]。
还来一醉西湖雨,不见跳珠十五年[③]。

注释

① 元祐四年(1089)七月,苏轼到达杭州知州任上,八月作此诗。莫同年:莫君陈,字和中,与苏轼于嘉祐二年(1057)一同考中进士,所以叫"同年"。莫君陈此时任两浙提刑,也在杭州。湖:指杭州西湖。
② 华颠:白头,头发花白。
③ 跳珠:溅起来的雨点,这里指西湖上的雨水。在诗词中,"跳"字有平声、去

声两读,表示"跳跃"的意思时读平声。熙宁五年(1072),苏轼有"白雨跳珠乱入船"之句,见前面《六月二十七日望湖楼醉书》。十五年:苏轼熙宁七年(1074)由杭州通判离任,改任密州知州,距离元祐四年(1089)重返杭州任知州,正好十五年。

评析

关于这首诗,清代学者的意见针锋相对。王士禛说"可追踪唐贤",认为可以与盛唐隽永高妙之诗相媲美;纪昀评点为"窠臼语",认为诗意语句陈旧老套。其实,无论是赞扬还是批评,都是隔靴搔痒,没有仔细分析诗歌内容,没有落到实处。

由前面所选的作品可知,时间和记忆是苏轼诗歌的常见主题,这首诗将两个主题整合在一起,深化了人生思考。第一句说人生的相遇和重逢都是出于偶然,回应了早年《和子由渑池怀旧》里的感慨:"人生到处知何似?应似飞鸿踏雪泥。泥上偶然留指爪,鸿飞那复计东西。"渺小的个体在宏大的空间里不由自主地飘荡,所到之处、所遇之人、所经之事,全都出于偶然。第二句说"梦中相对",有两层含义。一是接续上句,既然人生际遇充满了偶然性,那么就和虚幻随机的梦境没有区别,因此人生中的重逢就好比是梦中的重逢。二是用典,杜甫《羌村三首》(其一)说:"夜阑更秉烛,相对如梦寐。"苏轼化用其语,意指不敢相信与对方在这里重逢,好像在做梦一样。这真是梦中做梦,两重皆虚。第一句从空间思考,第二句从时间感慨。重逢本已虚幻偶然,彼此的满头白发更令人伤感:时间快速流逝,冷酷无情,不为任何人、任何事而稍作停留,生命短暂,人已老去。走笔至此,一种苍凉空虚的悲哀之感从心底涌起。

然而,一味地悲观或者乐观都不是苏轼的人生意识。相逢尽管偶然,但毕竟我们相逢了；在各自飘荡分飞的人生旅途中居然能够重逢，那就算得上奇迹，因此人生就有了惊喜，不妨在雨中面对西湖大醉一场，重温多年以前的美梦。多年前苏轼用诗歌记下了西湖的跳珠，留住了记忆，如今依旧跳动在眼前，气氛因而变得欢快温馨，足以告慰平生。虽然我们不能决定人生际遇，不能长久拥有美好，但至少可以拥有美好的记忆。因了这记忆，苍凉空虚的人生便有了温暖和充实。

从词句看，"华颠""西湖雨""跳珠"都是常见意象，确实老套，但经过苏轼的重新组合而自出新意。全诗意脉分明，情思深沉，悲凉中有旷达，怅惘中有喜悦，构思和用字均有数层转折和深入，其美学境界并非王士禛推崇的透彻玲珑的兴象神韵，而是深折瘦劲的气骨意格，这正是宋诗的风格特征。

赠刘景文①

荷尽已无擎雨盖②，菊残犹有傲霜枝③。
一年好景君须记，最是橙黄橘绿时④。

注释

① 元祐五年(1090)十月作于杭州。刘景文：名季孙，名将刘平的儿子，此时苏轼任杭州知州，他任两浙西路兵马都监兼东南第三将，也在杭州。
② 荷尽：荷花开败完结。擎：支撑，承受。盖：遮雨的车盖或伞盖，这里比喻荷叶。
③ 残：枯萎衰残。傲霜：轻视寒霜，即不屈服于寒霜。
④ 最是：有的版本作"正是"。苏轼元丰七年(1084)初冬作于宜兴(今属江

苏)的词《浣溪沙·咏橘》,上阕说:"菊暗荷枯一夜霜,新苞绿叶照林光。竹篱茅舍出青黄。"已经写过类似的意思,苏轼这首诗作了改造引申。

评析

这是一首熔情、景、理于一炉的咏物励志诗。刘景文时年58岁,因此理解诗意一定要结合题目,注意初冬季节和晚年人生之间的对应关系。

苏轼写的是初冬的美景和活力,这是对中国文学传统的挑战。一直以来,诗人写景都偏爱春天和秋天,吟咏夏天美好的诗歌也不少,诗中的初冬则常是萧索消沉的,苏轼却发现了初冬时节的别样景致:劲拔的力量、斑斓的色彩和成熟的喜悦。这就翻转了传统的诗歌主题。不仅如此。韩愈《早春呈水部张十八员外》:"天街小雨润如酥,草色遥看近却无。最是一年春好处,绝胜烟柳满皇都。"人人皆以春天为好,韩愈将春天好景提前到初春,苏轼却径直将初冬誉为最美好的时节,这又是一层翻案。

苏轼一方面反传统,另一方面又接续传统。荷花和菊花分别是夏天和秋天的标志性花卉,故开头两句分别写二者的枯败衰残,给后面作铺垫。镜头对准荷叶和菊枝,可谓观察细致、曲尽其妙。两句字面相对,内容相连,意义转折,上下句位置不可调换,属于"流水对",关联词"已无""犹有"的使用,使语义清晰、语脉相连,突出荷花和菊花的区别,体现傲霜枝干的坚韧独立,引出下文对饱经风霜终得成熟的橙、橘的描写。传统上,屈原的《橘颂》赞美橘树的绚丽色彩、傲霜气节和坚定意志,对后世影响最大;张九龄《感遇》(其三)吟咏橘树"经冬犹绿林""自有岁寒心"的坚贞节操、"可以荐嘉客"的优异才能,也脍炙人口。苏轼延续了这个写作传统,融会贯通,在定格镜头中强化了橙黄橘绿的丰富含义:青黄杂糅,色彩斑斓;饱经风霜,气节劲拔;硕果累累,丰收在望;酸甜清香,秀色可餐;佳果迎客,好比人才进用。

傲霜、进用这两层含义与赠给年近六旬的刘景文的背景互相呼应，因此题目对理解诗意至关重要。55岁的苏轼以物喻人，赞扬58岁的对方的才能和节操，勉励他莫叹年老、坚韧自信、积极进取，并以此自勉，表现出旷达乐观的胸襟和超越流俗的境界。苏轼后来举荐刘景文做了隰(xí)州(治所在今山西隰县)知州，在行动上补充解释了这首诗的原意。

望 湖 亭①

八月渡长湖②，萧条万象疏③。
秋风片帆④急，暮霭一山孤⑤。
许国⑥心犹在，康时术已虚⑦。
岷峨⑧家万里，投老⑨得归无？

注释

① 望湖亭：在吴城山上，吴城山位于庐山市南部、永修县东部，是赣江及修水流入鄱阳湖的地方。绍圣元年(1094)八月，苏轼被贬惠州(今属广东)，途中经过南康军，作此诗。南康军，治所在今江西九江市下属的庐山市。

② 长湖：指彭蠡湖，现在叫鄱阳湖，湖体狭长。

③ 萧条：凋零，冷落。万象：一切事物和景象。疏：稀疏。

④ 片帆：孤舟。按通常格律，这两个字的声调应该是平仄，为了实际表达的需要，苏轼前后调换为仄平，这在格律上叫作"拗救"，类似的名句有李白《赠孟浩然》"红颜弃轩冕"，杜甫《天末忆李白》"凉风起天末"。

⑤ 暮霭(ǎi)：傍晚的云雾。一山：指鄱阳湖中的大孤山，在江西九江东南鄱

阳湖的出口处,见前面《李思训画〈长江绝岛图〉》诗注。

⑥ 许国:为国效力。

⑦ 康时:即匡时,匡正时势,挽救危难时局。宋朝为了避宋太祖赵匡胤的讳,改"匡"为"康"。术已虚:政治策略、见解不被采纳,成为虚空。

⑧ 岷峨:岷山和峨眉山,都在苏轼家乡四川境内。

⑨ 投老:临老,到年老的时候。

评析

绍圣元年(1094)四月,定州知州苏轼被贬去英州(今广东英德)。在远赴岭南途中,苏轼不断接到新的贬谪命令,一次比一次严酷,六月,又被勒令到惠州(今属广东)安置。八月,他经过南康望湖亭,写下这首五律。

苏轼曾经担任翰林学士、侍读学士,是宋哲宗的秘书兼老师。但哲宗在贬谪苏轼的多份圣旨里对他大肆谩骂,先是数落他行为污浊而陷害正直的人、学术偏离正道而欺上瞒下,后又指责他对朝廷忘恩负义,宣布与他有不共戴天之仇,讥讽他的才华只是妖言惑众、文过饰非,最终自取灭亡,怨不得别人,最后警告他在偏远之地老实悔过、自保老命,否则将再次加重惩罚。君臣之间,师生之间,一至于此,苏轼怎能不喟叹绝望?因此首联就描写了万物萧疏的凄凉景象。颔联则移情于景:凄紧的秋风中,一叶扁舟急速驶过;苍茫的暮色里,一座山峰静默独立。这两句正是苏轼此刻的自我象征:漂泊、孤独、无言以对。而颈联则是对哲宗的直接反驳:无论你们怎么辱骂、贬谪,我始终以心许国,只不过见解都不被你们采纳。越是身处逆境,越是被权力否定价值、剥夺尊严,就越是要肯定自我的价值、保持自我的尊严,这是个体起码能做到的抗争。59岁的他再次想要归隐故乡,但身为罪臣,他不能归去。全诗用简约凝练的五律,表现沉重深挚的情感,苍凉之情与苍茫之景交相融合,写实中有象征,叹息中有抗争,艺术成就很高。

从宋朝起,这首律诗混用两个韵部的押韵情况就引起了人们的注意。第一、四、八句的"湖""孤""无"属于七"虞"部,第二、六句的"疏""虚"属于六"鱼"部,这两个韵部发音相近,在古体诗中可以邻韵通押,但在近体诗中不允许(首句偶尔可以,见前面《题西林壁》诗注),因此,这首诗不符合律诗"正体"的押韵标准。但律诗中另有一种"变体",押韵方式是两个邻韵交错使用,即第二、六句使用甲韵,第四、八句使用可与甲韵通押的乙韵,仿佛一进一退,称作"进退格"。此诗"鱼""虞"两个邻韵相间押韵,就属于这种情况,是一种特殊的、有历史依据的律诗用韵方式,不应用科举考试的机械标准来衡量。

十月二日初到惠州①

仿佛曾游岂梦中,欣然鸡犬识新丰②。
吏民惊怪坐何事③,父老相携迎此翁④。
苏武岂知还漠北?管宁自欲老辽东。⑤
岭南万户皆春色,会有幽人客寓公。⑥

注释

① 绍圣元年(1094)十月作于广东惠州贬所。
② 欣然:高兴的样子。新丰:在今陕西西安市临潼区。汉高祖刘邦是丰邑(今江苏徐州市丰县)人,在长安称帝后,为满足父亲的思乡之情,命人在渭水岸边仿照丰邑的布局建造一座新城,就叫"新丰",然后把故乡的百姓也请来居住,结果人人都认出自己的房屋,连犬羊鸡鸭也认得主人的家。

这两句说，抵达惠州以后，觉得这里如同故乡，仿佛在梦中曾经来过，没有陌生之感，反而有喜悦之情，跟刘邦老家的乡亲和鸡犬到了新丰一样。

③ 吏：官府中的小吏和差役。民：百姓。坐：因为。

④ 父老：对老人的尊称。相携（xié）：相互搀扶，相伴。此翁：苏轼自称。

⑤ 苏武：西汉人，汉武帝时奉命出使匈奴，遭到扣留，19年后才获释回到汉朝。还漠北：从漠北回来。"漠北"指蒙古高原大沙漠以北的地区，是匈奴居住的地方。管宁：汉末三国时人，为了避乱，前往辽东隐居，长达37年。辽东在今辽宁省的东部和南部。这两句说，苏武不知道自己最终能够从漠北返回中原，管宁最初本来打算在辽东终老，我也不打算回到中原了，准备老死在惠州。

⑥ 岭南：五岭以南的地区，即广东、广西一带，这里指惠州。春色：唐代人称酒为春，后人也用"春色"指酒。苏轼在这句下自注："岭南万户酒。"会：应当，将会。幽人：隐居的高洁之士。客：邀请人来作客。寓公：流落、寄居他乡的人，这里指苏轼自己。这两句说，惠州家家户户都有好酒，一定会有民间的隐居高士请我去作客饮酒。

评析

清代大学者纪昀评点这首诗说："三句太浅，五六不切。"且看他说得对不对。

第三句说，差役和百姓对苏轼的到来感到很吃惊，却不知因为何事。从构思和用词来说，这句的确浅切。第四句也是如此。但是，这里用了"互文见义"的修辞手法，上下两句要合起来理解：惠州当地的差役和父老乡亲奇怪我怎么会远道而来，纷纷相互搀扶着出门迎接我。词语虽然浅切，诗意却很丰富。请注意，诗人用的是"吏民"而不是"官民"，表明官僚阶级已经与他划清界限，他惨遭朝廷的迫害,却深受百姓的欢迎;他是皇帝的罪臣,却是民众的朋友。另外,全诗的首联、颈联用词典雅,颔联、尾联造语浅切,交错为用,错落有致。

　　颈联的用典是否"不切"呢?"切"是古代对诗文用典的基本要求,即所用的典故要与所表达的意义、情感相切合,两者之间应具有极大的相似性。纪昀大概是由于苏武、管宁最后都从化外之地回到了中原,所以认为"不切",但用典方式有多种,可以从正面完整地使用,也可以只取其近似的一端一意而借用,不必完全等同。苏轼这里不是"正用",而是"借用"典故,表明自己无意北归、准备老死惠州:苏武、管宁虽然最终都回到了中原,但他们确实都长期居留在化外之地,其中苏武本以为要老死漠北,管宁本意就是要终老辽东,在远离中原、居留于化外之地这一点上,三人是有高度相似性的,因此,苏轼的用典堪称切当。此诗第二、五、六句的用典精确切当、灵活变化、不露痕迹,语意明白晓畅,在简练的形式中包含丰富多层的内涵,情感深沉,耐人寻味。

　　苏轼被普通百姓的热情所感动,他决定终老此地,转过身去,远离庙堂,走向民间,相信会有本地高士请他去作客饮酒。因此,虽然是初到贬所,诗里却没有惊慌失措、怨天尤人,而是从容不迫、随遇而安。他故意选用"春色"来代指酒,用大范围的"岭南"来代替小范围的"惠州",造出"岭南万户皆春色"这样的句子,其本意是指惠州家家户户都有酒,却具有初冬的南国已是满眼春色的引申意义,时空广阔,气象宏大,正是诗人豪雄旷达胸襟的外在表现。

四月十一日初食荔支①

南村诸杨北村卢,白华青叶冬不枯。②
垂黄缀紫烟雨里,特与荔子为先驱。③
海山仙人绛罗襦,红纱中单白玉肤。④

不须更待妃子笑,风骨自是倾城姝。⑤
不知天公有意无,遣此尤物生海隅。⑥
云山得伴松桧老,霜雪自困樝梨粗。⑦
先生洗盏酌桂醑,冰盘荐此赪虬珠。⑧
似开江鳐斫玉柱,更洗河豚烹腹腴。⑨
我生涉世本为口,一官久已轻莼鲈。⑩
人间何者非梦幻,南来万里真良图。⑪

注释

① 绍圣二年(1095)四月作于惠州。荔支:即荔枝。
② 杨、卢:苏轼自注:"谓杨梅、卢橘也。"卢橘,这里指枇杷。华:同"花"。这两句说,南村北村有很多杨梅和枇杷,白色的花朵、青色的叶子冬天里也不枯萎。卢橘有时也指金橘,但苏轼的其他作品和古今许多材料都明确说明唐宋时期把枇杷叫作卢橘,广东话里也是如此称呼,而且枇杷树在冬天开白色的花,果实在春末成熟,与苏轼的描写完全一致;而金橘树的花期在从夏天到秋天,果实在初冬成熟,与苏轼的描写根本对不上。
③ 垂黄缀紫:树上挂满了枇杷和杨梅。枇杷成熟是金黄色,杨梅成熟是紫红色。烟雨:蒙蒙细雨。特:只。荔子:"子"是对人的尊称,尊称荔枝为"子",既是拟人,也是为了突出荔枝的高贵地位。先驱:前导,先行者。南朝梁代萧惠开说,南国的水果,只有荔枝是珍品,味道绝美,杨梅、枇杷可以扔到厕所里。这两句借用其说,意思是枇杷、杨梅比荔枝成熟得早,但味道不如荔枝鲜美,只是给荔枝作先驱、铺垫的。
④ 海山:海边的仙山。惠州靠近大海。绛(jiàng):深红色。罗襦(rú):丝绸

做的短上衣。中单：汗衫，内衣。荔枝果实的外壳呈红色，果壳内壁连着白膜的花纹是紫红色，果肉白色半透明，苏轼据此把荔枝比作仙女，她外穿深红色丝绸上衣，内穿红色纱衣，肌肤像玉一样晶莹洁白。

⑤ 妃子：指爱吃荔枝的杨贵妃。杜牧《过华清宫三首》（其一）："一骑红尘妃子笑，无人知是荔枝来。"倾城：形容女子极其美丽。姝（shū）：美女。这两句说，荔枝自有风韵，本就是倾国倾城的美女，不需要等到杨贵妃的喜爱才出名。

⑥ 尤物：珍奇的物品。海隅（yú）：海边，指偏远的地方。这两句说，不知上天是不是故意让这样的珍品生长在偏远的海边。

⑦ 云山：云雾缭绕的山。桧（guì）：桧树，即圆柏，常绿乔木，枝叶繁茂。福建、广东、海南一带常把荔枝和松树、桧树一起夹杂栽种。樝（zhā）：山楂，后来写作"楂"。这两句说，南方的荔枝生长在云山之上，能够与松树、桧树相伴到老，所以美味；北方的山楂、梨树则被霜雪所困扰，导致果肉粗糙。

⑧ 先生：指苏轼自己。洗盏：洗酒杯。酌桂醑（xǔ）：斟上桂花酒。醑，指酒。冰盘：洁白的大瓷盘。荐：在盘子里盛放东西。赪（chēng）虬（qiú）珠：红色的龙珠，比喻荔枝。赪，红色。这两句说，我洗好酒杯，倒上桂花美酒，在洁白的盘子里装入龙珠一般的红荔枝。

⑨ 江鳐（yáo）：也写作"江珧""江瑶"，一种海蚌，蚌壳里面有肉柱，是海味珍品，晒干后叫干贝。斫（zhuó）：切开。玉柱：江鳐蚌壳内的白色肉柱。烹：煮。腹腴（yú）：鱼腹下肥美的肉。苏轼自注：我曾经说荔枝有两绝：厚味（鲜美的味道）和高格（高超的格调），在水果中无与伦比，只有同样美味的江鳐柱、河豚和它类似。这两句说，吃荔枝就好似切开了江鳐的肉柱，更像洗好河豚烹煮它的腹下肥肉。

⑩ 涉世：经历世事。莼（chún）：即莼菜。莼鲈：莼菜羹和鲈鱼脍。西晋张翰

是苏州人,在洛阳做官,见到秋风起,就想念家乡的莼菜羹、鲈鱼脍,于是弃官还乡。苏轼这两句反用典故,意思是我这一生涉世做事本来是为了糊口谋生,做官久了就不再思念家乡。

⑪ 何者:哪一个。良图:妥善的谋划。这两句说,人世间什么不是梦幻呢?我不远万里来到南方,真是妥善的谋划。

> 评析

苏轼总会把日常生活中的重要事情用诗的形式记录下来,而且常常标明具体的日期,以示郑重。如他初入仕途、第一次与苏辙分别,就有《辛丑十一月十九日,既与子由别于郑州西门之外,马上赋诗一篇寄之》;"乌台诗案"中九死一生,出狱后作《十二月二十八日,蒙恩责授检校水部员外郎黄州团练副使,复用前韵二首》。绍圣二年(1095),他在惠州贬所第一次吃到久负盛名的南国佳果荔枝,又郑重其事地在诗题里写明时间和事件:"四月十一日初食荔支。"这使他的诗歌带有日记的性质,既是个人的生活史、心灵史,也反映了所处时代的历史,堪称北宋的"诗史"。

通过标题的作用,这首咏物诗就变成一个对比欣赏的动态过程,成为一个重要的历史事件。在描摹荔枝的外形时,诗人使用了比喻和拟人手法,将荔枝美化为仙女。在赞扬荔枝的美味和风骨时,则反复使用对比的手法:先用早熟的枇杷、杨梅作为先驱,以衬托荔枝;接着把给"妃子笑"作陪衬的传统观念翻转过来,贵妃成了荔枝的陪衬;再用粗糙的山楂和梨反衬荔枝的细滑无渣。同时,还发挥联想,用了类比手法:松树、桧树风骨高峻,类似荔枝的"高格";江鳐柱、河豚肉味道鲜美,类似荔枝的"厚味"。比喻、拟人、比较、联想,这些都是苏轼擅长的创作手法。

全诗从枇杷、杨梅入手,中间多层次、多角度地铺写荔枝的外形、风骨和美味,最后以随遇而安的精神结束,想象丰富,诗意跌宕而结构严密,主要靠"不知天公有意无"这一神来之笔,将荔枝生长在海边、与松树和桧树杂处想象成上天的安排,不仅总结了上文将荔枝拟为仙女的描写,而且为下文写被贬谪到惠州的诗人品尝荔枝做铺垫。由于诗人被皇帝远谪海边也是"天公"的旨意,因此诗人与荔枝就有了相似之处,自带"风骨"的荔枝就成了诗人的人格象征。荔枝的风骨不需要代表皇帝的妃子来认定,诗人的价值也不需要皇帝的欣赏,他本身就自有价值。被贬黄州时,苏轼以高雅清淑的海棠自比,自怜幽独,与流落他乡、无人欣赏的海棠同病相怜。如今被贬惠州,苏轼改以厚味高格的荔枝自比,自具风骨,无需他人欣赏,不再孤傲不平,而是自持自适。从现在起,苏轼找到了自己精神上的归宿。

荔 支 叹①

十里一置飞尘灰,五里一堠兵火催。②
颠坑仆谷相枕藉,知是荔支龙眼来。③
飞车跨山鹘横海,风枝露叶如新采。④
宫中美人一破颜,惊尘溅血流千载。⑤
永元荔支来交州⑥,天宝岁贡取之涪⑦。
至今欲食林甫肉,无人举觞酹伯游。⑧
我愿天公怜赤子,莫生尤物为疮痏。⑨
雨顺风调百谷登⑩,民不饥寒为上瑞⑪。
君不见武夷溪边粟粒芽,前丁后蔡相笼加⑫。
争新买宠各出意,今年斗品充官茶。⑬
吾君所乏岂此物? 致养口体何陋耶!⑭

洛阳相君忠孝家,可怜亦进姚黄花。⑮

注释

① 绍圣二年(1095)夏天作于惠州。
② 置:驿站。尘灰:灰尘,尘土。堠(hòu):古代计里程或分界的土堆。汉唐制度,五里为一堠,十里为双堠、一置。兵火:战争。这两句说,给皇宫送荔枝的人员在各个驿站之间加急传递,路上尘土飞扬,好像战争催促。
③ 颠、仆:跌倒,倒下。枕藉(jiè):物体倒在一起,相枕而卧,形容多而杂乱。这两句说,人马由于奔跑太快,伤亡惨重,看到泥坑里、山谷中尸体横卧,就知道是在给宫中进贡荔枝和龙眼。诗歌写的是荔枝,龙眼是连带提及的同类事物,这种修辞手法叫"连类而及"。
④ 飞车:传说中乘风飞行的车。鹘(hú):海鹘,古代的一种战船,船形头高尾低,前大后小,像鹘鸟的形状。风枝:风吹拂着的枝条。露叶:沾了露水的叶子。这两句说,为了加急运送荔枝,风驰电掣的飞车翻山越岭,鹘形快船横渡大海,抵达皇宫时,荔枝上的枝叶还带着风露,如同刚采摘下来的一样。
⑤ 宫中美人:指杨贵妃。破颜:露出笑容。惊尘:车子疾驶扬起的尘土。这两句说,为了博得宫中美人破颜一笑,皇帝和官员们祸国殃民,老百姓血溅尘土,千年之下仍在流淌。
⑥ 永元:东汉和帝的年号(89—105)。交州:管辖范围包括今天的广东、广西及越南的一部分。
⑦ 天宝:唐玄宗的年号(742—756)。岁贡:每年给朝廷进献礼品。涪(fú)州,治所在今重庆涪陵。苏轼自注:天宝年间,朝廷选取涪州荔枝作为贡品,取道秦岭子午谷进入首都长安。

⑧ 林甫：李林甫，玄宗时任宰相，迎合玄宗意旨，勾结宦官和嫔妃，排除异己，败坏政事，对人表面友好，暗中陷害，世称"口蜜腹剑"。觞（shāng）：酒杯。酹（lèi）：用酒浇地，表示祭奠。苏轼自注：唐羌，字伯游，任临武县令，上书反映进贡荔枝给百姓带来的诸种惨状，汉和帝纳谏停献。这两句说，直到现在，人们还恨不得吃了阿谀谄媚的李林甫的肉，却没有人祭奠为民进谏的唐羌。言下之意，是当今没有像唐羌那样的官员。

⑨ 赤子：百姓，人民。尤物：珍奇的物品，这里指荔枝及下面所说的斗茶、牡丹等。疮痏（wěi）：疮，伤痕，这里指祸害。这两句说，我希望上天怜悯平民百姓，不要出产珍奇物品，它们是百姓的祸害。

⑩ 登：丰收。

⑪ 上瑞：最好的兆头。

⑫ 武夷溪：即建溪，发源于福建武夷山，流经浦城、建阳等地，流入闽江，这一带出产的茶叶非常著名，叫建溪茶、建茶、武夷茶。粟粒芽：初春的芽茶，形状细小，像粟米的颗粒，是武夷山茶的极品。丁：丁谓，字谓之，后改字公言，真宗时任宰相，封晋国公，后被认定为奸臣。蔡：蔡襄，字君谟，为官正直，多有政绩，是北宋名臣，精于茶艺，著有论茶专著《茶录》。笼加：装进笼子里加上封条。这两句说，本朝也一样，不管是奸臣丁谓还是忠臣蔡襄，都竞相将武夷名茶进贡给皇上。

⑬ 买宠：博取宠爱。出意：出主意。斗品：在比赛中胜出的精品茶叶。宋人有斗茶的风俗，各出名茶，比赛茶叶优劣，评出品第。官茶：官家进贡的茶。据苏轼自注，他写诗的这一年，福建路的监察官员请求进贡斗茶比赛中的极品茶叶，哲宗表示同意。这两句说，官员们挖空心思、各出新意，以博取皇帝宠爱，今年斗茶比赛中的极品都成了献给皇上的贡品。

⑭ 君：皇帝。乏：缺乏。岂：难道。致养口体：奉养口腹和身体，即满足物质欲望。何陋耶：多么鄙陋啊。这两句说，我们的皇帝们缺乏的难道是这

些东西吗？只知道满足物质欲望是多么浅陋低俗啊！

⑮ 洛阳相君：钱惟演，字希圣，吴越王钱俶的次子，随父亲投降宋朝，曾以同中书门下平章事（宰相）的官衔判河南府，任东京（今河南洛阳）留守，故称"洛阳相君"。忠孝家：钱俶死后，宋朝给他的谥号是"忠懿"，称赞他"以忠孝而保社稷"，因此苏轼称钱惟演出身于忠孝之家。可怜：可惜。姚黄花：牡丹花中的名品，是一种千叶黄花，据说是姓姚的人家培育出来的。据苏轼自注，洛阳给皇帝进贡名花，从钱惟演开始。这两句说，钱惟演出身忠孝之家，高居使相之位，可惜也做出进贡姚黄牡丹这样的事情。

评析

在苏轼之前，唐诗里已有不少咏叹进贡荔枝的作品。如杜甫《解闷十二首》（其十二），直陈其事，表达了鲜明的批评态度，诗意直接而质实，但不符合贵含蓄、求余味的七绝传统。杜牧《过华清宫三首》（其一），抓住富有包孕性的顷刻，形象鲜明，耐人寻味，是咏史怀古七绝中的名作。

苏轼则采用七言古体来咏叹进贡荔枝的历史事件，从历史说到现实，从荔枝叹转到名茶叹、牡丹叹，扩大了篇幅，也增加了内涵，把咏史题材写成了政治讽喻诗，类似杜甫、元结、白居易等人"即事名篇"的新题乐府。诗的前十二句，四句一转韵，描写汉唐进贡荔枝的事例，揭露帝王穷奢极欲的生活，感慨荔枝给百姓带来了巨大灾难，甚至希望上天不要出产这样的珍奇物品，免得人民遭殃，而只愿风调雨顺、五谷丰登，广大民众能免于饥饿寒冷。这样激愤的话语，更见出诗人对苛政、弊政的批判和对人民的同情。"宫中美人一破颜，惊尘溅血流千载"写帝王不顾百姓死活、只为博得美人一笑，受害者灾难深重，千年不绝，真是触目惊心。杜牧"一骑红尘妃子笑，无人知是荔枝来"，以凝练精巧著称，苏轼这两句则以雄浑顿挫见长。诗的后八句，苏轼从古代进贡荔枝联想到本朝的茶贡、花贡,慨叹士人官员普遍出新邀宠,奸臣、忠臣、忠孝之家等等无一幸免。八句一韵到底,成为全诗的重点所在,矛头直指"今年"的新花样,将官员花样翻新、百姓遭殃受苦的根源追溯到"吾君"身上,批评时事,思力深刻,胆识过人。白居易的讽喻诗就题写题,苏轼此诗则借题发挥,写得波澜起伏,纵横自如,抨击猛烈而情感深沉,堪称"史诗"。尤其深刻的是,苏轼指出,这些争新买宠的发明人竟然是"士人",有些本来是正人君子、忠孝子弟,本该具有独立的尊严和人格,却也自甘堕落,成为士大夫的耻辱,令人痛心不已。

苏轼一生因为在诗里反映民生疾苦、讥讽朝政而屡遭磨难,几乎招致杀身之祸。写这首诗时,他正遭受贬谪岭南之苦。哲宗在贬斥苏轼的圣旨里视他为仇敌,警告他老实保命,否则将加重惩罚。苏轼却仍然不顾个人安危,针锋相对,顶风而上,以戴罪之身为民请命,甚至直接批评哲宗只顾口腹之欲、何其鄙陋,这是何等的气魄!其中所体现的有民胞物与的仁爱,也有人的良知和士大夫的责任感。相比那些争新买宠或明哲保身的人,苏轼无疑称得上伟大。

食 荔 支①

罗浮山下四时春②,卢橘杨梅次第新③。
日啖荔支三百颗④,不辞长作岭南人⑤。

注释

① 绍圣三年(1096)作于惠州。原题共两首,这里选第二首。
② 罗浮山:主山在广东惠州市博罗县,西北分属于龙门和增城,区域广大。

四时：四季。

③ 卢橘：指枇杷。见前面《四月十一日初食荔支》诗注。次第：依次。

④ 啖（dàn）：吃。

⑤ 辞：推辞。长：长久，永远。岭南：大庾岭等五岭以南的地区，指广东、广西一带。

评析

绍圣二年（1095），苏轼在惠州贬所第一次吃到久负盛名的南国佳果荔枝，赞不绝口，挥笔写下七言古体诗《四月十一日初食荔支》，标明了具体的时间和事件，以示郑重。第二年，再次品尝荔枝，他又写了这首七言绝句。

诗的开头，如果写作"惠州当地"，会更加明晰，也符合平仄要求。苏轼为什么要说"罗浮山下"？罗浮山地处今天广东惠州市博罗县，长达100多公里，可以作为惠州的代表。而且，罗浮山历史悠久，面积广大，高峻翠绿，被称为南粤群山之祖，一向被视为神仙之山、文化之山，使用罗浮山来指称惠州，不仅交代了惠州的地理环境，而且使诗歌具有了历史文化背景。"罗浮山下"四字，一开头就将诗歌置于空阔无边的时空之中，提供了从高处俯瞰的视角，使视野变得开阔，诗人和读者的胸襟也随之高远。惠州属于热带气候区，常年高温多雨，气候湿热，苏轼却写这里四季如春，传达出春意盎然、生机勃勃的涌动气象。接下来说南国佳果，用"次第新"三个字，就把枇杷、杨梅以及后面的荔枝在春末夏初依次成熟的情形写得非常生动热闹，新鲜美味的水果一种接一种，排着队似的依次登场，人民每天都可以品尝时鲜美味，好一派热闹繁忙丰收的美好景象！面对此情此景，苏轼不禁发出感叹：每天能吃三百颗荔枝，真好啊，我也不推辞永作岭南之人了。他曾经在题跋里说，世间流传的王献之书帖，上面有"黄柑三百颗"之语，韦应物的诗也写道："书后欲题三百颗,洞庭须待满林霜。"苏轼在这里巧妙地借用了古人的典故,夸张风趣,表现了他对荔枝的由衷赞美,非常传神,而且传达出浓厚的生活情趣,笔墨堪称触处生春。

《四月十一日初食荔支》是长篇七古,想象丰富,诗意跌宕而结构严密。这首诗是短篇七绝,语言通俗流畅,形象鲜明生动,兼具风趣和情趣,别有一番新巧的意味。

纵　　笔①

白头萧散满霜风②,小阁藤床寄病容③。
报道先生春睡美④,道人轻打五更钟⑤。

注释

① 绍圣三年(1096)春天作于惠州。纵笔:放手随意书写。
② 萧散:萧条零落,形容头发稀少。霜风:寒风,这里也指经历的艰难困苦。
③ 小阁:指苏轼在惠州嘉祐寺借住的小房子。藤床:藤条编成的床。寄:暂时存放。病容:生了病的面容。
④ 报道:报告说。先生:指苏轼自己。
⑤ 道人:指僧人。五更:指第五更,天快亮的时候。

评析

苏轼在惠州的生活是异常贫穷艰苦的。首先是没地方住。绍圣元年(1094)十月初二,他抵达惠州,暂时借住在政府的招待所合江楼里。十八日,搬到嘉祐寺里栖身。第二年三月十九日,由于提点广东刑狱使表兄程之才(字正辅)的关心过问,他得以再次到合江楼里暂住。第三年四月二十日,又被迫迁入嘉祐寺栖身。第四年二月十四日,苏轼在白鹤峰上建造的新居落成,才搬出嘉祐寺,终于入住自己的房舍。在他寄居嘉祐寺期间,绍圣三年(1096),新居架梁时,他写了《白鹤新居上梁文》,其中有一段歌词:"儿郎伟,抛梁东,乔木参天梵释宫。尽道先生春睡美,道人轻打五更钟。"后面两句与这首诗的最后两句只差一个字,应当是同时所作。

苏轼在惠州不仅居无定所,日常生活也极为拮据,常常无米无酒。但他随遇而安,设法一一化解了生活中的苦难。这首诗就表现了惠州生活的苦难及其化解。第一句写诗人白发稀疏、满脸风霜的苍老形象;第二句显示他居无定所又处在病中,给人老病缠身、穷途末路的感觉。但后面两句来了大转折:五更时分,天快要亮,僧人要敲钟,因为报告说东坡先生睡得正香,因此僧人轻柔地敲钟,以免惊扰了先生的春睡。诗人前面的衰疲凄凉之气至此被一扫而光,传达出随遇而安、与当地百姓、僧道打成一片的生活状态,表现出恬静自适的情调,也蕴含着傲岸的意味。据说他的政敌章惇读到后,觉得苏轼怎么还过得这么安稳,非常恼怒,一定要置他于死地,于是把他继续贬到海南儋州去。故事虽然不可靠,却也反映出这首诗的境界和魅力所在。"白头萧散满霜风",苏轼似乎对自我的这个形象很满意,到了海南还是这样描述自己:"白须萧散满霜风。"

岭南,自古以来就被认为是蛮荒瘴疠之地,毒虫猛兽昼夜出没,病毒瘟疫无时不有,甚至害怕一到这里就会中毒身亡。苏轼的作品彻底扭转了这种歧视和误解,塑造了一个四季如春、佳果时新、生活闲适的全新岭南。

行琼儋间，肩舆坐睡，梦中得句云："千山动鳞甲，万谷酣笙钟。"觉而遇清风急雨，戏作此数句①

四州环一岛，百洞蟠其中。②
我行西北隅，如度月半弓。③
登高望中原，但见积水空④。
此生当安归，四顾真途穷。⑤
眇观大瀛海，坐咏谈天翁。⑥
茫茫太仓中，一米谁雌雄。⑦
幽怀忽破散，永啸来天风。⑧
千山动鳞甲，万谷酣笙钟。⑨
安知非群仙，钧天宴未终。⑩
喜我归有期，举酒属青童。⑪
急雨岂无意，催诗走群龙。⑫
梦云忽变色，笑电亦改容。⑬
应怪东坡老，颜衰语徒工。⑭
久矣此妙声，不闻蓬莱宫。⑮

注释

① 琼：琼州，在今海南海口。儋（dān）：儋州，今属海南。肩舆：轿子。"千山"二句：见正文注释。觉：睡醒。绍圣四年（1097）闰二月，朝廷将苏轼贬为琼州（今海南海口）别驾、昌化军（治所在海南儋州）安置。四月，苏轼

接到命令，离开惠州前往海南，六月渡海至琼州，七月到达儋州贬所。此诗应当作于从琼州到儋州途中。

② 四州：宋朝在海南设立四个州进行管辖，分别是琼州、崖州（今三亚市崖州区）、儋州和万安州（今万宁）。一岛：指海南岛。百洞：指众多的黎族百姓。"洞"是古代对华南、西南少数民族聚居地方的泛称，也写作"峒（dòng）"。海南黎族的社会组织，有固定的地区，黎语称"贡"，汉字写作"洞"或"峒"，宋代文献多称他们为"黎洞"或"黎峒"，朝廷公文里就说海南有"黎峒一百二十聚落"，苏轼说"百洞"，是举整数而言。蟠：盘结，这里指遍及。其中：海南岛的中部，黎族主要聚居在中部山区。这两句说：四个州环绕着海南岛周围，上百个黎洞、众多的黎族百姓遍布中部地区。南宋楼钥《代谢知琼州表》说海南"四州百洞，幸利涉于鲸波"，就借用了苏轼这两句诗。

③ 西北隅（yú）：西北角。度：经过。月半弓：月亮像半张弓形。苏轼从海南岛北端的琼州登岛，然后向西走，再折向南，到达儋州，整条路线位于海南岛的西北部，如同一条弧线，所以比喻成半弓形的弦月。

④ 但见：只看见。积水：积聚的水，这里指海水。空：广阔空旷。

⑤ 安归：归向哪里。途穷：道路到了尽头。这两句说，我这一辈子哪里才是归宿？看看四周，感觉真的无路可走了。

⑥ 眇（miǎo）观：眯眼细看。大瀛（yíng）海：围绕大九州的大海，这里指大海。战国时期的阴阳家邹衍认为，中国叫赤县神州，内部分为九州，中国之外类似赤县神州的地方还有九个，每一州都被一个裨海（小海）所环绕，与别的州相互隔绝，这大九州之外又环绕着大瀛海，那里就是天地相接的地方。坐：于是。咏：咏叹。谈天翁：指邹衍，他善于谈论宇宙天地的事情，被称为"谈天衍"。这两句说，眯着眼睛远望浩瀚的大海，于是咏叹起谈天的邹衍。

⑦ 太仓：古代京城里储存粮食的大仓库。雌雄：指分出大小。这两句借用《庄子·秋水》的句子："计中国之在海内，不似稊（tí）米之在太仓乎？"意思是中国比海南岛大很多，但在宇宙之中，也不过像一粒米在太仓之中，有谁来比较区分它们的大小呢？那么宇宙、中国、海南岛的差异都是相对的。

⑧ 幽怀：内心深处的情感。永啸：长啸，形容风声。天风：风。风在天上运行，所以叫"天风"。这两句说，风从天外呼啸而来，吹散了我的深沉感慨。

⑨ 鳞甲：鳞片和甲壳。酣：声音响亮。笙：一种吹奏乐器。这两句说，千万座山的草木在风中摆动，好像鳞甲在翻动；千万个山谷里风声呼啸，仿佛笙和钟等乐器在酣畅响亮地演奏。

⑩ 钧天宴：神仙的宴会。钧天是天的中央，传说是天帝居住的地方。终：结束。这两句说，这些风声，可能是众多神仙在天上举行宴会、演奏天上的音乐，还没有结束。

⑪ 归有期：马上就要归去了。这句是回应前面"此生当安归"的疑问，苏轼预感将会老死在海南，也可以说是回到天上做神仙，因为他被人们看作与李白一样的"谪仙"，自己也有这样的认识，原本是天上的神仙，暂时贬谪下凡，不久将要归去。属（zhǔ）：劝人喝酒。青童：青童君，古代传说中的神仙，居住在东海，这里代指各位神仙。这两句说，天上的神仙为我即将归去而感到高兴，互相举杯劝酒。

⑫ 催诗：催促写诗。苏轼在诗里多次写到雨能催促、催生诗歌，见前面《有美堂暴雨》诗的评析。走群龙：群龙飞舞。古人认为龙负责下雨。这两句说，雨点急剧落下，难道没有意图吗？应该是神仙们让群龙飞舞降雨，来催我作诗的。

⑬ 梦云：形容云的形状变化不定，像梦一般。笑电：闪电。传说东王公（即青童君）与仙女玩投壶的游戏（近似现在的套圈），如果投不中，天帝就发

笑,这便是闪电。这两句说,由于我将要写诗,如梦的云彩、似笑的闪电都改变颜色面容了。上句化用宋玉《高唐赋》的字词和描写,下句化用托名东方朔《神异经》里的字词。

⑭ 应:应当会。颜衰:容颜衰老。语:指诗句。徒:徒然,白白地。工:工巧精妙。这两句说,神仙们看到我的诗后应当会感到奇怪,我这个衰疲的老头怎么还能写出如此工巧的诗句来。

⑮ 妙声:一语双关,既指因风声而联想到的天上音乐,也指苏轼自己所作的诗篇。蓬莱宫:指神仙居住的宫殿。这两句说,自从我贬谪下凡以来,天上已经很久没有听到这样美妙的声音(诗句)了。

评析

中国古代有个文学批评术语叫"江山之助",意思是某个地方的地理山川帮助作家写出好作品。苏轼晚年被贬谪到天涯海角,生还无望,正是穷途末路的时候。但海南独特的地形、奇异的风俗和壮观的天风海雨激发了他的豪情逸致,催生出这首长篇五古,堪称"江山之助"的典型。诗的前八句描写经行路线和地理环境,流露出走投无路的悲凉"幽怀"。接下来四句承接"四顾真途穷",用邹衍和庄子的思想来观察时空变化,平等地看待所处环境的差异,试图消解"幽怀",超越令人绝望的现实处境。此后转向"清风急雨"的自然现象,用瑰奇的比喻和奇异的想象描写岛上壮观的景象,照应了题目的"梦中"。最后四句自我叹赏诗作工巧高妙,处境越困厄,越相信自我的才华和价值,兀傲的豪气喷薄欲出。全诗结构宏大而前后勾连,时空广阔而转换自如,气象壮阔,想象奇丽,语意双关,奇趣横生,与天风海雨的自然环境相得益彰,新人耳目,动人心魄。

为了突出奇景,苏轼在运用比喻的地方采用了对偶结构,以引起注意。

其中,"千山动鳞甲,万谷酣笙钟",上句化用杜甫"石鲸鳞甲动秋风",下句借鉴杜甫"万壑树声满"以及"疏松夹水奏笙簧"的构思,经过重新锤炼,词句紧缩凝练而气象博大雄奇,变得异常精彩。"梦云忽变色,笑电亦改容",钱锺书在《管锥编》里指出,通常的比喻都是用具体的形象作喻体,这两句却使用抽象的事物"梦"和"笑"作喻体,用抽象比喻具体的形象,是一种富于创造性的特殊比喻,而且两句的用字分别化用自《高唐赋》和《神异经》,描摹、用词均工整恰当,见出苏轼高超的语言艺术。

宋人把苏轼贬谪海南时期所作的诗称为"过海后诗",评价极高。苏辙说苏轼到海南之后的诗"精深华妙,不见老人衰惫之气"。朱弁说苏轼的诗"至黄州以后,人莫能及",只有黄庭坚的诗可与之抗衡,而苏轼"晚年过海"后,连黄庭坚也落在他后面了。这首诗就体现了苏轼晚年诗歌天马行空的构思和炉火纯青的境界。

汲江煎茶[①]

活水还须活火烹[②],自临钓石取深清[③]。
大瓢贮月归春瓮,小杓分江入夜瓶。[④]
雪乳已翻煎处脚,松风忽作泻时声。[⑤]
枯肠未易禁三碗,坐听荒城长短更。[⑥]

注释

① 元符三年(1100)作于海南儋州。汲江:从江里取水。煎茶:烹茶,煮茶。
② 活水:刚从江河里取来的水。活火:有光焰的火,旺火。烹:煮。

③ 自临：亲自来到。钓石：可供钓鱼的石头，指江边。深清：江河深处清澈的水。

④ 瓢（piáo）：舀水的器具。瓮（wèng）：水缸。杓（sháo）：勺子。这两句说，用大瓢舀取江水，好像把水中的月亮贮存到水缸里，用小勺取水，好像把江分流，注入了瓶中。

⑤ 雪乳：比喻茶煎沸后翻起的白沫。有的版本作"茶雨"。脚：即云脚，又称"霞脚"，指煮茶、沏茶时浮在茶面的水汽和浓液。唐宋人认为，水多茶少，茶脚就会散开，水少茶多，茶脚就会聚集，茶脚分明的是上品。松风：比喻茶水沸腾的声音。泻时：该倒茶的时候。古人认为，茶汤沸腾到第三次，像波浪一样翻滚，就该倒茶，否则水老不可饮用了。这两句是倒装，正常的语序是"煎处已翻雪乳脚，泻时忽作松风声"，形容茶水沸腾时的形状和响声，意思是，煮茶到茶汤翻滚时，乳白色的泡沫在水面翻腾，茶汤忽然到了第三次沸腾，声音如同松风，已是该倒茶的时候。

⑥ 枯肠：饥渴之肠，空腹。禁（jīn）：经受得起。三碗：唐代卢仝《走笔谢孟谏议寄新茶》诗描写新茶之美，说"一碗喉吻润，两碗破孤闷。三碗搜枯肠，唯有文字五千卷。……七碗吃不得也"。听："听"字在诗韵中有平、仄两个读音，这里读仄声。荒城：指儋州。长短更：古代击鼓报更，鼓点数多的叫长更，鼓点数少的叫短更。这两句说，如此好茶，我空腹却喝不了三碗，是由于贬谪异乡、心情不好所致，只能在夜里坐着听长短不齐的报更声。

评析

宋诗在题材上有一个明显的特点，就是"日常化"，即描写日常生活、对日常生活进行审美的改造和提升。这首诗便是一个典型代表。煎茶本是日常生活中的琐细之事，苏轼却化平凡为新奇，从中发掘出美好的情趣，表现出日常生活本身的诗意，充满奇趣。

诗的前四句，把汲江煎茶的过程写得细腻深婉，也道尽了煎茶的要诀。水要流动江河中的活水；为确保水质清洁，必须本人亲自前往，而且要取深处的清水；石头下面的水，没有污泥；说钓鱼石台，是为了烘托悠闲的心境；取来了活水，还需要用旺火烹煮。真是处处讲究，刻画细腻。颔联的意思只是写两个取水的动作：用大瓢把江水舀进罐或者缸里，再用小勺把江水注入瓶中。苏轼却加入了新奇的想象：月亮倒映在水中，用大瓢往瓮里舀水，似乎把月亮也贮藏到瓮里了；用小勺取水，似乎是把一条江水分流入瓶。"贮月""分江"是小中见大，又用"归春瓮""入夜瓶"来承接，翻进一层，把水清月白的自然景象和生机萌发的春夜情趣连在一起，清新洒脱。唐代韩偓《赠僧》有"瓶添涧水盛将月"的诗句，苏轼则进一步发挥想象，有自己的创造和发展。前四句写"汲江"，颈联则写"煎茶"，上句写视觉，下句写听觉，分别形容茶水沸腾时的形状和响声。中间四句对仗精工，语势流走，构思、用字新奇巧妙而又十分自然。

前面六句的意境新奇清逸，结尾两句则加入了一丝悲凉。第七句承接前面的倒茶，写到品茗，第八句转入抒情感慨。苏轼反用卢仝的语意，说如此好茶，却喝不了三碗，乃因贬谪荒城、心情抑郁所致。越是伟大的作家，越有可能把矛盾带入他作品的核心之中。苏轼在最后一句一下子把场景从诗意盎然的闲适生活拉回到贬谪蛮荒的现实之中，含蓄地、克制地同时又细腻地表现了孤寂凄凉的心情。他在春夜的荒城里孤独地坐着，听着长短不齐的报更声，沉思前事，不知未来，把自己坐成了一尊雕塑。

这首七律第四句所用的押韵字"瓶"，属于"九青"韵，其余"烹""清""声""更"属于"八庚"韵，这是邻韵通押，在近体诗中既不是正格，也不是变格，在押韵方面存在瑕疵，但仍是一首成就极高的诗歌。明代夏良胜《啜茶》就是对这首诗的隔代和韵。

儋　　耳①

霹雳收威暮雨开,独凭阑槛倚崔嵬。②
垂天雌霓云端下,快意雄风海上来。③
野老已歌丰岁语,除书欲放逐臣回。④
残年饱饭东坡老,一壑能专万事灰。⑤

注释

① 儋耳:即儋州,唐代以前叫儋耳郡。元符三年(1100)正月,哲宗去世,徽宗即位,大赦天下,五月,苏轼接到朝廷诏令,改到廉州(今广西合浦)安置,此诗应当作于接到诏令后、离开儋州前。

② 霹雳(pī lì):响雷。收威:收起威严。《星经》上说,霹雳在云和雨的北面,掌管上天的威严愤怒,负责击打万物。另外,唐代柳宗元被贬谪南方,吴武陵给高官孟简写信,替柳宗元打抱不平说,柳宗元已经被贬斥十二年,"霆砰电射,天怒也",上天不能整天发怒,圣明的皇帝也不能永远谴责人臣。苏轼暗中借用了这个意思。阑槛(lán jiàn):栏杆。崔嵬(cuī wéi):形容山高。这两句说,傍晚的时候,响雷收起了威怒,雨过天晴,我独自靠着栏杆,背靠高耸的山峰。

③ 垂天:挂在天边,悬挂在空中。雌霓(ní):彩虹有两道环时,内环色彩鲜浓的是雄,名叫虹,外环色彩暗淡的是雌,名叫蜺,即霓,现在叫副虹。这里就是指彩虹,用"雌霓"是为了与下句的"雄风"相对。"霓"字在诗韵中有

平、仄两个读音,这里读仄声。快意:心情爽快舒适。雄风:指凉爽的风。宋玉《风赋》说"雄风"是"大王之风",清凉而使人舒适安宁,"雌风"是"庶人(平民)之风",湿热而使人忧闷得病。这两句说,挂在天边的彩虹从云端垂下,让人爽快舒适的凉风从海上吹来。

④ 野老:村野老人。丰岁:丰收之年。除书:授予官职的文书,这里指命令苏轼改移廉州安置的诏书。逐臣:被朝廷贬谪流放的官员,指苏轼自己。这两句说,村野老人已经在讴歌丰收的年景,朝廷下了诏书,要放我回归内地了。

⑤ 残年饱饭:晚年能吃饱饭,出自杜甫诗句:"但使残年饱吃饭。"苏轼这时65岁。一壑能专:能享有一座山岭溪谷,指隐居,出自陆云的文章:"古之逸民,或轻天下,细万物,而欲专一丘之欢,擅一壑之美。"这两句说,我已年老,只求能吃饱饭,安居一地,不受打扰,其他万事都不再关心了。

评析

苏轼在晚年得到赦免,回迁内地,而且有可能北归,心情当然愉悦。此诗第二联用壮丽的自然景象表现出诗人的"快意",第三联分写年景丰收和自己内迁,仍然是与民同悲喜、与当地百姓打成一片的东坡本色。尾联归结到晚年渴望平静的意愿,历尽沧桑、风烛残年的苏轼对万事都已灰心,但并不消沉。诗中的喜悦和伤感都是经过了诗人内心深刻的反省之后表达出来的,没有大喜,也没有大悲。虽然有情感冲突和张力,但最终归于清雄豪迈。诗的第二句就是苏轼这种潇洒傲岸形象的写照:雨过天晴,云开雾散,彩虹垂天,凉风从海上吹来,夕阳下,一位饱经风霜的老人独自凭栏远眺,身后是高耸的山峰,老人高峻的雄姿屹立在天地之中,默默无语,一股足以抵抗任何困难和打击的浩然之气在逐渐弥漫。

多用双关是这首七律的明显特点。首句既是雷收雨停的自然实景,也暗指政治形势从昏暗转向清明:雷霆暗喻皇帝,雷霆收威指皇帝对他的贬谪流放已经结束,"暮"可指朝政昏暗,"开"可指朝政转向清明,个人的遭遇即将掀开新的一页。第二联同样兼具比兴,色彩暗淡的雌霓从云端垂下,暗喻迫害苏轼一派的政敌在政治上的失势,象征帝王的雄风从海上吹来,隐喻内迁诏令的抵达,两句都是亦实亦虚。一般说来,好诗都包含有不只一个的意思和意义,越是成就高的诗,它的意义就越丰富。通过反复使用双关,这首诗具有了多重象征意义。

多用典故是这首诗的另一个明显特点。全诗共八句,第一、三、四、七、八共五句都使用了典故,其中第一句还用了两个典故。但诗人不是为了用典而用典,而是紧贴真实的场景和情感,化用典故精确恰当、明白晓畅,如同盐溶化在水中,看不出痕迹。读者不懂这些典故也能读懂字面意思,懂得典故则会深入理解其中的意义和情感,好像吃橄榄,越嚼越有味道。而且这些典故本身就具备美感和情感色彩,其中"一壑"还包含了古往今来人类共同关心的核心问题。因此,这首诗典故虽多,却并未造成晦涩隔膜,而是起到了表达意义、传递感受、营造氛围的积极作用。

澄迈驿通潮阁[①]

余生欲老海南村,帝遣巫阳招我魂。[②]
杳杳天低鹘没处,青山一发是中原。[③]

注释

① 澄迈:今海南澄迈县,在海南岛西北部,因县内西有澄江、东有迈山而得

名,北靠琼州海峡,宋朝隶属琼州(今海口)。驿(yì):驿站,古代供官吏往来途中休息、住宿的地方。通潮阁:又叫通明阁,在澄迈县的西部,是澄迈驿站中的建筑,在通潮门的外面。元符三年(1100)六月,苏轼从儋州赴廉州,途中经过澄迈,作此诗。原题共两首,这里选第二首。

② 余生:剩余的生命,指晚年,相当于前面《儋耳》诗中的"残年"。帝:天帝。巫(wū)阳:古代传说中的女巫。《楚辞·招魂》里写道,天帝可怜屈原的魂魄已经离开了身体,派遣巫阳下到人间替屈原招回魂魄。这两句说,我的晚年就要终老在海南岛的村野了,这时皇帝派人将我召回内地。

③ 杳(yǎo)杳:形容遥远而看不清。鹘(hú)没(mò)处:鹘鸟飞得看不见踪影的地方,形容极其遥远。鹘是一种凶猛的鸟,飞得很快,也叫隼(sǔn)。青山一发:远处山的轮廓细得像一根头发丝。这两句说,远望前方,在那鹰隼消失了踪影的遥远的天边,在那细如发丝的青山连绵的地方,就是中原大地。

评析

苏轼自从绍圣元年(1094)被贬谪惠州,至今已过七年;从绍圣四年(1097)再贬昌化军(儋州),至今也已四年,而他此时65岁,垂垂老矣。在漫长的南迁岁月中,北归无望,他做好了在海南老死的打算,于是有了诗的第一句。不料忽然接到新皇帝的诏书,让他离开蛮荒海岛,北移廉州,无论如何都算是一个好消息!诗人由悲转喜,由长期失望、绝望转向重新燃起希望,于是有了诗的第二句。七言绝句的一般结构是"起承转合",即第一句发端,第二句承接上句展开,第三句转折,第四句总结全诗。但这首诗在第二句就突然转折,后面两句都是顺接第二句,三句一起描写绝处逢生之感,是一种特别的绝句结构。最后两句组成了一个表示处所关系的复合长句,第三句写目光跟随鹰隼飞向天尽头,拓开视野;第四句写天边隐约的青山下面就是中原,抒发情思。两句一气贯注,虚实相生:鹰隼远去,天际杳杳,青山隐约,都是实景,中原是肯定望不到的,那只是想象中的虚景,虚实交融里,蕴含着诗人渴望北归、向往自由的深情。但目前毕竟只能北移廉州,不是直接北归,因此中原终究只能远望思念,想象之中意极沉痛。

苏轼在后面三句里用了两个形象来象征自我。一是屈原。苏轼对屈原的高洁人格、爱国精神和艺术成就始终推崇仰慕。这里以屈原自比,体现出苏轼对自身人格和价值的高度自信。二是鹘鸟。苏轼在诗里多次表达过对这种飞得又高又快的猛禽的喜爱,寄托自由的意志。早年出川,进入三峡时就说"独爱孤栖鹘,高超百尺岚";中年被贬黄州,再次表达"愿为穿云鹘"的愿望;现在内迁,又以鹘鸟自况。在浩瀚的大海之上,矫健的猛鹘振翅高飞,掠过大海,快速飞向北边陆地,消失在遥远的天际,仿佛一头扎进了隐约微茫的青山,那里,就是它朝思暮想的中原。苏轼虽然归心似箭,但全诗写得十分含蓄,用辽阔纵深的画面表现坚定深沉的情感,风格沉雄,气韵高远。

六月二十日夜渡海①

参横斗转欲三更,苦雨终风也解晴。②
云散月明谁点缀,天容海色本澄清。③
空余鲁叟乘桴意,粗识轩辕奏乐声。④
九死南荒吾不恨,兹游奇绝冠平生。⑤

注释

① 海:指琼州海峡。元符三年(1100)六月,苏轼从儋州赴廉州,途中渡过琼

州海峡回归大陆，写作此诗。

② 参(shēn)、斗(dǒu)：星宿(xiù)名，都是二十八星宿之一。横、转：指星座位置移动。这里借用古人"月没参横，北斗阑干"之句，点出夜深之意，并非参、斗星宿同时出现。欲：将要。三更：古人把一夜分成五更，三更相当于现在的半夜十一时至凌晨一时。苦雨：久下成灾的雨。终风：终日刮的风，多指大风。解：能够。这两句说，星座移动，已是夜深时分，久下成灾的雨、整日吹刮的风，最终也能放晴。

③ 点缀：衬托装饰，这里指遮蔽。《世说新语》记载，司马道子望见月亮明净、无丝毫遮掩，赞叹不已，谢重(字景重)说，比不上"微云点缀"，司马开玩笑道："你本心不干净，还硬要玷污天空吗？"天容：天空的景色，天色。海色：海面的景色。澄清：清澈洁净。《楞严经》里说，人的自我心性本来是光明纯净、没有杂质的，"譬如澄清百千大海"。这两句说，浮云散去以后，展现的明月、青天、碧海，它们本来就是澄澈明净的。言下之意是，我的本心像明月、天色、海色那样纯洁明净，我一直都是清白的，政敌的诬陷迫害犹如浮云，终于消散。

④ 鲁叟(sǒu)：指孔子。桴(fú)：小的竹筏、木筏。《论语》记载孔子的话："道不行，乘桴浮于海。"意思是自己的学说、见解不被采纳，就乘着小船浮海远去。苏轼之前在海南写的词《千秋岁·次韵少游》说"吾已矣，乘桴且恁浮于海"，表达了与孔子一样的意思，但最终离开海南北归了，所以是"空余"。粗识：粗略体会。轩辕：传说中的黄帝。奏乐声：《庄子》里面说，黄帝在洞庭湖边演奏乐曲，并借助音乐说了一番哲理。这里用"轩辕奏乐声"比喻大海的涛声，也暗指道家哲理。这两句说，我现在渡海北归，不必再像孔子那样感慨要乘筏浮海了；从黄帝奏乐一般的海涛声中，我粗略体会到老庄不问得失、不辨荣辱的哲理。

⑤ 九死：万死，指许多次几乎死去。南荒：偏远荒凉的南方。恨：悔恨。上

句化用屈原《离骚》"亦余心之所善兮,虽九死其犹未悔"的句意。兹(zī)游:这次贬谪海南的经历。奇绝:非常奇妙。这两句说,虽然我被贬谪到极其偏僻蛮荒的南方,九死一生,但我并不感到悔恨,相反,这次贬谪海南,是我一生中最奇妙的经历。

评析

这首七律前四句写景,从第五句开始转向,后四句抒情言志,是规范的起承转合结构,其中第二联不仅上下两句对仗,"云散"与"月明"、"天容"与"海色"还是句中自对,更加显示出律诗的整饬稳重。但此诗在规范中也有变化,如前四句每句的开头,"参横斗转""苦雨终风""云散月明""天容海色",都是并列结构重叠使用,容易显得板滞,因而在通常的律诗中比较少见。但苏轼排比贯注,挥笔直下,一气呵成,是为了用同样的并列句式表达晚年遇赦北归的欢乐,连贯轻快的节奏传达出欢快兴奋的心情,而且"参横斗转"与"云散月明"是两个主谓结构并列,"苦雨终风"与"天容海色"是两个偏正结构并列,二者交织穿插,重叠之中有变化。长夜漫漫是悲,天欲破晓是喜,久雨大风是悲,风停雨住是喜,浮云蔽月是悲,云散月明是喜,一次又一次由悲转喜,最终还原了碧海蓝天一尘不染、澄澈明净的本来面目,将景物描写和情感隐喻推向高潮,形式与内容配合得当,相得益彰,气势充沛,因此读起来并不觉得呆板累赘。同时,前四句寓情于景,第一句写夜里快要三更,离天明不远,有一种期待黎明的欢欣;第二句用风雨放晴隐喻政治局势由黑暗转为清明;第三句比喻政敌的诬陷迫害如同遮蔽明月的浮云,已经消散;第四句表示自己本来就像晴空碧海那样清白明朗,四句连续运用比兴,语意双关,毫无雕琢痕迹,富含言外之意。此外,这四句每句都分为两节,前四字描写眼前实景,后三字发表个人见解,也与唐诗不同。同样是写景，唐诗在遣词造句时多是情景交融、浑然天成，苏轼这四句则是意与言会、洗练深折，这也是宋诗的特点。

中间两联，每句都在描写眼前实景，同时又都使用了典故；最后两句，化用屈原的诗句，展现苏轼旷达的胸襟和忠贞的气节。全诗用典精工贴切，用少量的字词表达了丰富的景象和情思，既明白晓畅，又耐人寻味，是诗歌用典的典范。不仅如此，这些典故分别出自文人生活的经典《世说新语》、佛教经典《楞严经》、儒家经典《论语》、道家经典《庄子》和士大夫的精神典范屈原，恰好涵盖了苏轼的阅读范围和思想领域：遍读百家书、贯通儒释道。因此，这首诗也可以看作苏轼对自己平生思想和人格精神的总结。他在人格上体现出光风霁月、壁立千仞的傲岸精神，在思想上走向了黄帝奏乐声所蕴含的天人合一、充实和谐的天地境界。

次韵江晦叔①

钟鼓江南岸，归来梦自惊。②
浮云时事改，孤月此心明。③
雨已倾盆落，诗仍翻水成。④
二江争送客，木杪看桥横。⑤

注释

① 徽宗建中靖国元年（1101）二月作于虔州（今江西赣州）。原题共两首，这是第二首。江晦叔：江公著，字晦叔，睦州建德（今浙江建德）人，英宗治平四年（1067）进士，是苏轼的老朋友，建中靖国元年到虔州任知州，苏轼也

在这时经过虔州,二人重逢,江公著写诗赠给苏轼,苏轼次韵唱和。

② 江南:长江中下游的南岸地区,范围很广,包括今天的江西省,这里指虔州,虔州在宋代属于江南西路。"归来"句:第一首写老朋友久别重逢,同游痛饮,直到深夜:"小楼看月上,剧饮到参横。"所以这里说饮酒归来、半夜惊梦。这两句的字面说,半夜痛饮归来,我酣然入睡,江南一带钟鼓声声,让我从睡梦中惊醒。言下之意是,我晚年从海南、岭南归来,绝处逢生,好像从一场梦中惊醒。

③ 时事:当时的政事,世事。这两句说,世事像浮云一样变幻无常,我的心志像月亮一样明朗皎洁。上句源自唐代杜甫《可叹》诗:"天上浮云如白衣,斯须改变如苍狗。"以及杜诵《哭长孙侍御》:"流水生涯尽,浮云世事空。"下句的意思在佛教禅宗典籍中常见,如唐代和尚寒山《我心》诗:"我心似秋月,碧潭清皎洁。"

④ 这两句说,大雨倾盆,催生诗思,我写诗仍旧快速容易,像高处的水倾泻而下。上句暗含大雨催诗的意思,出自杜甫的诗句:"片云头上黑,应是雨催诗。"苏轼在诗中多次提及雨能催诗,见前面《有美堂暴雨》诗的评析。下句出自韩愈的诗:"文如翻水成,初不用意为。"

⑤ 二江:指章江和贡江,二江在赣州城北汇合,并入赣江,向北流入鄱阳湖,鄱阳湖连通长江。客:指苏轼自己。苏轼在本年正月下旬抵达虔州,由于赣江水量不足,暂作停留,现在天降大雨,江水上涨,可以乘船离开赣州北归了,所以说"二江争送客"。另外,"二江"也可以理解为江水和江晦叔。木杪(miǎo):树梢。这两句说,大雨倾盆,江水上涨,仿佛在争相送我北归,我透过树梢,看到了远处横跨江面的大桥。

> 评析

这首五律的语言朴素浅显,字面意思明白易懂,遣词造句轻松自然,但多次使用双关、隐喻、象征,意蕴丰厚。首联承接第一首的结尾,写半夜痛饮归来,酣然入梦,被钟鼓声惊醒,意指晚年从海南归来,往事仿佛一场大梦,令人心惊,此刻重见江南的风物和故交,也恍如在做梦,不敢相信这是真的。颔联写浮云变化不定、月亮皎洁高挂,是夜里的实际景物,苏轼将它们化为喻体,分别引出本体"时事"和"此心",用四个意象并置,勾勒出风云变幻后的自我形象,表现出不因政治、社会形势的变化而改变个人心志的态度。杜甫的《江汉》也是晚年所作,颔联"片云天共远,永夜月同孤",说自己与片云一样同在远天,与长夜的月亮同样孤单,表现飘零落寞之感,情调凄苦,意境浑融。苏轼这两句则虚实相生,对仗自然,语意高妙,胸襟阔大,充满气格和远韵。"孤"在这里不是孤单、孤独,而是俯视万象的孤高、绝不随波逐流的清贞孤介。第七句说"雨已倾盆落",只是一句大白话,毫无诗意,但接以"诗仍翻水成",既写了大雨倾盆和江水翻腾的景象,又引出了大雨催诗的传统和才思敏捷的自豪,足以化腐朽为神奇。尾联的"二江",可以理解为章江和贡江,也可以理解为行舟的江水和姓江的朋友,一语双关。苏轼将江水上涨想象成为他送行,这样的拟人手法创造了一个对人充满善意的自然界,人和自然是亲密友好的关系,彼此互相交流,也体现出苏轼盼望回归中原的急切心情。因此,最后一句,诗人将目光透过树梢,落在远处横跨江面的大桥上,凝神注视。桥是一个过渡空间,预示着时间和空间的转换,指向未来和远方,静中带动,实中有虚,引人遐想。尾联以纵向流淌的江水和横向跨越的大桥相互交织,在规则的几何构图中呈现高远的兴象,言外有神,使终篇有所归,扩展了诗的空间。

唐代司空图《与李生论诗书》标举"醇美"之诗,提出"辨味"说,认为诗歌创作要做到"近而不浮,远而不尽",诗人要追求"全美",才能传达出"味外之旨"。《与极浦书》又要求诗歌描写景物要表现"象外之象,景外之景",崇尚言外之美,追求余意不尽。苏轼《送参寥师》也认同诗歌要有"至味",《书黄子思诗集后》则以韦应物、柳宗元为例,指出诗歌要"发纤秾于简古,寄至味于淡泊",继承、发展了司空图的理论。可以看出,这首诗完全符合司空图和苏轼的批评标准。

赋

赤 壁 赋①

壬戌②之秋，七月既望③，苏子④与客泛舟，游于赤壁之下。清风徐⑤来，水波不兴⑥。举酒属⑦客，诵明月之诗，歌窈窕之章⑧。少焉⑨，月出于东山之上，徘徊于斗牛之间⑩。白露横江⑪，水光接天。纵一苇之所如，凌万顷之茫然。⑫浩浩乎如凭虚御风，而不知其所止，飘飘乎如遗世独立，羽化而登仙。⑬

注释

① 元丰五年(1082)七月作于黄州(今湖北黄冈)贬所。赤壁：这里指赤鼻矶，又名赤鼻山，在黄州州治黄冈县西边的长江岸边。长江中游一带，叫"赤壁"的有五个地方，三国时期赤壁之战的发生地，学术界有不同说法，一般认为旧址在今湖北嘉鱼。苏轼在黄州游览的是赤鼻矶，当地人以讹传讹，误传为周瑜大败曹操的赤壁。苏轼知道黄州赤鼻不是周瑜赤壁，但为了借景抒情的需要，也故意将错就错，联想到历史上的赤壁之战。由于他后来又写了《后赤壁赋》，因此这篇也被称为《前赤壁赋》。

② 壬戌(rén xū)：指宋神宗元丰五年(1082)。

③ 既望：阴历每月的十五日为望，十六日为既望。

④ 苏子：指苏轼自己。

⑤ 徐：缓慢。

⑥ 兴(xīng)：兴起，泛起。

⑦ 属(zhǔ)：劝人喝酒。

⑧ 明月之诗、窈窕之章：指《诗经·陈风·月出》，第一章写道："月出皎兮，佼人僚兮。舒窈纠兮，劳心悄兮。""窈纠"就是"窈窕"，形容步履舒缓、体态

优美。

⑨ 少焉(shǎo yān)：一会儿。

⑩ 徘徊(pái huái)：这里指缓慢移动。斗(dǒu)牛：斗宿和牛宿,都是二十八星宿之一,也是吴越地区的分野,月亮从东方升起,从黄州仰望,正好对应吴越地区。这句并非说月亮当时真的处在斗宿、牛宿之间,只是借斗牛的分野位置和"气冲斗牛"的典故,写月亮从东方慢慢升起、移动,渲染一种动态和气势。

⑪ 这句说,白茫茫的水汽雾气横浮在江面上。

⑫ 纵：放纵,任凭。一苇：比喻小船。出自《诗经·卫风·河广》："谁谓河广？一苇杭之。"所如：所去的地方。凌：渡过,越过。万顷(qǐng)：形容江面宽广。茫然：形容江面广阔迷茫。这两句说,任凭小船随意漂荡,渡过广阔迷茫的江面。

⑬ 浩浩：形容江水盛大无边。乎：表示感叹的语气助词,相当于"啊"。凭：登,乘。"凭虚"是凌空的意思。御风：乘风飞行。飘飘：形容轻盈舒缓、超尘脱俗。遗世：超脱尘世,了无牵挂。羽化：道家道教指飞升成仙。登仙：飞入仙境。这四句说,我们乘着小船在江上漂荡,如同在空中乘风飞行,却不知道在哪里停止,感觉轻盈舒缓、超尘脱俗,仿佛摆脱了尘世的束缚,独立自由,成为神仙,飞入了仙境。

于是饮酒乐甚①,扣舷而歌之②。歌曰③："桂棹兮兰桨,击空明兮溯流光。④渺渺兮予怀,望美人兮天一方。⑤"客有吹洞箫者⑥,倚歌而和之⑦,其声呜呜然,如怨如慕,如泣如诉。余音袅袅,不绝如缕。⑧舞幽壑之潜蛟,泣孤舟之嫠妇。⑨

注释

① 乐甚：快乐极了。

② 扣：同"叩"，敲击。舷(xián)：船的边沿。歌：唱歌。这句说，敲击船边，用来打节拍，同时唱歌。

③ 曰(yuē)：说，是。

④ 桂棹(zhào)：用桂树树木做的船桨。兰桨：用木兰树木做的船桨。木兰是一种香木，又名杜兰、林兰。棹和桨在古代有区别，这里都理解为船桨，桂棹、兰桨都是对船桨的美称，出自屈原《九歌·湘君》"桂棹兮兰枻"。兮(xī)：语气助词，相当于"啊"。击：击打，敲击。空明：指月光下清澈见底的江水。溯(sù)：逆水而行。流光：在水面浮动的月光。这两句说，精美的船桨在清澈的江水中划过，船在月光浮动的江面上逆流而上。

⑤ 渺渺：悠远幽深的样子。予(yú)：我。美人：古代常用来象征圣明的君主或者美好的理想，结合苏轼所引用的屈原作品和当时的处境，这里应当是指宋神宗。一方：一边，多指远处。这两句说，我的情怀悠远，遥望美人，远在天边，如同神宗皇帝遥不可及。

⑥ 客：指四川道士杨世昌。洞箫：管乐器，简称箫。

⑦ 倚：应和，用乐器伴奏。这句说，应和着歌声，吹箫伴奏。

⑧ 呜呜然：形容声音低沉。慕：思慕，向往。诉：倾诉，诉说。袅(niǎo)袅：形容声音悠扬婉转。缕(lǚ)：细线。这五句说，洞箫发出低沉的声音，如同哀怨、思慕、哭泣、倾诉，余音悠长，好像丝线一样延绵不绝。

⑨ 幽壑(hè)：深渊。蛟(jiāo)：传说中的一种龙，潜伏在深渊之中。嫠(lí)妇：寡妇。这两句说，箫声极具感染力，使潜伏在水底的蛟龙飞舞起来，使孤舟上的寡妇哭泣起来。

苏子愀然①，正襟危坐②，而问客曰："何为其然也？"③客曰："'月明星稀，乌鹊南飞。'此非曹孟德之诗乎？④西望夏口，东望武昌。山川相缪，郁乎苍苍。此非孟德之困于周郎者乎？⑤方其破荆州，下江陵，顺流而东也⑥,舳舻千里⑦,旌旗蔽空⑧,酾酒临江,横槊赋诗⑨,固一世之雄也,而今安在哉⑩?况吾与子渔樵于江渚之上⑪,侣鱼虾而友麋鹿⑫。驾一叶之扁舟⑬,举匏尊以相属⑭。寄蜉蝣于天地,渺沧海之一粟。⑮哀吾生之须臾,羡长江之无穷。⑯挟飞仙以遨游,抱明月而长终。知不可乎骤得,托遗响于悲风。⑰"

注释

① 愀(qiǎo)然:脸色变得忧愁。

② 正襟危坐:整理好衣服,端正地坐着,形容十分严肃。

③ 然:这样。这句说,箫声为什么这样悲凉呢?

④ 曹孟德:曹操,字孟德,作有《短歌行》,诗中写道:"月明星稀,乌鹊南飞。"

⑤ 夏口:夏口城,吴国孙权建造,旧址在今湖北武汉市武昌区长江东岸的黄鹄山(今蛇山)上。武昌:旧址在今湖北鄂州市,与苏轼贬谪居住的黄州隔着长江相望。夏口位于黄州赤鼻矶长江段的西面,武昌在东面。相缪(liáo):互相连接缠绕。郁乎:繁多茂密。苍苍:深青色。周郎:指周瑜,他任建威中郎将时才24岁,吴中都叫他周郎。这五句说,从西面的夏口到东面的武昌,山重水复,互相盘绕,一片苍翠,这不就是曹操被周瑜打败的地方吗?汉献帝建安十三年(208),曹操在赤壁被周瑜率领的孙权、刘备联军打败。赤壁之战后,孙权、刘备各自占据荆州的一部分,奠定了三国鼎立的基础。

⑥ 方其:当他(指曹操)……的时候。荆州:今湖北荆州市。下:顺着长江东下。江陵:今湖北荆州市江陵县,在荆州市区的东南方。东:向东进发。建安十三年,曹操率领军队往南攻打刘表,刘表病死,刘琮投降,曹操攻破荆州,刘备向江陵撤退,曹操在当阳长坂(今湖北当阳东北)追上

并打败刘备,随后占据了江陵,顺着长江向东直下,直到赤壁,遭遇孙权、刘备联军。

⑦ 舳舻(zhú lú):指首尾连接的船。这句形容船只众多,前后衔接,千里不断。

⑧ 旌(jīng)旗:各种旗帜。蔽空:遮蔽了天空。

⑨ 酾(shī)酒:斟酒。临江:在江边。横槊(shuò):横持长矛。赋诗:吟诗,写诗。"横槊赋诗"出自唐代元稹《唐故工部员外郎杜君墓系铭并序》。这两句写曹操面对长江斟酒,横持长矛吟诗,气势豪迈。

⑩ 固:确实。一世之雄:一代英雄。这两句说,曹操确实是一代英雄,但如今又在哪里呢?

⑪ 况:何况。吾(wú):我。子:您。渔樵:捕鱼砍柴。于江渚(zhǔ)之上:在江中和沙洲上。

⑫ 侣鱼虾:以鱼虾为伴侣。友麋(mí)鹿:以麋鹿为朋友。

⑬ 扁(piān)舟:小船。

⑭ 匏(páo)尊:葫芦做的酒樽,泛指酒具。相属(zhǔ):互相劝酒。

⑮ 蜉蝣(fú yóu):一种昆虫,幼虫生活在水中,生存期极短,据说早上出生晚上死去。浮海:有的版本作"沧海",从上下文含义、苏轼书法真迹、宋代刻印的《东坡集》和苏轼的其他作品看,作"浮海"为好。一粟:一粒小米,比喻极其微小。这两句说,我们像蜉蝣那样短暂地寄生在天地之间,像漂浮在大海中的一粒小米那样渺小。

⑯ 吾生:我的生命。须臾(yú):片刻。羡:羡慕。这两句说,哀叹我生命的短暂,羡慕长江流水的无穷无尽。

⑰ 挟(xié):偕同,与别人一起。遨(áo)游:漫游,游乐。长终:长久,永久。骤(zhòu)得:马上得到,立刻实现。遗响:余音。这四句说,希望偕同神仙遨游各地,与明月一起永恒长存,我知道这些愿望不能立刻实现,因此

只能把表达这种心情的箫声的余音寄托在悲凉的秋风中。

苏子曰:"客亦知夫①水与月乎?逝者如斯,而未尝往也。②盈虚者如彼,而卒莫消长也。③盖将自其变者而观之,则天地曾不能以一瞬。④自其不变者而观之,则物与我皆无尽也,而又何羡乎?⑤且夫天地之间,物各有主。苟非吾之所有,虽一毫而莫取。⑥惟江上之清风,与山间之明月,耳得之而为声,目遇之而成色。取之无禁,用之不竭。是造物者之无尽藏也,而吾与子之所共食。⑦"

注释

① 夫(fú):远指代词,那,那些。
② 逝:流逝。斯:这,指江水。《论语》记载孔子站在河边说:"逝者如斯夫!不舍昼夜。"意思是时间像流水一样日夜不停地流逝。未尝:不曾。往:去。这两句说,流逝的事物就像这长江的水,一直在流动,但长江一直在,未曾流去。
③ 盈虚者:指不断变化的事物。彼:那,指月亮。卒:最后。莫:没有。消长:增减变化。这两句说,变化的事物就像那月亮,看上去它有时圆,有时缺,但从它本身来说,实际上都是同一个月亮,说到底并没有什么增减变化。
④ 盖:承接上文的语气词,表示原因或者理由。曾(zēng):竟然。这两句说,如果从万物都在运动变化的角度看,那么连天地也持续不了一瞬间,就发生了变化,何况你我呢?
⑤ 这三句说,如果从事物不变的角度看,某一事物总是某一事物,不会被误认作其他事物,我总是我,不会被误认作其他人,那么万物和我都是永恒

的,又何必羡慕长江和月亮呢。

⑥ 且夫(fú):况且。苟:如果。虽:即使。莫:不要。这四句说,况且天地之间,万物各有它的主宰者,假如不是我应该拥有的,即使一丝一毫也不要求取。

⑦ 惟:只有。声:听觉所感知到的一切声响。色:视觉所见的一切景象。是:这些。造物者:创造万物的神,指大自然。无尽藏(zàng):佛教用语,指无穷无尽的宝藏。食:享受,享用。有的版本作"适",是错的,苏轼的书法真迹、宋元的版本和石刻都作"食"。这八句说,只有这清风明月,耳朵听到便成为声音,眼睛看到便成为景象,取得这些不会有人禁止,使用这些也不会有穷尽,它们都是大自然无穷无尽的宝藏,我和您可以共同享受。唐代道世《诸经要集》引用《增一阿含经》说,世间的一切都要靠享用而存在,"眼以眠为食,耳以声为食,鼻以香为食,舌以味为食",等等。苏轼化用了这个说法。

客喜而笑,洗盏更酌①。肴核既尽②,杯盘狼籍③。相与枕藉④乎舟中,不知东方之既白⑤。

注释

① 盏:酒杯。更(gēng):更换。苏轼手书《赤壁赋》在"更"字下专门有小字注释"平",意思是读平声。酌(zhuó):酒。

② 肴(yáo):菜肴。核:指果品。既尽:已经吃完了。

③ 杯盘狼籍:杯盘等放得很乱,形容酒宴已经结束或者将要结束时的情景,出自《史记》,《史记》原书作"狼藉",同"狼籍",纵横散乱的样子。

④ 枕藉(jiè):互相枕靠着睡觉。

⑤ 既白:已经现出白色的曙光,即天亮了。

评析

这篇赋作于元丰五年(1082),距离元丰三年(1080)苏轼到达黄州贬所已经三个年头。在这三年里,苏轼政治失意、生活困顿、思想苦闷、未来绝望,精神上经历了痛苦、压抑、自我安慰、超脱等反复纠缠的过程。这些过程反映在赋里,就体现为对长江风景的描述、对神宗皇帝的期盼、对赤壁之战场面的再现、对人生宇宙的思辨。通过主人和客人的对话,苏轼表现了个人思想由乐到悲又以乐作结的过程,升华出超然物外、随缘自适的思想,胸襟旷达,境界豪迈。他在赋里化用了经、史、子、集各部典籍的典故,而最终道家和佛教思想占据了主导地位。《庄子》书里说:"自其异者视之,肝胆楚越也;自其同者视之,万物皆一也。"意思是,世上的万事万物,如果从差异的方面看,即使是紧挨着的肝和胆,看起来也会像楚国与越国那样相距遥远;如果从相同的方面看,都相差无几,几乎是同一的。生死、美丑、物我等等,都是相对的,万物之间的差别,只在于看待的角度不同。在事物的差别面前,内心要保持平和。东晋僧肇在《物不迁论》里说:"然则,旋岚偃岳而常静,江河竞注而不流,野马飘鼓而不动,日月历天而不周,复何怪哉?……是以言常而不住,称去而不迁。不迁,故虽往而常静;不住,故虽静而常往。"意思是,看上去运动不息的事物其实是静止的,"动"只是与"静"相对的一种假象,动与静、变与不变都是一体之两面,不要强行区分、固执一端。苏轼受到了这些佛道思想的启发,但抛弃了其中极端的唯心主义成分,结合自然风景和历史人事,思考人与自然的关系,指出:任何事物都同时具有短暂和长久两面,人生也是如此,因此不必羡慕外物的长久而悲叹生命的短暂;同时,人来到世界没有携带任何东西,离开世界也带不走任何东西,因此,人不该占有不属于自己的东西,只有天地间的清风明月能给人带来美的享受,顺应自然、友爱自然、享受自然才是本来一无所有的人类最大的拥有。

本赋多用散句,参差疏朗中有整饬之美,如在整齐对偶的箫声描写后接一句"何为其然也",放慢了节奏,后面的行文都伴随着沉吟思索。全篇用韵不密,但换韵较快,节奏舒缓,而回环流动,声韵动听,是"文赋"的代表作。赋本来是一种铺陈夸叙事物的文体,苏轼却用来表达终极关怀,承载有关人生宇宙的大道,堪称"赋以载道"。这是中唐韩愈以来"文以载道"精神的发展,也是唐宋古文运动对赋体文学的渗透和改造,是"文赋"的重要特征。

后赤壁赋[①]

是岁十月之望[②],步自雪堂[③],将归于临皋[④]。二客从予,过黄泥之坂。[⑤]霜露既降,木叶尽脱。人影在地,仰见明月。顾而乐之,行歌相答。[⑥]已而[⑦]叹曰:"有客无酒,有酒无肴,月白风清,如此良夜何[⑧]?"客曰:"今者薄暮[⑨],举网得鱼,巨口细鳞[⑩],状似松江之鲈[⑪],顾安所得酒乎[⑫]?"归而谋诸妇[⑬]。妇曰:"我有斗酒,藏之久矣,以待子不时之须。[⑭]"

注释

① 元丰五年(1082)十月作于黄州,苏轼七月份已经写了一篇《赤壁赋》,所以这篇叫《后赤壁赋》。
② 是岁:这年,指元丰五年。望:阴历每月的十五。
③ 步:步行。雪堂:苏轼在黄州东坡的山腰建造的房舍,因在大雪中盖成,并且在四壁画了雪景,所以叫雪堂。

④ 临皋(gāo)：临皋亭，在黄州南面的长江边上，苏轼全家曾居住在这里。

⑤ 二客：两位客人。从予(yú)：跟着我。黄泥之坂(bǎn)：即黄泥坂，从雪堂到临皋路上经过的一段斜坡。坂，斜坡。

⑥ 顾：看。这两句说，我们看着景色和人影，心情快乐，一边行走，一边吟唱，相互唱和。

⑦ 已而：过了一会儿。

⑧ 如……何：怎样对待。这句说，怎样度过这美好的夜晚呢？

⑨ 今者薄暮：今天傍晚。

⑩ 巨口：大嘴巴。细鳞：细鳞片。

⑪ 松江：江南的一条河流，又称吴淞江，发源于太湖，流经江苏苏州、昆山等地，进入上海市区后叫苏州河，最后汇入黄浦江，流入东海。松江出产的鲈鱼体型细小，无鳞或细鳞，味道鲜美，历史上非常著名，诗文中常称为"松江鲈"。

⑫ 顾：但是。安所：哪里。这句说，但是从哪里能找到酒呢？

⑬ 谋：商量。诸：相当于"之"和"于"的合音。这句说，回到家后，我同妻子商量找酒这件事。

⑭ 斗(dǒu)：一种装酒的容器。不时：随时，临时。须：需要。这三句说，我在斗里装有酒，保藏很久了，就是为了供您临时的需要。

　　于是携①酒与鱼，复游于赤壁之下。江流有声，断岸千尺。山高月小，水落石出。②曾日月之几何，而江山不可复识矣。③

注释

① 携(xié)：携带，拿着。

② 断岸：江边陡峭的山壁。千尺：形容极其高耸。这四句说，长江的水流发出声响，两岸的峭壁高峻直立，山峰高耸，月亮显得很小，水位降低，礁石露出水面。

③ 曾（zēng）：竟然。几何：若干，多少。识：辨识，认出。这两句说，竟然没过多久，这长江和两岸的山就认不出来了。

予乃摄衣而上，履巉岩，披蒙茸。踞虎豹，登虬龙。攀栖鹘之危巢，俯冯夷之幽宫。①盖二客不能从焉②。划然长啸③，草木震动。山鸣谷应，风起水涌。予亦悄然而悲，肃然而恐，凛乎其不可久留也。④反而登舟，放乎中流，听其所止而休焉。⑤时夜将半，四顾寂寥⑥，适有孤鹤⑦，横江东来，翅如车轮，玄裳缟衣⑧，戛然长鸣，掠予舟而西也⑨。

注释

① 乃：于是。摄（shè）衣：撩起衣襟。上：上岸。履：踩踏。巉（chán）岩：险峻的山岩。披：分开。蒙茸：杂乱的样子，这里指杂乱丛生的草木。踞（jù）：蹲或者坐。虎豹：形状像虎豹的石头。虬（qiú）龙：龙的一种，这里比喻形状弯曲的树木。栖：栖宿，禽鸟歇宿。鹘（hú）：一种凶猛的鸟，飞得很高很快，也叫隼（sǔn）。危巢：高处的鸟巢。俯：俯视。冯夷：传说中黄河的神，即河伯，泛指水神。幽宫：深宫，指水的深处。这七句说，于是我撩起衣襟上岸，踏着险峻的山岩，分开杂乱的草木，蹲坐在虎豹形状的石头上，爬上弯曲的树木，攀上山的极高处，俯瞰江水的极深处。

② 盖：表示原因或理由。从：和我一起。焉（yān）：句末语气词。

③ 划然：形容事物裂开或者摩擦而发出的声音，这里形容长啸的声音。

④ 悄（qiāo）然：忧伤的样子。肃然：害怕的样子。凛（lǐn）乎：令人害怕的样

子。这三句说,我感到悲伤、害怕,觉得这里真是恐怖,不能停留。

⑤ 反:同"返",返回。中流:江心,河面的中间。听:任凭。止:停止。休:停止。这三句说,我回到船上,把船划到江心,然后任凭它随意漂流,漂到哪里,就在哪里停下。

⑥ 时:这时。四顾:四周看看。寂寥(liáo):寂静。这两句说,这时将近半夜,环顾四周,寂静无声。

⑦ 适:正好。孤鹤:一只鹤。

⑧ 玄:黑色。裳(cháng)、衣:古代衣指上衣,裳指下裙,男女都穿。缟(gǎo):白色。鹤的通体纯白,好像穿着白色的上衣,尾端和翅膀的一部分是黑色,好像穿着黑色的下裙,所以说"玄裳缟衣"。

⑨ 戛(jiá)然:形容鸟叫声。这两句说,孤鹤拉长声音叫着,贴近我们的船快速地向西飞去。

　　须臾客去,予亦就睡①,梦一道士②;羽衣翩跹③,过临皋之下,揖予而言曰④:"赤壁之游乐乎?"问其姓名,俯⑤而不答。呜呼噫嘻,我知之矣⑥,畴昔之夜,飞鸣而过我者,非子也耶⑦?道士顾笑⑧,予亦惊悟⑨。开户视之,不见其处。⑩

注释

① 须臾(yú):一会儿。去:离开。这两句说,我们下船回到家里,过了一会儿,客人走了,我也睡觉了。

② 一道士:有的版本作"二道士",结合上下文的"孤鹤"看,作"一道士"比较好。

③ 羽衣:指道士穿的衣服。翩跹(piān xiān):形容动作轻盈飘逸。

④ 揖(yī)予：向我拱手行礼。言：说。

⑤ 俯：低头。

⑥ 呜呼噫嘻(yī xī)：感叹词。这两句说，噢，哎呀，我知道了。

⑦ 畴(chóu)昔：从前。过：经过。这三句说，昨天夜里，边飞边叫着经过我身边的那只鹤，不正是您吗？

⑧ 顾笑：看着我笑。

⑨ 惊悟：惊醒。

⑩ 户：门。视：看。这两句说，我开门去看，却看不见他在什么地方。

评析

　　读《后赤壁赋》，一定要将《赤壁赋》联系起来，因为苏轼在写作时是紧紧承接前赋而来的，在内容上也时时与前赋有关联和对照。比如开头"是岁十月之望"，如果不了解前赋，就感到很突兀，不明白"是岁"指代什么时候。又如中间的"曾日月之几何，而江山不可复识矣"，感慨没过多久，长江和两岸的山就认不出来了。联系前赋，作者七月份也曾夜游赤壁，才明白他为什么会这样感慨。在思想情感方面，尽管两篇赋有差异，但都从"乐"写起，再写情绪的转折变化。

　　前赋勾勒初秋景物，通过主客对话展示心路，结合江上之清风明月直抒胸臆，写的是实景实情。后赋铺写初冬景色，按时间顺序描写夜游赤壁的全过程和半夜的梦境，事情的来龙去脉和景物的转换变化都交代得清清楚楚，叙事特征非常明显，思想情感没有直接说出，而是蕴含在形象和行动之中，景物、梦境和情感都显得缥缈恍惚、玄幻莫测。前赋的情感由乐到悲、以乐作结，后赋则由欢乐到悲伤、恐惧，再转到宁静、超越：当他离开朋友和酒食，刻意去四处寻求、攀登高峰，获得的是悲伤和恐惧；而当他听任小船在河流上随意漂流,反而从外界的纷纷扰扰中挣脱出来,获得了心灵的宁静;最后明白,过往的一切,都只是一场梦而已,那么,对什么都不必过于在意,而应该顺其自然、随遇而安。这种"人生如梦"的认识,不是消沉,而是超越,超越了现实中的利害得失,走向旷达空灵的天地境界,如同孤鹤和仙人一般,获得了自由。

这篇赋最突出的构思是影子、孤鹤、梦境以及梦中的道士。梦代表着苏轼对人生本质的认识,其他三者则是他认识自我的媒介,相当于镜子里面的自己。戛然长鸣的孤鹤就是划然长啸的苏轼的镜像,他们都是孤独的,但也都是超越的、自由的。自由不在别处,就在此处,在此刻。

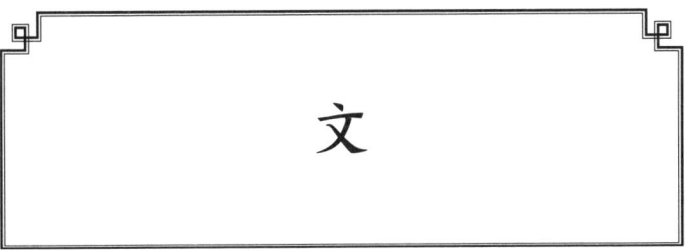

留 侯 论①

古之所谓豪杰之士者,必有过人之节②。人情③有所不能忍者,匹夫见辱④,拔剑而起,挺身而斗,此不足为勇也。天下有大勇者,卒然⑤临之而不惊,无故加之而不怒,此其所挟持者⑥甚大,而其志⑦甚远也。

注释

① 嘉祐五年(1060)作于首都东京。留侯:即张良,字子房,韩国贵族,秦末汉初辅佐刘邦,是西汉开国功臣,封于留(今江苏沛县东南),称为留侯。
② 节:节操,操守。
③ 人情:人的感情。
④ 匹夫:平常的人。见辱:受到侮辱。
⑤ 卒(cù)然:突然。卒,同"猝"。
⑥ 所挟(xié)持者:指抱负。
⑦ 志:志向。

夫子房受书于圯上之老人也①,其事甚怪,然亦安知其非秦之世有隐君子者出而试之②?观其所以微见其意者,皆圣贤相与警戒之义。而世不察,以为鬼物,亦已过矣。③且其意④不在书。

注释

① 夫(fú):语气助词,用在句子开头,表示发端。圯(yí):桥。老人:指黄石公。《史记·留侯世家》记载,张良在下邳(旧址在今江苏睢宁北部)一座

桥上遇见一位老人,老人故意把鞋扔下桥,命令张良取来替自己穿上。张良勉强忍着情绪做了,老人说"孺子可教矣",约他第五日的黎明见面,但他前两次都比老人晚到,被老人责备,第三次提前于半夜就等在桥上,老人大喜,便传给他一部《太公兵法》。这位老人传说是黄石的化身,被称为黄石公。

② 隐君子:隐居的君子。这句说,但是,又怎么知道那不是秦代的一位隐居高人出来试探考验他呢?

③ 其:他,指黄石公。所以……者:用来……的方式。微:稍微。见:同"现",显露。察:明白,理解。鬼物:鬼怪。过:错误。这五句说,看那老人用来稍微显露自己用意的方式,都是圣贤相互提醒告诫的意义,可是世人不明白,把老人当作鬼怪,这已经错了。司马迁《史记·留侯世家》评论说,多数人都说世上没有鬼神,却说有精怪,至于张良遇见老人给他赠书,"亦可怪矣"。王充《论衡》也写道,可能是因为上天要帮助刘邦灭秦,所以"命令神石为鬼书授人"。苏轼不同意这些观点。

④ 意:真正用意。

　　当韩之亡①,秦之方盛也,以刀锯鼎镬待天下之士②,其平居无罪夷灭者③,不可胜数,虽有贲、育,无所复施④。夫持法太急者,其锋不可犯,而其末可乘。⑤子房不忍忿忿之心,以匹夫之力,而逞于一击之间。⑥当此之时,子房之不死者,其间不能容发⑦,盖亦已危矣。千金之子,不死于盗贼。何者?其身之可爱,而盗贼之不足以死也。⑧子房以盖世⑨之才,不为伊尹、太公之谋⑩,而特出于荆轲、聂政之计⑪,以侥幸于不死,此固圯上之老人所为深惜者也⑫。是故倨傲鲜腆而深折之。彼其能有所忍也,然后可以就大事。故曰:孺子可教也。⑬

注释

① 韩之亡：韩国是"战国七雄"之一，公元前230年被秦国所灭。

② 镬(huò)：没有脚的鼎。这句说秦国嗜杀成性，用刀锯杀人，把人扔进大锅内烹烧处罚，残暴地对待天下的士人。

③ 其：那些。平居：平时。夷灭：这里指被杀头灭族。

④ 虽：即使。贲(bēn)、育：即孟贲、夏育，战国时期著名的勇士。这两句说，即使有孟贲、夏育那样的勇士，也没有再施展本领的机会了。

⑤ 锋：锋芒。末：衰败。乘：利用，凭借。这三句说，凡是执法过于严厉峻急的人，他的锋芒不能硬碰，但等他疲惫衰败的时候却有机会可以利用。

⑥ 忿(fèn)忿：愤怒不平的样子。匹夫：独夫，指有勇无谋的人。逞：逞强，求得痛快。一击：张良的祖父和父亲一共做过韩国的五朝宰相，韩国被秦国消灭后，张良用全部家财征求刺客去刺杀秦始皇，他指挥大力士用大铁锤击打秦始皇的座驾，却误中秦始皇副车，刺杀失败，张良逃跑，秦始皇下令全国缉捕刺客。

⑦ 其间不能容发：两者相距非常近，中间容不下一根头发，比喻情势危急到了极点。

⑧ 千金之子：富贵人家的子弟。不足以：不值得。这几句说，富贵人家的子弟，不死在盗贼手中，为什么呢？因为他们的生命宝贵，不值得去跟盗贼拼死。

⑨ 盖世：才能、功绩等比当代人都高。

⑩ 伊尹(yī yǐn)：伊挚，辅佐成汤消灭夏朝、建立商朝，担任"尹"职（相当于宰相），故称伊尹。太公：太公望，指吕尚，又称姜子牙、姜太公，辅佐周文王建立霸业，又辅佐周武王消灭商朝、建立周朝。二人都是古代足智多谋的

宰相的代表。
⑪ 特：仅仅，只是。荆轲、聂政：战国时有名的刺客，荆轲行刺秦王嬴政，失败被杀；聂政刺杀韩国宰相侠累，成功后自杀。
⑫ 固：一定。深惜：深深惋惜。
⑬ 是故：因此。倨（jù）傲：傲慢自大。鲜腆（xiǎn tiǎn）：无礼。折：折辱。彼：他，指张良。其：表示假设，如果。孺（rú）子：年幼的人。这四句说，因此，老人故意傲慢无礼地深深折辱张良，张良如果忍受得住，就能成就大的事业，所以老人对张良说"这个年幼的人是可以教育的"。

　　楚庄王伐郑，郑伯肉袒牵羊以逆。庄王曰："其君能下人，必能信用其民矣。"遂舍之。①勾践之困于会稽而归，臣妾于吴者，三年而不倦。②且夫有报人③之志，而不能下人者，是匹夫之刚④也。夫老人者，以为子房才有余，而忧其度量⑤之不足，故深折其少年刚锐之气，使之忍小忿而就大谋⑥。何则⑦？非有平生之素，卒然相遇于草野之间，而命以仆妾之役，油然而不怪者，此固秦皇之所不能惊，而项籍之所不能怒也。⑧

注释

① 楚庄王：春秋时楚国的国君。伐：讨伐，攻打。郑伯：指郑襄公，春秋时郑国的国君。肉袒（tǎn）：脱去衣服，露出上身，表示恭敬地谢罪。逆：迎接。下人：屈居于人之下，对人谦让。信用：以诚信使用人。舍：放弃，这里指停止进攻。《左传》记载，公元前597年，楚庄王亲率大军攻打郑国，郑国都城被攻破后，郑襄公袒露上身，牵着羊去迎接楚庄王，恭敬地谢罪，楚庄王说："其君能下人，必能信用其民矣，庸可几乎？"意思是，一个国家的国君能委屈自己、居于人下，一定能使他的百姓信服并为他所用，我怎

么敢希望得到他的国家呢？于是楚国退兵三十里，与郑国讲和结盟。

② 勾践：春秋末年越国国君。会稽（kuài jī）：会稽山，在今浙江省中部绍兴、诸暨、东阳之间。归：归顺，归降。臣妾：这里指做奴隶。据《史记·越王勾践世家》和《国语·越语》记载，公元前494年，越国被吴国打败，勾践被吴军围困在会稽山，形势危急，勾践接受范蠡的建议，向吴王夫差求和归附，到吴国做奴隶，三年后被释放回国，卧薪尝胆，逐渐恢复国力，最终灭了吴国。

③ 报人：向人报仇。

④ 刚：刚强。

⑤ 度量：能宽容人的限度。

⑥ 忍小忿而就大谋：忍耐微小的愤怒，成就远大的谋略。

⑦ 何则：为什么呢，多用于自问自答。

⑧ 平生之素：平时的老交情。仆妾：奴仆。役：辛苦出力的事情。油然：自然而然。秦皇：秦始皇。项籍：秦末起义军领袖，姓项，名籍，字羽，秦朝灭亡后称西楚霸王，在楚汉战争中被刘邦打败，自杀身亡。这几句说，老人和张良素不相识，突然在乡野之间相遇，却命令他去做奴仆的事情，张良很自然地做了，而不觉得怪异，这就是秦始皇不能使他惊惧、项羽不能使他发怒的原因。

　　观夫高祖之所以胜，而项籍之所以败者，在能忍与不能忍之间而已矣。项籍唯不能忍，是以百战百胜而轻用其锋。①高祖忍之，养其全锋而待其弊。②此子房教之也。当淮阴破齐而欲自王，高祖发怒，见于词色。③由此观之，犹有刚强不忍之气，非子房其谁全之④。

注释

① 唯：只是。这两句说，项羽只是由于不能忍耐，因此百战百胜却随便使用

他的精锐力量,不懂得珍惜和保存实力。
② 高祖:指西汉开国皇帝刘邦,庙号汉太祖,谥号高皇帝,通称汉高祖。弊:疲惫困乏。这两句说,刘邦能够忍耐,保持自己全部的精锐力量,等待着项羽一方疲乏衰落。
③ 淮阴:指淮阴侯韩信。自王:自己称王。见于词色:在言语和神态中表露。见,同"现",显露。《史记·淮阴侯列传》记载,韩信被刘邦拜为大将,夺得齐地后,打算自立为"假王",派使者去通知刘邦,刘邦当时正被项羽围困在荥(xíng)阳(今属河南),读到韩信的书信,非常恼怒,骂道:"我被困在此,日夜盼望你来救我,你竟然要自立为王!"张良、陈平在旁边低声劝道,现在急需韩信帮助,应当立他为王,以便利用他,否则会引起变乱。刘邦醒悟,于是假意骂道:"大丈夫要做就做真王,干吗要做'假王'!"就派张良前去立韩信为齐王,征调他的兵马攻打项羽。
④ 其:助词,用在疑问代词的前后,表示强调。全:成全。这句说,如果不是张良,还有谁能成全他呢。

太史公疑子房以为魁梧奇伟,而其状貌乃如妇人女子,不称其志气,①呜呼,此其所以为子房欤②!

注释

① 太史公:指司马迁。疑:猜想。魁梧:高大强壮。奇伟:奇异不凡。状貌:体态容貌。女子:有的版本作"好女"。乃:竟然。称(chèn):符合,相匹配。志气:志向和气概。司马迁在《史记·留侯世家》里评论张良的外貌说:"余以为其人计魁梧奇伟,至见其图,状貌如妇人好女。"
② 呜呼:有的版本作"而愚以为"。这句说,张良外形柔弱,从外表看不出来

是能"忍"的"豪杰之士",外柔内刚,这大概就是张良之所以成为张良的原因吧。

评析

嘉祐二年(1057)春天,苏轼、苏辙同科考中进士。四月,母亲程氏去世,兄弟二人与父亲苏洵赶回四川奔丧。嘉祐四年(1059),守丧期满,三苏父子再次前往东京(今河南开封)。嘉祐五年,三人抵达京师,苏轼兄弟得到欧阳修和杨畋的推荐,准备参加下一年的制科考试。"制科"是一种不定期举行的特别考试,首先是考生获得近臣推荐,在考试的前一年里写好50篇文章呈给朝廷,合格者在第二年汇集首都,到秘阁去写6篇命题文章,再次合格者才能参加皇帝的"御试对策",朝廷从中选拔高级官员。这50篇文章,当时称为"贤良进卷",由25篇"进论"和25篇"进策"组成,总称"论策"或"策论"。"论"一般是评论儒家经典、历史事件、历史人物和思想观念,如《中庸论》《汉高帝论》《韩愈论》等等;策一般是就现实政治中的重要问题,如官制、外交、边防、军事、财政等等,展开讨论,提出对策。苏轼兄弟在嘉祐五年(1060)已经分别将写好的50篇论策上交,然后在嘉祐六年八月正式参加考试,都取得了优异成绩。这篇《留侯论》就是苏轼所进25篇"进论"的第19篇。

楚汉相争,刘邦胜利、项羽失败,原因有很多,其中之一是张良能忍耐而且促成刘邦能忍耐。苏轼抓住这一点,集中论述。张良的生平经历中,桥上老人授予兵书是个转折点,对此事历来众说纷纭。苏轼由此谈起,扫除它神奇乃至迷信的色彩,回到人事方面寻找原因,指出老人之举"其意不在书",而在于教育张良能"忍"。全文扣住"忍"字,围绕志向远大者要能够忍耐的主旨,从"忍"和"不忍"两方面交错议论,多层次、多侧面地举例论证,一意反复,主题单一集中,用笔却反复多变,行文纵横捭阖、汪洋恣肆,具有圆活流转的美感。

　　苏轼对张良的评论,包含着自诫自励之意。在后来的日子里,他经常遭遇挫折,而能一忍再忍、旷达乐观,可以说是践行了这篇文章的主张。清朝康熙皇帝很欣赏这篇文章的观点,他用"戒急用忍"四个字来概括,并题写在匾额上,用来教导皇子雍正,也借以自勉。

策　略　一①

　　臣闻天下治乱②,皆有常势③。是以天下虽乱,而圣人以为无难者,其应之有术也。④水旱盗贼,人民流离⑤,是安之而已也⑥。乱臣割据⑦,四分五裂,是伐之而已也。权臣专制⑧,擅作威福⑨,是诛⑩之而已也。四夷交侵,边鄙不宁,是攘之而已也。⑪凡此数者,其于害民蠹国,为不浅矣。⑫然其所以为害者有状,是故其所以救之者有方也。⑬

注释

① 嘉祐五年(1060)作于首都东京。策略:政策建议的概论。略,大略。
② 臣:官吏对国君的自称。论、策是呈上给皇帝看的,所以这样写。治乱:安定和动乱。
③ 常势:固定的形势,一定的规律。
④ 是以:因此。圣人:品德最高尚、智慧最超群的人,这里指国君。这三句说,因此,天下即使动乱,圣明的国君也认为没有什么困难,是因为他有得当的策略、方法去应对。
⑤ 流离:因灾荒战乱而流浪离散。

⑥ 是：这种情况。这句说，这种情况，只要安抚人民就可以了。

⑦ 乱臣：犯上作乱的大臣。割据：占据一方，成立自己的政权。

⑧ 权臣：掌权而专横的大臣。

⑨ 擅：擅自，随意。作威福：作威作福，给人处罚或者奖赏，指滥用权势，独断专横。

⑩ 诛：诛杀，除去。

⑪ 四夷：国境四周的外族、外国。边鄙：靠近边界的地方。攘(rǎng)：驱逐，排斥。这三句说，四周的外族都来侵犯，边境地区不安宁，只要抵抗、驱逐外敌就可以了。

⑫ 凡此：所有这些。蠹(dù)：损害。这三句说，所有这几种情况，在祸国害民方面，程度都不浅了。

⑬ 有状：有迹象，有根据。有方：有方法，方法得当。这两句说，但这几种祸害国家和人民的情况都是有形的，能看到迹象、找到原因，因此都能有合适的方法去挽救。

　　天下之患，莫大于不知其然而然，①不知其然而然者，是拱手而待乱也②。国家无大兵革，几百年矣。天下有治平之名，而无治平之实，③有可忧之势，而无可忧之形，④此其有未测者也⑤。方今⑥天下，非有水旱盗贼、人民流离之祸，而咨嗟怨愤，常若不安其生⑦。非有乱臣割据、四分五裂之忧⑧，而休养生息，常若不足于用⑨。非有权臣专制、擅作威福之弊，而上下不交，君臣不亲⑩。非有四夷交侵、边鄙不宁之灾，而中国皇皇⑪，常有外忧⑫。此臣所以大惑也⑬。

注释

① 患：祸患。莫大于：没有比……更大的了。然：这样。这两句说，天下最

大的祸患,就在于不知道它是这样,而它已经是这样了。

② 拱手而待乱:毫无防备地等待变乱的到来。

③ 兵革:指战争。几(jī)百年:几乎一百年。宋朝于太祖建隆元年(960)建立,太宗太平兴国四年(979)消灭北汉,结束了唐中期以来武人专权、藩镇割据、长期处于动乱的局面,到苏轼写作此文的嘉祐五年(1060),将近一百年。治平:政治清明,社会安定。这四句说,国家已经将近一百年没有发生战争,天下有太平的名声,却没有太平的实际。

④ 势:情势。形:迹象。这两句说,有令人担忧的情势,却没有令人担忧的迹象。

⑤ 未测:未知。这句说,这些方面潜藏着尚未发现的危险情况。

⑥ 方今:当今,现在。

⑦ 咨嗟(zī jiē):叹息。安……生:生活安定。这两句说,人民却叹息怨恨,常常好像不能安居乐业。

⑧ 忧:忧虑。

⑨ 休养生息:国家减轻人民负担,让他们生活安定,恢复元气。这两句说,然而国家在让人民休养生息方面,常常好像不够开支。

⑩ 君:有的版本作"民"。这两句说,然而上下级之间不能沟通交流,国君和臣子之间不能相互亲近。

⑪ 中国:中原王朝,这里指宋朝。皇皇:同"惶惶",惊恐不安的样子。

⑫ 外忧:外来的忧患,指外敌入侵。

⑬ 所以:原因。这句说,以上这些就是我十分迷惑的地方。

今夫医之治病,切脉观色①,听其声音,而知病之所由起②,曰"此寒也,此热也",或曰"此寒热之相搏③也",及其他④,无不可为者⑤。今且有人恍然而不乐⑥,问其所苦⑦,且不能自言,则其受病有深而不可测者矣,其言语饮食,起居动作⑧,固⑨无以异于常人,此庸医之所以为无足忧⑩,而扁鹊、仓公之所以望而惊也⑪。其病之所由起者深,则其所以治之者,固非卤莽因循苟且之所能去也。⑫而天下之士,方且掇拾三代之遗文,补葺汉、唐之故事,以为区区之论,可以济世,不已疏乎!⑬

注释

① 切脉观色:触按动脉,观察脸色,都是传统中医诊断病症的方法。

② 病之所由起:得病的原因。

③ 相搏:互相交缠,互相搏击。

④ 及其他:以及其他原因。

⑤ 为(wéi):做。这句说,没有不能诊断的。

⑥ 恍(huǎng)然而不乐:神情茫然,闷闷不乐。

⑦ 问其所苦:问他哪里难受。

⑧ 动作:行为举动。

⑨ 固:固然。

⑩ 无足忧:不值得忧虑。

⑪ 扁(biǎn)鹊:春秋战国时期的名医,原名秦越人,曾三次见到齐桓公,每次都指出齐桓公患有疾病,齐桓公都觉得自己没病,第四次见面,扁鹊远远望见齐桓公,转身就跑,因为他看出齐桓公已经病入骨髓,无法救治了。果然,过了五天,齐桓公就病死了。仓公:即太仓公,西汉名医,复姓淳于,名意,医术精湛,擅长通过看脸色、切脉象、听声音来决断病人生死。

⑫ 卤莽(lǔ mǎng):马虎。因循:沿袭老旧的一套。苟且:得过且过,敷衍了事。这三句说,这种病症的起因很深,那么要治疗它,确实不是马虎、守旧、敷衍就能去除的。

⑬ 方且：方才，刚刚。掇（duō）拾：摘取，搜集。三代：夏、商、周三代。遗（yí）文：前代留下的法令条文、礼乐制度。补葺（qì）：补充辑录。故事：先例，以前的制度和事迹。区区：微小，形容微不足道。济（jì）世：救世，救济社会和世人。疏：疏陋，不切实际。这六句说，然而天下的士人，刚刚搜集了一些古代盛世的文献制度，而不考虑现实情况，就以为他那一点微小的议论可以用来救世了，真是疏陋迂阔。

　　方今之势，苟不能涤荡振刷，而卓然有所立，未见其可也。①臣尝观西汉之衰，其君皆非有暴鸷淫虐之行②，特以怠惰弛废③，溺于宴安④，畏期月之劳⑤，而忘千载之患，是以日趋于亡而不自知也⑥。夫君者，天也。仲尼赞《易》⑦，称天之德曰⑧："天行健，君子以自强不息。"⑨由此观之，天之所以刚健而不屈者，以其动而不息也。惟其动而不息，是以万物杂然各得其职而不乱，其光为日月，其文为星辰，其威为雷霆，其泽为雨露，皆生于动者也。⑩使天而不知动，则其块然者将腐坏而不能自持，况能以御万物哉！⑪苟天子一日赫然奋其刚明之威，使天下明知人主欲有所立，则智者愿效其谋，勇者乐致其死，纵横颠倒，无所施而不可。⑫苟人主不先自断于中，群臣虽有伊、吕、稷、契，无如之何。⑬故臣特以人主自断而欲有所立为先，而后论所以为立之要云。⑭

注释

① 势：形势。有的版本作"世"。苟：如果。涤荡：清洗，清除。振刷：整肃，整顿以振作。卓然：卓越的样子。这四句说，当今的形势，如果不能全面地清除整顿，重新振作，并且取得突出的建树，看来是不行的。

② 君：国君。暴鸷（zhì）：残暴凶猛。淫虐（nüè）：淫乱暴虐。行：行为。

③ 特以：只是因为。怠（dài）惰：懈怠懒惰。弛废：败坏荒废。

④ 溺于：沉迷于。宴安：安逸享乐。

⑤ 畏：畏惧。期（jī）月：一整月。劳：劳苦。

⑥ 这句说，因此一天天地走向灭亡，自己却还不知道。

⑦ 仲尼：孔丘，字仲尼，通称孔子。赞《易》：给《易经》作解释，使它明白易懂。据说孔子作了《易传》，成为《周易》的组成部分。

⑧ 称：赞美。德：德行。

⑨ 这两句出自《周易》里的《易传》，是乾卦的象辞，意思是，天的运行刚强劲健，君子要像天那样，自己奋发图强，永不停息。

⑩ 惟其：正因为。杂然：繁杂的样子。职：位置。这几句说，正因为上天运动而不停息，所以各种事物虽然繁杂，却各有各的位置而不混乱，它的光辉是日月，色彩交错是星辰，威力是雷霆，恩泽是雨露，这些都是产生于运动。

⑪ 使：假使。块然：高大独立的样子。自持：自己生存。御：驾驭。这三句说，假使天不知运动，那么高大独立的它也将腐烂败坏，自己都不能生存，又怎能驾驭万物呢？

⑫ 赫然：奋发的样子。人主：国君，君主。这几句说，如果天子有朝一日能奋发向上，振作起他刚健的威信，让天下人明确知道国君想要有所建树，那么，有智慧的人愿意贡献他的谋略，勇敢的人甘愿献出性命，无所顾忌，反复努力，没有想做而做不到的。

⑬ 自断：自己作决断。中：心中。虽：即使。伊、吕、稷（jì）、契（xiè）：上古时代四位忠诚能干的贤臣，古人认为是宰相的代表。伊是伊尹，吕是吕尚，见前面《留侯论》注释；稷是后稷，舜帝的农官，教导民众耕种；契是舜帝的大臣，辅佐大禹治水有功，升任司徒。这三句说，如果国君不首先自己在心中作决断，那么大臣里即使有贤臣，也没有任何办法。

⑭ 云：语气助词，用在句末，表示结束。这两句说，所以我特地把国君能自己决断并想有所建树放在前面，然后再讨论怎样有所建树的要点。

> 评析

嘉祐五年（1060），苏轼为了参加第二年的制科考试，给朝廷上交了25篇"进论"和25篇"进策"。25篇策又分为《策略》5篇、《策别》17篇、《策断》3篇。其中，《策略》是苏轼政治思想的简要概论，《策别》是对国家和社会问题提出具体的措施，《策断》则是专门为应对西夏和辽国的问题而写。这篇《策略一》就是25篇策的第一篇。

文章一开始就揭示天下治乱的基本规律，认为政治上最大的危险是危险已经发生了却还没意识到危险。这个认识是非常深刻的，至今在各个领域仍流行类似的概括。接下来苏轼分析当今形势，指出国家和社会表面太平，其实许多方面都处在危机之中。针对这些令人担忧的现状，苏轼主张要"涤荡振刷，而卓然有所立"，明确要求改革。宋仁宗在位期间，宋朝号称太平无事，尤其是"嘉祐之治"，在当时和后世都被高度赞扬。然而，有识之士早已看到危机，相继提出改革意见。庆历三年（1043），范仲淹、欧阳修等人推动的"庆历新政"就是仁宗朝的一次著名改革，虽然失败了，但他们"以天下为己任"的高度责任感和"皇帝与士大夫共治天下"的强烈自信心影响了一代又一代的士人风气。在嘉祐末年，不满现状、要求改革的呼声在朝野上下响起，苏轼也在文中提出了改革的宏观战略，他对"无形之患"的辨析，对改革应当以国君自断为先的观点，具有特别的意义。

苏轼在进策中明确反对因循守旧，强烈要求改革振作。但是后来，王安石变法时，他认为"新法"扰民而反对"新法"，司马光等人尽废"新法"时，他又主张维护某些有益于人民的"新法"。显然，他敢于坚持己见，一切从实际出发,从百姓利益的角度考虑问题。

在语言上,这篇文章没有韩愈古文那样新奇独特的自创词汇,也不像宋初古文那样艰涩怪诞,而是平易流畅、明白如话。虽然是散体行文,但也适时使用排比、对偶,加上纵横捭阖的引证、类比、正反推理,使得词锋犀利,气势撼人,有汪洋恣肆之感。但结构的起伏回旋,虚字的适当运用,又使得文章不会咄咄逼人,而是张弛有度、摇曳流转。

送杭州进士诗叙^①

右《登彼公堂》四章,章四句,太守陈公之词也。^②

注释

① 熙宁五年(1072)十月作于杭州通判任上。进士:这里指通过了地方的考试、将向朝廷贡举的人才。宋代的科举考试分为三级:解试、省试和殿试,逐级淘汰,择优录取。第一级解试,全称"发解试",是在各地州军、开封府、国子监组织的考试,一般于秋天举行。解试通过的人可以参加次年春天在首都举行的全国性的省试,合格者进入殿试。殿试通过,就正式成为"进士",可以直接授予官职。各地发解举子前往京城参加礼部省试之前,地方长官要为他们设宴饯行,叫"鹿鸣宴",还要赋诗送行。这篇文章就是苏轼为杭州知州所作的送行诗而写的序。叙:即"序",序言。苏轼的祖父叫苏序,为了避讳,他不用"序"字,而改用"叙"字代替。

② 右:古人的书写习惯是从右往左、从上到下,苏轼这篇序言写在别人诗歌的后面,所以这里的"右"相当于"前面""以上"。太守:汉代设置的郡的长

官,这里指知州。陈公:指陈襄,字述古,当时任杭州知州。"公"是对官员的尊称。这几句说,以上《登彼公堂》诗共四章,每章有四句,是知州陈襄的作品。陈襄《古灵集》卷二十二《登彼公堂燕贡士》:"登彼公堂,维水汤(shāng)汤。君子燕湑(xǔ),其言有章。登彼公堂,有松有柏。君子燕湑,其仪孔特。登彼公堂,维山崔嵬。君子燕湑,其志不回。登彼公堂,鸿飞戾止。君子燕湑,维其不已。"

苏子①曰:士之求仕也,志于得也。仕而不志于得者,伪也。②苟志于得而不以其道,视时上下而变其学,曰"吾期得而已矣",则凡可以得者,无不为也,而可乎?③昔者齐景公田,招虞人以旌,不至。孔子善之,曰:"招虞人以皮冠。"④夫旌与皮冠,于义非大有损益也,然且不可,而况使之弃其所学,而学非其道欤?⑤熙宁五年,钱塘之士贡于礼部者九人⑥,十月乙酉⑦,燕于中和堂⑧,公作是诗以勉之曰⑨:"流而不返者,水也;不以时迁者,松柏也。言水而及松柏,于其动者,欲其难进也。万世不移者,山也;时飞时止者,鸿雁也。言山而及鸿雁,于其静者,欲其及时也。"⑩公之于士也,可谓周矣。⑪《诗》曰:"无言不酬,无德不报。"⑫二三子⑬何以报公乎?

注释

① 苏子:苏轼自称。
② 求仕:求取官职。这四句说,读书人求取官职,当然想要得到,求官职却不想得到,是虚伪的。
③ 时:时势,形势。期:期望。这六句说,如果志在考中却不遵循他自己的道,根据形势的变化而改变自己的学问思想,说"我只是期望考中罢了",

那么凡是能够用来帮助考中的事情,没有不做的,这样可以吗?

④ 田:打猎。虞(yú)人:古代掌管山林水泽和帝王园林的官员。旌(jīng):旗帜。善:赞扬。皮冠:打猎时戴的皮帽子。《左传》记载,齐景公冬天打猎时,用弓作为信物去召唤虞人,虞人没有前来,景公派人去把他抓起来,他辩解说:"前代君主打猎时,用旃(zhān,一种红色旗子)召唤大夫,用弓召唤士,用皮冠召唤虞人。我没看到皮冠,所以不敢进见。"于是景公就把他放了。孔子对此评论说:"遵守君臣的规范,不如遵守为官的礼义。"赞赏虞人坚守礼法道义,不屈从于权力规范。《左传》原文是齐景公"招虞人以弓",虞人辩解说前代君主"旃以召大夫,弓以召士,皮冠以召虞人"。《孟子》在《滕文公下》里转述为"昔齐景公田,招虞人以旌,不至",又在《万章下》里说"齐景公田,招虞人以旌,不至",按礼义应该是招虞人"以皮冠,庶人以旃,士以旗,大夫以旌"。苏轼在这里依据的是《孟子》。这五句说,从前齐景公打猎,用旗子作为凭信去召唤虞人,虞人不去觐见,孔子赞扬虞人,说:"用皮冠召唤虞人才符合礼法道义。"

⑤ 然且:尚且。而况:何况。这五句说,召唤虞人是用旗子还是皮冠,对于道义的影响不算大,尚且不可以随便对待,何况让人放弃他原来的学问思想、改学不符合正道的东西呢?那就更不对了。

⑥ 钱塘:杭州。贡:地方向朝廷举荐人才。礼部:朝廷中央的一个部门,属于尚书省,负责管理国家的典章制度、祭祀、教育、科举,以及接待四方宾客。各地举子要到京城参加全国性的科举考试,这一级的考试由礼部组织实施,礼部属于尚书省,所以叫礼部试、南省试,简称省试。

⑦ 十月乙酉:阴历十月初十。

⑧ 燕:同"宴",宴饮,聚会吃饭饮酒。中和堂:原名阁礼堂,五代吴越国国王钱镠(liú)所建,北宋至和三年(1056),杭州知州孙沔(miǎn)改建,改名中和堂。

⑨ 是诗:这些诗,指上面陈襄所写的四首诗。勉:勉励。
⑩ 迁:变迁,变化。难进:难以进用。止:栖息。及时:赶上时机。这十四句说,流动而不回来的,是水;不因为季节而变化的,是松树、柏树。陈襄诗里说水而写到松柏,是针对容易躁动的人,希望他不要轻易进用。万代不移动的是山,按时飞去、按时栖息的是鸿雁。诗里说山而写到鸿雁,是针对过于沉静的人,希望他抓住时机。这十四句是苏轼对陈襄诗歌的解释。陈襄的四章诗,第一章写水,第二章写松柏,第三章写山,第四章写鸿。苏轼认为其中包含有动静互补的教导,因此解释说,读书人不要为了考中进士、求取官职而随便改变思想、失去人格操守,而要在坚持学问道义的同时,抓住时机为国家作贡献。
⑪ 周:周到。这两句说,陈襄对读书人可称得上是考虑周到了。
⑫ 酬:对答。报:回报,报答。这两句诗出自《诗经·大雅·抑扬》,意思是,每种言行、恩德都会有回报。酬,《诗经》原文作"雠",读音和意义都一样。
⑬ 二三子:几个人,指进京赶考的举子们。

评析

这篇文章的背景是宋朝的科举考试制度在这时发生了重大变化。本来,进士科考试共分四场:第一场,作诗、赋各一篇;第二场,作论一篇;第三场,作策五篇;第四场,考帖经、墨义(近似今天的"填空题""默写"或"名词解释")。熙宁四年(1071)二月,宋神宗批准王安石的建议,正式颁布科举新规,取消其他考试途径,只用进士科取士,而进士科又取消诗赋、帖经、墨义,改为专门考经义、论策,对经典的解释则必须依据王安石的经义理论,其目的是要选拔对"新法"有用的人才,而且要统一朝野上下的思想认识,以全面推行"新法"。其中,经义、策论取士会被一时的政策和意识形态所左右,卷入政治斗争,背离客观、公平的科举初衷。在朝廷酝酿科举新规的时候,苏轼曾提出反对意见;如今新制颁布施行,他继续表示反对,意欲维护考试的客观公正和思想的独立自由。

文章很短,苏轼以"视时上下而变其学"为核心,集中展开论述。在新的考试制度下,支持"新法"、迎合上意的人容易考中,那么,读书人就会随着政治形势的变化而改变自己的学问思想,这样的人做官以后也会欺上瞒下、贪赃枉法。这就是"曲学阿世",即歪曲、放弃自己的学术,以迎合世俗的喜好、获取个人私利。孟子早就用虞人的例子论证坚守礼义的重要性,司马迁也批评公孙弘是"曲学阿世"。唐代的陆贽曾表示:"吾上不负天子,下不负吾所学,不恤其他。"在这些圣人贤臣看来,个人的"学"是做官的根基,也是思想独立的保障。苏轼给举子们写这篇短序,也是要他们坚守个人"所学",不要为了当官发财而放弃道义。他本人终生践行这个信念,晚年仍在《千秋岁·次韵少游》里自述:"新恩犹可觊,旧学终难改。"

然而,面对现实的利害得失,有几个人能做到坚守所学呢?苏轼也明白这一点,所以在末尾带着感慨发问:举子们将如何回应长官的劝勉?其实也是在问,读书人如何做到既能思想独立又能造福百姓?科举新规未必没有合理之处,苏轼的反对也未必全对,但苏轼之问,千载之下,仍发人深省。

超 然 台 记①

凡物皆有可观②。苟③有可观,皆有可乐,非必怪奇玮丽者也④。餔糟啜漓皆可以醉⑤,果蔬草木皆可以饱。推此类也,吾安往而不乐?⑥

注释

① 熙宁八年(1075)十一月作于密州(今山东诸城)。超然台:旧址在今山东诸城市北城上。
② 可:值得。观:观赏。
③ 苟:如果。
④ 非必:不一定要。玮(wěi)丽:珍贵华美。
⑤ 餔(bū):吃。糟:酒渣。啜(chuò):饮。漓(lí):通"醨",淡酒。这句说,吃酒糟,饮淡酒,都能使人醉倒。
⑥ 安:哪里。这两句说,以此类推,我到哪里去不感到快乐呢?

　　夫所为求福而辞祸者,以福可喜而祸可悲也。①人之所欲无穷,而物之可以足吾欲者有尽。②美恶之辨战乎中,而去取之择交乎前,③则可乐者常少,而可悲者常多。是谓求祸而辞福。夫求祸而辞福,岂人之情也哉?物有以盖之矣。④彼游于物之内,而不游于物之外。⑤物非有大小也,自其内而观之,未有不高且大者也。彼挟其高大以临我,则我常眩乱反覆,如隙中之观斗,又乌知胜负之所在?⑥是以美恶横生,而忧乐出焉,可不大哀乎!⑦

注释

① 所为(wèi):所谓,所说的。为,通"谓"。辞:躲避。这两句说,人们所说的追求福气而避免祸患,是因为福气值得高兴,而祸害使人悲伤。
② 足:满足。这两句说,人的欲望没有穷尽,而能够满足我们欲望的东西却

是有限的。

③ 辨：辨别，区别。中：指内心。去：舍弃。前：指眼前。这两句说，如果心里总在进行辨别美丑的斗争，眼前总在获取和舍弃的选择上左右为难。

④ 情：性情，指人的本性。盖：遮蔽。这三句说，追求祸患、避免福气，哪里是人的本性呢？这是由于受了外物的蒙蔽。

⑤ 彼：那些人，指求祸而辞福的人。游：游心，精神倾注在某方面。这两句说，那些人总是留心万物的里面，而不是万物的外面。

⑥ 彼：它，指事物。挟（xié）：倚仗。临：从高处看下面，有威慑、统治的意思。眩（xuàn）乱：迷惑昏乱。反覆：重复多次，也作"反复"。隙（xì）：缝隙。乌：表示疑问，哪里。这四句说，事物倚仗它的高大气势而居高临下，压迫着我们，我们就常常迷惑昏乱，难以辨别是非，如同从缝隙里看争斗，又哪里知道谁胜谁负呢？

⑦ 是以：因此。横生：交错地产生。出：出现。这三句说，因此，美好和丑恶的感受不断产生，欢乐和忧愁的情感也就出现了，这不是很可悲吗？

余自钱塘移守胶西，释舟楫之安，而服车马之劳；去雕墙之美，而庇采椽之居；背湖山之观，而行桑麻之野。①始②至之日，岁比不登③，盗贼满野，狱讼充斥④，而斋厨索然⑤，日食杞菊⑥。人固疑⑦余之不乐也。处之期年，而貌加丰，发之白者，日以反黑。⑧余既乐其风俗之淳，而其吏民亦安予之拙也。⑨于是治其园圃⑩，洁其庭宇⑪，伐安丘、高密之木⑫，以修补破败，为苟完⑬之计。而园之北，因城以为台者旧矣，稍葺而新之。⑭时相与登览⑮，放意肆志焉⑯。南望马耳、常山，出没隐见，若近若远，庶几有隐君子乎？而其东则卢山，秦人卢敖之所从遁也。⑰西望穆陵⑱，隐然如城郭⑲，师尚父、齐桓公之遗烈⑳，犹有存者。北俯潍水，慨然太息，思淮阴之功，而吊其不终。㉑台高而安㉒,深㉓而明,夏凉而冬温。雨雪之朝,风月㉔之夕,余未尝不在,客未尝不从㉕。撷园蔬,取池鱼,酿秫酒,瀹脱粟而食之,曰:乐哉游乎!㉖

注释

① 钱塘:杭州。移守:调去管理。胶西:指密州。汉朝设置胶西国、胶西郡,治所在今天的高密,高密在宋代属于密州管辖。熙宁七年(1074)九月,苏轼由杭州通判改任密州知州,十二月初三到达密州任上。释:放弃。舟楫(jí):泛指船只。服:从事,这里指忍受。去:离开。雕墙:装饰精美的墙壁,指华丽的房屋。庇(bì):居住。采椽(chuán):栎(lì)树做的椽子,形容房屋简陋。椽是房屋上头的木条,用来支撑屋面的板和瓦。背:离开。湖山之观:有山水湖泊的景色,指杭州。桑麻之野:种满桑树和麻的原野,指密州。《汉书》说鲁国"颇有桑麻之业",密州在古代曾属于鲁国,所以引用这个典故。这七句说,我从杭州调到密州任知州,相比之下,杭州交通舒适、居室华丽、山水优美,密州则交通辛苦、房屋简陋,没有山水之美,只有种满桑麻的荒郊僻野。

② 始:才,刚。

③ 岁:年。比:频频,连续。登:丰收。

④ 狱讼(sòng):诉讼,告状。充斥:充满,特别多。

⑤ 斋厨:没有美味佳肴的厨房。索然:空荡荡的样子。

⑥ 杞(qǐ)菊:枸(gǒu)杞和菊花,它们的嫩叶可以做菜吃,这里泛指野菜。

⑦ 固:一定。疑:猜想。

⑧ 处(chǔ):居住。期(jī)年:满一年。丰:丰满。这四句说,我在这里居住了一年,面容却更加丰润,头上的白发也一天天地重新变黑。

⑨ 既：已经。淳（chún）：淳朴，质朴。吏民：小吏和百姓。安：感到习惯。拙（zhuō）：笨拙，是作者自谦之词，指政务管理能力差。这两句说，我已经很喜欢这里淳朴的风土人情，而这里的小吏和百姓也对于我拙劣的管理习以为常了。

⑩ 治：修建。园圃（pǔ）：种植果树蔬菜的园地。

⑪ 洁：使清洁干净。庭宇：房屋庭院。

⑫ 伐：砍伐。安丘、高密：今山东安丘市和高密市，在宋代都属于密州。

⑬ 苟完：暂且完备。

⑭ 葺（qì）：修理。这三句说，在园子的北面，有一个在城墙上建造的高台，已经破旧了，我就稍微修理，使它焕然一新。

⑮ 时：时常，常常。相与：一起。

⑯ 放意：纵情。肆志：随心快意。

⑰ 卢山：在密州城东南方，本来叫故山，据说卢敖曾经在山里避难，得道成仙，所以又名卢山。卢敖（áo）：秦朝的博士，为秦始皇寻访仙药，没有成功，就在故山里隐居避难。遁（dùn）：隐居。

⑱ 穆陵：穆陵关，旧址在今山东临朐（qú）县与沂（yí）水县交界处，是战国时期齐国的战略要点。

⑲ 隐然：隐隐约约的样子。城郭：城墙。

⑳ 师尚父：吕尚，又称姜子牙、姜太公，辅佐周文王建立霸业，又辅佐周武王消灭商朝、建立周朝，被尊为师尚父，封于齐地。齐桓公：据说是吕尚的后代，获得齐国（今山东北部）的王位后任用管仲为宰相，推行改革，使齐国逐渐强盛，为"春秋五霸"之一。遗烈：遗留的功业。

㉑ 潍（wéi）水：今称潍河，流经密州、高密等地。慨然：感慨的样子。太息：深深地叹息。淮阴：淮阴侯韩信。韩信辅佐刘邦，往东攻打齐地，楚霸王项羽派龙且（jū）率领军队二十万来救，双方在潍水激战，韩信取胜。吊：

伤痛,怜悯。不终:不得善终,没有好的结局。韩信对汉朝的建立功劳很大,但后来被吕后杀害。这四句说,向北俯瞰潍河,不禁感慨叹息,想起淮阴侯韩信的战功,痛惜他没有得到善终。

㉒ 台:指超然台。安:坚实安全。

㉓ 深:深广。

㉔ 风月:清风明月。

㉕ 从:跟从,陪伴。

㉖ 撷(xié):采摘。秫(shú)酒:用高粱、粟米酿成的酒。瀹(yuè):煮。脱粟:只脱去皮壳、没有加工的糙米。游:优游,逍遥。这五句说,我们采摘菜园里的蔬菜,捕捞池塘里的鲜鱼,酿造高粱酒,煮些糙米饭,边品尝边说:真是快乐逍遥啊!

方是时,余弟子由适在济南,闻而赋之,且名其台曰"超然"。①以见余之无所往而不乐者,盖游于物之外也。②

注释

① 方:正在。适:正好,恰巧。济南:当时苏辙任齐州掌书记,齐州以前属于济南郡,治所在今山东济南。超然:超越的样子,指离尘脱俗,超出尘世之外。这四句说,正在这时,我弟弟苏辙恰好在济南做官,听说了这件事,便写了一篇赋,并且给这个台子取名叫"超然"。

② 以见:用来表现。盖:连词,表示原因或理由。这两句说,苏辙用这篇赋和命名来表现我到任何地方都很快乐,其原因就是我能超然物外、自在逍遥。

评析

这篇文章通过描写密州的地理环境、记述到密州后的生活状况，反映了苏轼随遇而安、无往而不乐的生活态度，以及淡泊自适、超然物外的思想境界。与杭州相比，密州风景不美、物产不丰、生活不好，但苏轼处之泰然，而且亲自动手，美化了居处环境，改善了物质生活，发现了日常美感，从而乐在其中。读者稍加思考，就能明白其中的道理：只要你善于利用所处的位置，从平凡的日常生活里发现美，不计较外物的得失，就能逍遥自乐。

全文以"乐"字为纲要，通篇都包含着"超然"的意蕴，末尾直接点题，结构精密。传统"记"的写法，是以叙事为主，苏轼却在开头两段大发议论，阐发万物皆有可乐、执着于外物必然悲哀的道理；中间叙事、写景、怀古、抒情和议论交互运用，推导出"乐"的主旨；最后借苏辙之口，指出逍遥快乐的途径在于游于物外，点明题目意旨。可见苏轼写文章不拘格套，灵活多变，在"记"体文中吸收了其他文体的特点，扩大了"记"的文体容量，丰富了表现手法。

虽然有大段的议论，文章却绝不枯燥，而是圆活流转，引人入胜。如中间描写从超然台观望东南西北方向的景色，这种"四望"的方法，许多文章里都用到，容易让人觉得老套肤浅。苏轼从四方一一描叙，层次井然，但并不呆板，因为他使用的不是对偶排比的句式，而是散体的单句，错落有致，具有一种疏荡流畅的情韵，与他通过四望而阐发"超然"的情意是互相吻合的。连接词"而"字的使用，也起了贯串前后、一气呵成的作用。事实上，全文有张有弛，灵活流动，韵调动听，其中"乎""而""其"这三个虚字的反复使用非常关键。

苏轼后来先后被贬谪到黄州、惠州、儋州，处境一次比一次悲惨，还能保持旷达的心胸，发现贬谪生活中的乐趣，真正践行了这篇文章所提出的观点，可谓"知行合一"的典范。

日　　喻①

生而眇者不识日，问之有目者。②或③告之曰："日之状如铜槃。"④扣⑤槃而得其声。他日闻钟，以为日也。或告之曰："日之光如烛。"扪⑥烛而得其形。他日揣籥⑦，以为日也。

> **注释**

① 元丰元年(1078)十月作于徐州知州任上。日喻：用太阳来比喻道理。

② 眇(miǎo)：一只眼睛失明，这里指两只眼睛都失明，眼盲。这两句说，生下来就失明的人不认识太阳，于是向看得见的人询问。

③ 或：有人。

④ 状：形状，样子。槃(pán)：通"盘"。

⑤ 扣：同"叩"，敲击。

⑥ 扪(mén)：触摸。

⑦ 揣(chuǎi)：摸索。籥(yuè)：古代一种管乐器，形状像箫。

日之与钟、籥亦远矣，而眇者不知其异，以其未尝见而求之人也。①道之难见也甚于日，而人之未达②也，无以异于眇。达者告之，虽有巧譬善导，亦无以过于槃与烛也。③自槃而之钟，自烛而之籥，转而相之，岂有既乎!④故世之言道者,或即其所见而名之,或莫之见而意之,皆求道之过也。⑤然则道卒不可求欤⑥?苏子曰:"道可致而不可求。"⑦何谓致?孙武曰:"善战者致人,不致于人。"⑧子夏曰:"百工居肆以成其事,君子学以致其道。"⑨莫之求而自至,斯以为致也欤?⑩

注释

① 未尝:未曾。这三句说,太阳与钟、籥的差别非常大,失明的人却不知道他们的差异,是因为他未曾见过太阳,而是向别人请教关于太阳的知识。

② 达:明白,领悟。

③ 虽:即使。这三句说,领悟了道理的人告诉未懂的人时,即使有巧妙的譬喻、良好的启发开导,也不能比用铜盘、蜡烛来说明太阳的说法更好。

④ 之:到。相(xiàng):相貌,模样,这里指形容事物的模样。既:穷尽。这四句说,从铜盘到钟,从蜡烛到籥,一个比喻接一个比喻地辗转形容太阳的模样,没有穷尽。

⑤ 即:按照,根据。意:猜测。求道:刻意空求道理。这四句说,所以世上谈论道的人,有的是根据他所理解的来命名,有的并未理解却主观猜测,这些都是刻意求道的弊病。

⑥ 然则:既然这样,那么。卒:最终。

⑦ 苏子:苏轼自称。致:到达。

⑧ 孙武:春秋末期齐国人,著名军事家,著有《孙子兵法》。致:招致,引来,这里指调动。这两句话出自《孙子兵法·虚实篇》,意思是,善于打仗的人总是调动敌人,而不是被敌人所调动。

⑨ 子夏:孔子的学生。百工:各种工匠。肆:作坊。这两句话出自《论语·子张》,意思是,各种工人居住在作坊里完成他们的工作,君子则通过学习

到达他们的道。

⑩ 这两句说,不刻意空求道,而自然而然地到达道,我认为这就是"致"。

南方多没人,日与水居也,七岁而能涉,十岁而能浮,十五而能浮没矣。①夫没者,岂苟然哉,必将有得于水之道者。②日与水居,则十五而得其道。生不识水,则虽壮,见舟而畏之。③故北方之勇者,问于没人,而求其所以没,以其言试之河,未有不溺者也。④故凡不学而务求道,皆北方之学没者也。⑤

注释

① 没(mò)人:能潜水、水性好的人。浮没:潜水。这五句说,南方有很多水性好的人,他们每天和水相处,七岁就能蹚水过江,十岁就能在水面游泳,十五岁就能潜水了。

② 苟然:随随便便。这三句说,潜水的人不是随随便便、不务实际就掌握了潜水技能的,他们一定是对水的规律有所领悟。

③ 虽:即使。壮:《礼记》里说,男子三十岁为"壮",即壮年,后泛指成年。这三句说,如果生来不识水性,那么即使长大成人,见到船也会害怕,更别说游泳潜水了。

④ 所以:用来,做某事的方法。溺:淹死。这五句说,因此,北方那些勇敢的人,询问南方会潜水的人,请求他们潜水的方法,按照他们的说法到河里尝试,结果没有不淹死的。

⑤ 务:致力,尽力。这两句说,因此,凡是不学习却专门去刻意空求道理的,结果都跟北方学潜水的一样。

昔者以声律取士,士杂学而不志于道。今者以经术取士,士求道而不务学。①渤海吴君彦律,有志于学者也,方求举于礼部,作《日喻》以告之。②

注释

① 昔者:从前,过去。以声律取士:隋唐以来的进士科考试,以诗赋为主,诗赋讲究平仄、押韵、对仗、格律、用典等规则,涉及面广,考生重视写作技巧和浮光掠影的知识面的学习,忽略对儒家大道的思考和实践。以经术取士:王安石变法,进士科考试取消了诗赋、帖经、墨义,专门考经义、论策,以经学为主,用儒家经典里的一言半句作为题目写作议论文,阐释经典的含义和意义,对经典的解释必须依据王安石的经义理论,见前面《送杭州进士诗叙》评析。这四句说,从前国家通过诗赋来选拔人才,考试涉及的范围广,读书人就广泛涉猎,学习的内容很杂,而不是专心思考儒家大道;现在国家通过经义来选拔人才,读书人就一味地空求抽象的道,而不是专心去学习积累。

② 君:对别人的尊称。吴彦律:吴琯(guǎn),字彦律,苏轼知徐州时,他担任徐州监酒税。他是潍州北海县(旧址在今山东潍坊)人,北海县所在的区域靠近古代的渤海郡,所以苏轼称他为"渤海吴君"。方:将要。举于礼部:被礼部荐举。吴琯是已故参知政事吴奎的儿子,根据宋朝的规定,可以凭借祖先的功勋做个小官,但如果要升迁,就必须考取进士,因此他在元丰元年通过了徐州的解试,将去京城参加第二年正月的礼部省试。根据史料,他最终没有考中进士。告:告谕,明白告诉。这四句说,老家靠近渤海郡的吴彦律君,是立志勤勉学习的人,将要去礼部考进士,于是我写这篇《日喻》来明白告诉他一些道理。

评析

王安石变法后,宋朝于熙宁四年(1071)二月改革科举制度,进士科考试取消诗赋、帖经、墨义,专门考经义、论策。苏轼对此持反对意见,于熙宁五年(1072)十月写了《送杭州进士诗叙》,指出经义取士会导致读书人"曲学阿世","视时上下而变其学"。熙宁八年(1075),朝廷又颁布王安石的《三经新义》,以便统一认识、增强思想控制。这部著作是王安石对儒家经典的新解释,各级各类学校都要教学,科场举子必须依据这些解释来答题,否则就不会被录取。如果说经义取士让举子们只去死记硬背经传注疏,随着形势变化而改变所学,那么,如今只能传习王安石一家之说,全国上下只能有一种理论,则让科举考试变成了僵硬的意识形态控制,考生只会根据现成的义理放言高论,创新精神和创造能力被进一步扼杀。因此,元丰元年(1078),苏轼写了这篇寓言体的短文对此继续提出批评。

苏轼表面上对诗赋取士和经义取士各有批评,但他的主旨是反对经义取士和思想专制,理论依据是"学"(学习和实践)和"道"(真理)的辩证关系,讨论方式则是通过多个比喻来具体展开,形象生动,深入浅出,在不知不觉中说服人。他先以盲人臆测太阳为喻,说明没有感性经验、亲身实践而刻意空求,是不能掌握道的;每个人对道的描述和概括都只是一个方面,只能作为理解的中介和帮助,不能作为道本身。因此,仅仅从他人的言论出发去一味空求,是不能理解真理的,而且会造成盲人识日那样的误解。道不能强求,而要自然而然地领悟。这就好比游泳,南方人水性好,并非从游泳的知识性探求中获得能力,而是他们生活的环境有很多江河湖泊,每天与水相处,自然而然就掌握了水的规律。他们可以把对水的感觉总结成知识,传授给北方人,但北方人仅靠这些知识并不能学会游泳。由此看来,要想领悟道理,就要专心学习，积学致道，也就是在长期的实践中运用知识，积累经验，总结体会，最终自然达到心领神会的境界。如果缺乏这些学习，只是背熟一些指定的义理，再根据这些义理去放言高论，就会空疏迂阔，不切实际，离道越来越远。士人没有独立思想和创造的能力，国家也选拔不到有用的人才。

在后来的"乌台诗案"中，御史台官员把这篇短文列为苏轼反对"新法"的一条罪状，说明他们是读懂了其中锋芒所指的。苏轼自己也招认是在反对经义取士。

文与可画筼筜谷偃竹记①

竹之始生，一寸之萌耳，而节叶具焉。②自蜩腹蛇蚹，以至于剑拔十寻者，生而有之也。③今画者乃节节而为之，叶叶而累之，岂复有竹乎！④故画竹必先得成竹于胸中，执笔熟视，乃见其所欲画者，急起从之，振笔直遂，以追其所见，如兔起鹘落，少纵则逝矣。⑤与可之教予⑥如此。予不能然也，而心识其所以然。⑦夫既心识其所以然，而不能然者，内外不一，心手不相应，不学之过也。⑧故凡有见于中而操之不熟者，平居自视了然，而临事忽焉丧之，岂独竹乎！⑨子由为《墨竹赋》以遗与可曰⑩："庖丁，解牛者也，而养生者取之。⑪轮扁，斫轮者也，而读书者与之。⑫今夫夫子之托于斯竹也，而予以为有道者，则非邪？⑬"子由未尝画也，故得其意而已。若予者，岂独得其意，并得其法。⑭

注释

① 元丰二年（1079）七月作于湖州。文与可：文同，字与可，是苏轼的堂表兄，

著名画家,世称石室先生、锦江道人,曾任湖州知州,擅长画墨竹,开创"文湖州竹派",元丰元年(1078)被任命为湖州知州,第二年在赴任途中病故。赟筜(yún dāng)谷:在洋州(今陕西洋县),因产赟筜竹而得名,文同知洋州时常去观赏。赟筜,一种高大的竹子,皮薄,茎粗,竹节间的距离也长。偃(yǎn)竹:倾斜或倒卧的竹子。

② 萌:植物的芽。具:具备。这三句说,竹子刚开始生长时,只是一寸左右的短芽,但竹节和竹叶都具备了。

③ 蜩(tiáo)腹蛇蚹(fù):形容竹笋的外壳一层层脱落,像蝉、蛇在蜕皮。蜩,蝉。蛇蚹,蛇脱落的皮。剑拔:剑从鞘中抽出,形容竹笋脱壳而成竹,直上高空,挺拔有力,跟拔剑出鞘一样。十寻:形容竹子很高。寻,古代长度单位,八尺为一寻。这三句说,竹子从竹笋脱壳拔节,到长成挺拔有力的竹子,初生时就具备竹节、竹叶,以后的生长只是量的累积,质的方面一开始就决定了。

④ 画者:作画的人。乃:却。累(lěi):累加,堆积。岂复有竹乎:难道还有竹吗?这三句说,现在那些作画的人却一节一节、一叶一叶地堆砌描绘,这样画出来的并不是竹,必须首先领会竹子初生以来就具备的整体特性,即下文所说的"成竹"。

⑤ 成竹:完整的竹子。熟视:长久地仔细观察。振笔:奋笔,挥笔。遂:前进。兔起鹘(hú)落:形容运笔的动作非常快速。鹘,一种猛禽,飞得很快,也叫隼。少(shǎo):短暂,一会儿。纵:放开,放松。这八句说,因此,画竹子之前,必须首先在心中已经有完整的竹子形象,然后握着笔,长久仔细地观察,这样才能把握住要画的竹子形象,这时急忙起笔跟上它,奋笔直前,中途不间断,以便捕捉到心中想象到的形象,整个过程如同兔子奔跑、鹰隼降落那样快速,哪怕只有一刻的放松,一切就都消逝了。

⑥ 予(yú):我。

⑦ 所以然：之所以这样的原因。这两句说，我还做不到这个程度，但心里明白要这样画的道理。

⑧ 既：已经。相应：互相呼应、配合。过：过失，错误。这五句说，心里已经明白要这样画的道理，但却做不到，是因为内心虽然有了认识，手上却不能画出来，心里想的和手上画的不一致，心和手不能互相配合，这是错在学习不够、练习不熟。

⑨ 平居：平日，平时。了然：清楚，明白。忽焉：快速的样子。丧(sàng)：失去，忘记。岂：难道。独：只是。这四句说，因此，凡是内心有了认识而实际操作不熟练的人，平时自以为很了解，但是临到做事时忽然又不会了，这种情况很多，不仅仅是画竹。

⑩ 子由：苏轼的弟弟苏辙，字子由。为(wéi)：写作。遗(wèi)：送给。

⑪ 庖(páo)丁：名字叫丁的厨师。解牛：宰牛。取之：汲取他的经验。《庄子·养生主》说，庖丁给文惠君(梁惠王)宰牛，技术高超，自称掌刀十九年，宰过数千头牛，而刀刃却仍像新磨时一样，他的诀窍在于掌握了牛的整体和骨骼构造，牛的身上哪里有空隙，哪里有筋骨，都异常熟悉，从空隙的地方下刀，所以游刃有余，不会伤害刀刃。梁惠王听了，觉得这番道理对养生的人也有启发。

⑫ 轮扁(biǎn)：名字叫扁的做车轮的木匠，也写作"轮边"。斫(zhuó)轮：砍削木材，制作车轮。与之：赞同他。《庄子·天道》说，齐桓公正在看书，精通造车轮的木匠轮扁对他说，砍削车轮时，动作慢了就会使轮子松动而不坚固，动作快了又会使轮子过紧，装不上去，要不快不慢才正好；但这不快不慢的速度只有自己内心清楚，无法口头说出来，所以也就无法把这个秘诀传授给儿子；由此看来，古人心里通晓的"道"也不能通过书本传达出来，现在的人读书读到的只是古人的一些糟粕而已。齐桓公听了，很赞同他的看法。

⑬ 夫子：对男子的尊称，这里指文同。托：寄托。斯：这。邪（yé）：语气助词，表示疑问。这三句说，现在您把这样的道理寄托在画竹之中，我认为就好像庖丁对于解牛、轮扁对于斫轮那样，也是懂得"道"的表现，不是这样吗？

⑭ 其：他的，指文同的。这五句说，苏辙不曾作画，所以只是领会到文同画竹的精神而已。像我，不仅领会了文同画竹的精神，而且学会了他的技法。

　　与可画竹，初不自贵重①，四方之人持缣素而请者，足相蹑于其门②。与可厌之，投诸地而骂曰："吾将以为袜材。"③士大夫传之，以为口实④。及与可自洋州还，而余为徐州。⑤与可以书遗余⑥曰："近语⑦士大夫，'吾墨竹一派，近在彭城，可往求之'。⑧袜材当萃于子矣⑨。"书尾复写一诗⑩，其略⑪曰："拟将一段鹅溪绢⑫，扫取寒梢万尺长⑬。"予谓与可："竹长万尺，当用绢二百五十匹，知公倦于笔砚，愿得此绢而已。"⑭与可无以答⑮，则曰："吾言妄⑯矣，世岂有万尺竹也哉⑰。"余因而实之⑱，答⑲其诗曰："世间亦有千寻竹，月落庭空影许长⑳。"与可笑曰："苏子辩则辩矣。然二百五十匹，吾将买田而归老焉㉑。"因以所画筼筜谷偃竹遗予㉒，曰："此竹数尺耳，而有万尺之势㉓。"筼筜谷在洋州，与可尝令予作《洋州三十咏》，《筼筜谷》其一也。㉔予诗云："汉川修竹贱如蓬，斤斧何曾赦箨龙。料得清贫馋太守，渭滨千亩在胸中。㉕"与可是日㉖与其妻游谷中，烧笋晚食，发函得诗，失笑喷饭满案㉗。

注释

① 不自贵重：不看重自己的作品。
② 缣（jiān）素：丝织品，可在上面作画。蹑（niè）：踩，踏。这两句说，四面八

方拿着丝绢来请求他作画的人特别多,不断地涌进他门里,以至于脚踩着脚。

③ 诸:"之""于"的合音。袜材:做袜子的材料。这三句说,文同感到厌烦,把丝绢扔在地上,骂道:"我要用来做袜子。"

④ 口实:话柄,聊天谈笑的资料。

⑤ 还:还朝,返回朝廷。文同于熙宁八年(1075)知洋州,熙宁十年(1077)冬天返回朝廷,元丰元年(1078)在登闻鼓院做官,这时苏轼在徐州任知州。

⑥ 以书遗(wèi)余:给我写信。

⑦ 语:告诉。

⑧ 墨竹:用水墨画成的竹子,用深墨表现竹叶的正面,用浅墨表现竹叶的背面,这种画法是文同的首创。近:近来。彭城:徐州。这三句说,我墨竹画这一派的传人是苏轼,他近来在徐州,你们可以前去请求他作画。

⑨ 萃:聚集,汇集。子:您。

⑩ 书尾:信的末尾。复写一诗:又写了一首诗。

⑪ 略:大略,概略。

⑫ 鹅溪:鹅溪镇,在今四川盐亭西北,该地出产的绢(juàn),精细均匀,唐朝时作为贡品呈给皇帝,宋朝人也渴望能在上面写字绘画。

⑬ 扫取:形容作画的笔势非常有力,等于说"画出"。寒梢:指竹子。竹子冬天不枯萎变色,是"岁寒三友"之一,"梢"指竹竿上最高处的竹枝,所以叫"寒梢"。万尺长:夸张的说法,形容画出的竹子极高。

⑭ 匹:古代布匹丝绢的长度单位,四十尺为一匹,一万尺就是二百五十匹。这四句是苏轼跟文同开玩笑,意思是,要画出一万尺高的竹子,就要使用二百五十匹长的绢,我知道您懒得作画,只是想得到这一幅巨大的绢罢了。

⑮ 无以答:无法回答。

⑯ 妄：随便乱说。

⑰ 岂有：哪里有。也哉：语气助词，表示感叹。

⑱ 实之：坐实有万尺高的竹子。

⑲ 答：应答，酬答。

⑳ 千寻：古代以八尺为一寻，千寻就是八千尺。许长：这么长。这两句说，世间确实有将近一万尺高的竹子，月光斜照的时候，在空旷的庭院之中，竹的影子就会有这么长。

㉑ 苏子：对苏轼的尊称。辩：能说会道，善于辩论。这三句说，您确实擅长辩论，但如果我真有了二百五十匹绢，我就用来购买田地，辞官归去养老。

㉒ 以：用。遗（wèi）予：赠送给我。

㉓ 势：气势。

㉔ 尝：曾经。三十咏：等于说"三十首"，"咏"是题咏、歌咏的意思。文同曾经写作《守居园池杂题》三十首，专门题咏洋州的景物，苏轼当时在密州，与他异地唱和，写了《和文与可洋川园池三十首》，《筼筜谷》是其中之一。

㉕ 汉川：汉水，这里指洋州，因为汉水流经洋州。修竹：长长的竹子。贱：地位低下。斤斧：斧头。赦（shè）：赦免，放过。箨（tuò）：笋壳，竹笋的外皮。箨龙：指竹笋，竹笋尖角向上，一层包一层的外壳像龙的鳞甲，所以这样说。渭滨千亩：渭水河边的千亩竹子，这里借用《史记》"渭川千亩竹"的说法，指洋州筼筜谷的竹子。这四句诗是苏轼调侃文同的，意思是，洋州筼筜谷的修竹到处都是，像蓬草一样低贱易得，知州文同清贫又贪吃，估计竹笋都被他挖掘出来，吃到肚子里了。"在胸中"一语双关，既指文同把笋吃到肚里，也指他"成竹在胸"。

㉖ 是日：这天。

㉗ 发函：打开信封。失笑：不由自主地发笑。满案：满桌子。这两句说，文同晚饭时打开信封，读到我写的诗，不由得大笑起来，口里含着的饭菜喷

得满桌都是。

元丰二年正月二十日,与可没于陈州①。是岁七月七日,予在湖州②,曝③书画,见此竹,废卷而哭失声④。昔曹孟德《祭桥公文》,有"车过""腹痛"之语⑤,而予亦载与可畴昔戏笑之言者,以见与可于予亲厚无间如此也⑥。

> 注释

① 没(mò):通"殁",死亡。元丰二年(1079)正月,文同从京城往湖州赴任,经过陈州(今河南周口市淮阳区)时,病死在宛丘驿站里。

② 在湖州:元丰二年二月,苏轼由徐州知州改任湖州知州,以补文同的空缺,四月二十日,到达湖州任上。

③ 曝(pù):晒。

④ 废卷:放下画卷。书画作品通常都是装裱成卷轴。哭失声:痛苦地哭泣,直到哭不出声音。

⑤ 昔:从前。曹孟德:曹操,字孟德。祭:祭奠。桥公:指桥玄,曹操的恩人和朋友。车过、腹痛:曹操在祭奠桥玄的祭文里回忆,桥玄曾跟他开玩笑道:"殂逝之后,路有经由,不以斗酒只鸡过相沃酹,车过三步,腹痛勿怪!"意思是,我死之后,你如果经过我的坟墓,要是不拿一斗酒一只鸡来祭奠我,那么你的车马过去三步以后,你的肚子痛起来,就不要怪我。曹操评论说,这虽然是临时开玩笑的话,却表明了他们两个人非常亲密友好的关系。

⑥ 畴(chóu)昔:从前。无间(jiàn):没有隔阂。这两句说,我也写下文同从前的玩笑话,用来体现他对我是这样的亲密无间。

评析

文同是苏轼的堂表兄和老朋友,还是苏辙的亲家。苏轼学会了文同画墨竹的技法,成为"文湖州竹派"的重要画家,因此文同又算是苏轼的老师。二人交往时间长,关系密切,情谊深厚,文同的死,对苏轼是沉重的打击。元丰二年正月二十日,文同病逝,二月五日,苏轼就写了祭文表示悼念。五个月后的七月七日,他又写了这篇文章怀念亡友。

悼念文章的写法,通常从二人的交往、对方的生平事迹和优点成就入手。这篇文章开头却是大段的议论,讨论应当怎样画竹,提出"成竹在胸"的艺术创作理论,然后指出这种画法是文同所教,再转入画竹的理论与实践,又插入苏辙对文同墨竹的赞美,提出心手相应、由技进乎道的观点,并把这些画竹的道理推展到整个艺术创作,从中体现出文同杰出的绘画成就。接下来写文同生前的日常生活小事,以及二人交往的点滴往事,处处显示文同洒脱纯真、不爱名利的性情。苏轼引述了彼此来往的书信和诗歌唱和,重点写相互之间的调侃玩笑,机智幽默,妙趣横生,进一步突出了文同高洁洒脱的人品,也充分表现出二人相知情谊的深厚。在文同读到苏轼的诗歌而失笑喷饭后,突然接一句元丰二年文同死于陈州,让人猝不及防。过去有多快乐,现在就有多痛苦。以欢乐反衬悲哀,悲哀之情倍增。这里把家中大笑和旅途猝死两个画面强行连在一起,形成最强烈的反差,动人心魄,这是人生莫大的悲哀,也是苏轼极大的沉痛。文章最后的画面定格在苏轼拿着文同的墨竹画卷失声痛哭,引用曹操祭奠桥玄的玩笑话作为画外音,衬托苏轼与文同的亲厚无间,在过去和现在的叠映中抒发睹物思人的无比悲痛,表现作者对亡友的无尽怀念。

"记"这种文体本来以叙事为主,苏轼这篇记却融入了大量的议论和抒情成分,扩大了文体的容量,丰富了它的表现手段。抒情时也不是直白地哭诉号叫,而是以画为线索,采用倒叙手法,先追记文同独特的画意和画法,再补充彼此从前交往的琐细趣事,笔法错落有致,痛定思痛,情感深沉,扣人心弦,在沉着冷静的语调中催人泪下。

乳母任氏墓志铭①

赵郡苏轼子瞻之乳母任氏②,名采莲,眉之眉山③人。父遂,母李氏。事先夫人三十有五年④,工巧勤俭,至老不衰⑤。乳亡姊八娘与轼⑥,养视轼之子迈、迨、过⑦,皆有恩劳⑧。从轼官于杭、密、徐、湖⑨,谪于黄⑩。元丰三年八月壬寅⑪,卒于黄之临皋亭⑫,享年七十有二。十月壬午⑬,葬于黄之东阜黄冈县之北⑭。铭⑮曰:

生有以养之,不必其子也。死有以葬之,不必其里也。⑯我祭其从与享之,其魂气无不之也。⑰

注释

① 元丰三年(1080)十月作于黄州。乳母:奶妈。
② 赵郡:苏轼的父亲苏洵认为,眉山苏氏是初唐文学家苏味道的后裔,苏味道是唐代赵郡栾城县(今河北石家庄市栾城区)人,那么赵郡就是眉山苏氏的祖籍,因此苏轼自称"赵郡苏轼"。
③ 眉之眉山:北宋眉州的眉山县,今四川眉山市东坡区。
④ 事:侍奉。先夫人:指苏轼的母亲程氏。"先"是对死者的尊敬用词,程氏于嘉祐二年(1057)去世。有(yòu):通"又",用于整数和零数之间。

⑤ 衰：衰退，减弱。

⑥ 乳：喂奶，哺育。亡姊：亡故的姐姐。八娘：苏轼的姐姐，皇祐二年(1050)嫁给舅父程浚的儿子程之才(字正辅)，遭到夫家虐待，第三年就忧愤至死，苏、程两家自此绝交，直到40多年后的绍圣二年(1095)，苏轼被贬谪在惠州，表兄程之才出任提点广东刑狱使，二人才再次见面，冰释前嫌。

⑦ 养视：养护照看。迈、迨(dài)、过：苏轼的三个儿子：长子苏迈，字伯达；次子苏迨，字仲豫；幼子苏过，字叔党。

⑧ 恩劳：恩惠和功劳。

⑨ 从：跟从。官：担任官职。

⑩ 黄：黄州。

⑪ 元丰三年八月壬寅：庚申年八月十二日，相当于1080年8月29日。

⑫ 临皋亭：在黄州南面的长江边上，苏轼贬谪黄州，全家曾居住在这里。

⑬ 十月壬午：十月二十四日，相当于1080年12月7日。

⑭ 阜(fù)：山。黄冈县：宋代县名，是黄州的州治所在地，在今湖北黄冈市黄州区。

⑮ 铭：墓志铭一般由"志"和"铭"两部分组成，"志"用散文的形式书写，简要叙述死者的生平事迹；"铭"用押韵的形式书写，概括全篇，并对死者作出评价。

⑯ 有以：表示具有某种条件。里：故乡。这四句说，我们这些由她哺育长大的人都奉养她，她活着的时候有人赡养，不必是她自己的儿子；死了有地方埋葬，不必是她自己的故里。

⑰ 其从与享之：出自《尚书·盘庚》，意思是可以跟着一起享用祭祀。其，表示祈使语气，等于说"当""可"。魂气无不之：《礼记·檀弓》记载，春秋时，吴国的公子季札熟悉礼法制度，其长子在外地去世，季札没有将长子的灵

柩运回故乡,而是就近安葬,并且大声哭喊着说:"骨肉归复于土,命也;若魂气则无不之也,无不之也。"整个丧葬都符合礼法,受到孔子的赞扬。魂气,魂灵精气。之,往,到。这两句说,我祭祀祖先的时候,你也可以跟着享用祭祀;虽然你不能回故乡安葬,但你的魂灵无处不去,你也可以回到故里。前句对应"生有以养之,不必其子也",后句对应"死有以葬之,不必其里也"。

评析

墓志铭由死者家属请人撰写,刻在石上,死者下葬时埋于墓中。请求苏轼撰写墓志铭的人很多,苏轼大部分都推辞了,是因为他对墓志铭的撰写持非常严谨的态度,坚持对死者生平不熟悉的不写、死者生平在他看来无甚功德的不写,以免导致生平失实、评价浮夸。乳母是在宋代妇女中占有一定数量的特殊群体,由于她们对婴儿有哺乳养育之恩,在重视孝道的宋代受到主人家特殊的尊重。宋真宗曾对宰相说:"朕有乳母,奉之如母。"司马光在《家范》书中专门设立"乳母"一节,并且指出:"保母(姆)义重如山。"但专门的乳母墓志铭非常罕见。因此,这篇《乳母任氏墓志铭》在中国历史上具有特别的意义。

苏轼紧扣墓主的"乳母"角色,突出"恩劳"二字,记叙任氏对苏轼一家三代的侍奉、哺育、养护之大恩,以及跟随宦海浮沉的苏轼辗转各地之辛劳,表达了对任氏的无比推崇和无限感恩。苏轼一生极少给人写墓志铭,却撰写并亲笔书写了乳母的墓志铭,足见他人人平等的生命价值观以及对乳母的深厚情感。乳母之死让苏轼悲痛不已,他在与朋友的书信中多次提及此事,称任氏为"老乳母",说自己对她"悼念久之""悼念未衰",乃至长时间里无法写字和写信。离开黄州后,他还写信请人专门照看任氏的坟墓,定期到坟前烧纸祭奠。但在墓志铭中，苏轼将自己和家人对乳母的强烈感念隐藏起来，只围绕任氏最重要的角色，选择最重要的事情来写，寥寥几笔，理性、冷静而简洁，这可能跟他作为贬官罪臣的身份有关，也可能是因为墓志铭在宋代已具有某种公共性，不能像书信那样书写私人生活和情感。苏轼不提任氏的亲生子女，不提埋骨异乡的遗憾，只说自己家人奉养她、祭祀她，安慰说任氏的魂灵无处不在，其实是一种强作宽解，在克制的文字背后渗透着深沉的无奈和悲凉。

铭文部分的押韵方式也很特别。本来，"养""葬""享"押一个韵部，"子""里"和"无不之"的"之"字押一个韵部（平仄通押），隔句押韵。但苏轼在每个押韵字后面都加上一个虚字：之、也、之、也、之、也，三个"之"字使得文气舒缓，三个"也"字加强了判断句的肯定语气，这是受古文的影响，它们共同造成了铭文的纡徐婉转、唱叹有情。

方山子传①

方山子，光、黄间隐人也②。少时慕朱家、郭解为人③，闾里之侠皆宗之④。稍壮⑤，折节⑥读书，欲以此驰骋⑦当世。然终不遇⑧，晚乃遁于光、黄间，曰岐亭⑨。庵居蔬食，不与世相闻。弃车马，毁冠服，徒步往来山中，人莫识也。⑩见其所著帽，方屋而高，曰："此岂古方山冠之遗像乎？"因谓之方山子。⑪

注释

① 元丰四年（1081）作于黄州。方山子：即陈慥（zào），字季常，眉州青神

县(今属四川)人,太常少卿陈希亮(字公弼)的儿子。

② 光:光州,在今河南潢川。黄:黄州,在今湖北黄冈。黄州和光州南北相邻,北宋时都属于淮南西路。隐人:隐士,隐居不做官的人。

③ 少(shào)时:年轻时。慕:仰慕,向往。朱家、郭解:都是西汉时期著名的游侠。

④ 闾(lǘ)里:乡里,平民百姓聚居的地方。侠:见义勇为、救人急难的人。宗:尊重并仿效。

⑤ 壮:古代男子三十岁为"壮","稍壮"指成年以后。

⑥ 折节:改变以前的志向和行为。

⑦ 驰骋:充分发挥才能,做大事业。

⑧ 终不遇:一直没有得到赏识。

⑨ 晚:晚年。乃:于是,就。遁(dùn):隐居。岐亭:黄州麻城县有岐亭镇,在今湖北麻城西南。这两句说,陈慥晚年就隐居在光州和黄州之间一个叫岐亭镇的地方。

⑩ 庵:草房子。相闻:相互交往。莫:没有人。这六句说,陈慥住在草屋里,吃粗粮素菜,不与社会交往。他抛弃了车马,毁掉了读书人的帽子和衣服,在山里徒步往来,没有人认识他。

⑪ 著(zhuó):戴。屋:帽子顶部。方山冠:汉代祭祀宗庙时乐师所戴的帽子,用彩色的丝织品制成,又高又大。遗像:前代事物流传下来的形状、式样。这四句说,人们看见陈慥所戴的帽子又方又高,都说:"这不是古代方山冠遗留下来的样子吗?"于是就叫他"方山子"。

余谪居于黄,过岐亭,适见焉,①曰:"呜呼②!此吾故人陈慥季常也,何为③而在此?"方山子亦矍然问余所以至此者④。余告之故⑤。俯而不答,仰而笑,呼余宿其家。⑥环堵萧然⑦,而妻子奴婢皆有自得之意⑧。余既耸然异之。⑨

注释

① 谪(zhé)：官员因罪而被流放。黄：黄州。适：正好，恰巧。苏轼在《岐亭五首叙》里说，元丰三年(1080)正月，他前往贬谪地黄州，经过岐亭北边二十五里时，有人从山上骑着白马来迎接，那个人就是老朋友陈慥。苏轼为此停留五日，还写了一首诗。

② 呜呼：感叹词，哎呀，表示惊讶。

③ 何为(wèi)：为何，为什么。

④ 矍(jué)然：惊讶的样子。所以：做某事的原因。

⑤ 故：缘故。

⑥ 俯：低头。这三句说，陈慥听了我的解释后，先是低头不接话，随后仰头笑起来，邀请我到他家里住宿。

⑦ 堵：墙壁。萧然：空荡荡的样子。"环堵萧然"形容住所简陋、空无一物，出自著名隐士陶渊明的《五柳先生传》，苏轼使用这个词，是用陶渊明来赞美方山子。

⑧ 妻子：妻子和儿女。奴婢(bì)：男女仆人。自得：自己感到自在舒适。

⑨ 耸然：惊讶的样子。异之：对此感到诧异。

独念①方山子少时，使酒好剑②，用财如粪土。前十有九年，余在岐下③，见方山子从两骑④，挟二矢⑤，游西山。鹊起于前，使骑逐而射之，不获，方山子怒马独出，一发得之。⑥因与余马上论用兵及古今成败，自谓一世豪士⑦，今几日耳，精悍之色，犹见于眉间，而岂山中之人哉！⑧

> 注释

① 独念：只想起。

② 使酒：酒后任性。好(hào)剑：喜好剑术。

③ 岐下：指陕西凤翔，因为比邻岐山，所以这样说。嘉祐八年(1063)，苏轼在凤翔任签判，当时的凤翔知府是陈慥的父亲陈希亮，苏轼因此和陈慥相识，到元丰四年(1081)苏轼写这篇文章，已是第十九个年头。

④ 从两骑：两个骑马的人跟在后面。

⑤ 挟(xié)二矢(shǐ)：夹着两支箭。

⑥ 怒马：让马振奋奔驰。这五句说，前方飞起一只鹊，陈慥让随从追赶射鹊，没能射中，他独自骑马飞奔而出，射出一箭就射中了。

⑦ 自谓：自己认为。豪士：豪放杰出的人物。

⑧ 耳：罢了。精悍：精明勇猛。眉间：眉额之间。这四句说，现在我跟他相处不过几天，但在他的眉额之间还能看到精明勇猛的神气，这难道会是一个隐居山中的人吗？

　　然方山子世有勋阀，当得官，使从事于其间，今已显闻。①而其家在洛阳，园宅壮丽，与公侯等。②河北有田③，岁得帛千匹④，亦足以富乐。皆弃不取，独来穷山中，此岂无得而然哉？⑤

> 注释

① 然：然而。世有勋阀：上代有功劳和门第。当得官：应当荫(yìn)补做官。根据宋朝的制度，官僚的子弟可以因为祖先的功勋而被授予官职，担任低

② 园宅：田园家宅。公侯：有爵位的贵族和官职高、地位高的人。等：等同，同样。这三句说，陈慥的家原来在河南洛阳，田园和房屋雄伟富丽，和公侯之家没有差别。
③ 河北：黄河以北的地区，宋朝设有河北东路和河北西路。
④ 岁：每年。帛（bó）：丝织品。
⑤ 穷山：深山，偏僻的山。这三句说，陈慥全部抛弃了这一切，偏偏来到这偏僻的山里，如果心中没有自得之乐，修养没有达到一定的境界，怎么会这样做呢？

　　余闻光、黄间多异人，往往阳狂垢污，不可得而见，方山子傥见之与①？

注释

① 异人：奇异的人。阳狂：佯（yáng）狂，假装癫狂。垢污：外表污浊肮脏，这里指一个人把内在的品德才能等优点隐藏起来，外表显得比一般人还要差。傥（tǎng）：也许，可能。与（yú）：同"欤"，语气词，表示疑问。这四句说，我听说光州、黄州一带有很多奇异的人，常常假装癫狂、浑身污垢，但无法见到他们，方山子也许能见到他们吧。

评析

　　有个成语叫"河东狮吼"，比喻妻子妒忌发怒，也用来取笑惧怕妻子的男人,故事中的男主人公叫陈慥,就是这篇文章里的方山子。苏轼在凤翔做官时就跟他有交往,十九年后再次遇见,双方都发生了重大变化:陈慥从一名有志向、有才能的青年豪侠,变成了一个不问世事、装疯卖傻的山林隐士;苏轼也从一个春风得意、立志兼济天下的官僚士大夫,变成了一个穷困潦倒的流放罪臣。当他们在异乡偶然重逢,相互倾诉,回首往事,彼此的心里都会涌上无限感慨。

但文章没有在这方面作过多展开,只是用作者的"呜呼"惊讶和陈慥的低头不答、仰头而笑一笔带过。苏轼先用客观视角,描写怀才不遇的方山子避世隐居的生活,然后插入一笔,叙述二人在岐亭重逢,再以主观视角交代这位隐士的来历,着力刻画世家子弟陈慥胸怀天下、潇洒豪迈的青春气象,与如今的方帽隐士形象形成强烈对比。末尾再呼应开头,写光州、黄州一带多有奇异人士,以此烘托方山子。文章题目虽然叫"方山子传",却不对人物生平进行全面记叙,只是选取一两个典型事例来突出人物的主要精神气质,进行人物速写。隐士高帽方顶,青年奋马射箭,这两个细节虽然只是简单勾勒,却已经塑造了两个鲜明的形象,极其传神。苏轼认为,刻画事物不需要面面俱到的形似,只要抓住对象的特点,就能精确地传达事物的神韵。这篇文章可说是实践了苏轼的美学理论。

苏轼选取这样一位豪侠之士来描写,突出人物早年的狂和现在的隐,也染上了自己的感情色彩。是什么原因导致了苏轼和陈慥二人的巨大变化呢?这里当然有社会和时代的因素。他从方山子现在的眉额之间发现了属于青年陈慥的那份精悍神色,觉得他不应该是心甘情愿隐居山林的人,似乎在为他不做官、无法实现早年为国为民的抱负而惋惜,但末尾对世外异人的向往,又体现出苏轼渴求解脱的心情。因此,这篇文章是苏轼在人物传记方面的代表作,也是他在政治上失意受挫时期在入仕和退隐之间矛盾彷徨心理的反映。

书临皋亭①

东坡居士酒醉饭饱,倚于几②上,白云左绕,清江右洄③,重门洞开④,林峦坌⑤入。当是时,若有思而无所思,以受万物之备⑥,惭愧⑦!惭愧!

> 注释

① 大约元丰五年(1082)作于黄州。书:题写。临皋(gāo)亭:在黄州城南门外长江边上,本来是政府设立的驿站,苏轼全家曾住在这里。
② 几(jī):几案,古人坐着时倚靠或放置小物件的小桌。
③ 洄(huí):回旋,绕过。
④ 重(chóng)门:一道又一道的门户。洞开:敞开。
⑤ 坌(bèn):一起。这句说,树林和山峰一起涌入视野。
⑥ 备:完备。
⑦ 惭愧:表示感谢的词语,有感谢、难得、侥幸的意思。

> 评析

元丰三年(1080)二月初一,苏轼到达黄州贬所,先借住在定惠院里,四月,全家搬入公家的驿站临皋亭。元丰四年五月,苏轼在黄州城东门外的山坡上获得一块废弃的营地,取名叫"东坡",带领全家开荒种地。第二年二月,他在东坡的山腰上建造了一座房舍,有五间草房子,叫作"雪堂",又叫"东坡雪堂"。中唐诗人白居易任忠州(今重庆市忠县)刺史时,曾在忠州东坡垦地种花。苏轼此时仰慕白居易的生活态度,又恰好在黄州东坡种地、居住,因此开始自号"东坡居士"。这是中国文化史上的一件大事,"东坡居士"的形象从此诞生。

雪堂落成后,苏轼仍常常回临皋亭居住。这篇短文就是他题写在临皋亭之上的,是苏轼自称"东坡居士"的早期作品之一,也是著名的小品文。"小品"本来是一个佛教概念,佛经翻译,将详细的译本称作"大品",简略的译本称作"小品"。后来,文人所写的序跋题记、随笔杂感等篇幅短小、内容多样、形式自由的文章也被称为"小品"。苏轼的鸿篇巨制旁征博引、汪洋恣肆,随笔小品则圆融精妙、自由随心。苏轼大量写作小品文,是从黄州时期开始的,本篇就是其中之一。开头两句,是东坡居士自我形象的写照:酒醉饭饱,身心俱闲。在这种超然自得的状态下,白云、清江、树林、山峰,随视野所及,纷至沓来,景色清旷,气势雄放。重门洞开,既是写实,又一语双关,寓意只要打开自己心灵的门户,大自然的一切美景就会涌来,让你尽情欣赏。这里包含着活泼的生活情趣,也蕴含着深刻的哲理:所谓"受万物之备",就是孟子所说的"万物皆备于我",也就是成为万物的主人,得以随时随地欣赏万物。天地对身心俱闲的人的馈赠如此丰厚,闲人不由得连连感叹"惭愧"。

天地厚待苏轼,苏轼也对天地心存感激,善于发现自然美和人生哲理。在这种天人合一的境界里,存在着一个随缘自适、精神丰富的自由心灵。

记承天夜游①

元丰六年十月十二日,夜,解衣欲睡,月色入户②,欣然③起行。念无与为乐者④,遂至承天寺,寻张怀民⑤。怀民亦未寝⑥,相与步于中庭⑦。庭下如积水空明,水中藻荇交横⑧,盖竹柏影也。何夜无月,何处无竹柏,但少闲人如吾两人者耳。黄州团练副使苏某⑨书。

> **注释**

① 元丰六年(1083)十月作于黄州。承天：即承天寺，旧址在今湖北黄冈市黄州区南部。
② 户：门户，窗户。
③ 欣然：高兴的样子。
④ 念：想到。这句说，想到没有可以和自己一起游乐的人。
⑤ 张怀民：张梦得，字怀民，河北清河人，当时也被贬谪到黄州。
⑥ 寝：睡。
⑦ 相与：共同，一起。中庭：庭院。
⑧ 藻荇(zǎo xìng)：泛指水草。交横：纵横交错。
⑨ 苏某：苏轼自称。

> **评析**

　　这是一篇杂记，篇幅非常短，除去最后一句的身份说明，正文只有85个字，信手拈来，随笔写成，却趣味盎然，引人入胜。苏轼所见到的景物很平常，他却能够妙笔生花，化平凡为神奇。明月朗照，一般人会说月光如水，苏轼则直接写庭院中有澄澈透明的积水，然后把竹子和柏树的影子比喻成积水中交错的水草，这时才明白积水不是水，而是照在地上的月光，通过错觉描写来形容月光如水的美景，出人意料，新颖奇妙。苏轼之前在徐州写的《月夜与客饮杏花下》诗里说："褰衣步月踏花影，炯如流水涵青蘋。"写明亮的月光下花影摇动，如同水草沉浸在流水之中，也是类似的描写。但本文是散体记叙，用接近口语的笔法娓娓道来，一气流走，又获得了特别入神的艺术效果。前篇《书临皋亭》写酒醉饭饱,任意指点江山,可谓豪迈奔放;本篇则以小见大,叙事、写景、感慨容纳其中,堪称精致巧妙。

　　苏轼被贬谪到黄州,政治失意,生活困顿,心灵寂寞。他一直忧国忧民,要兼济天下,却落得个因言获罪、贬谪闲居的结局。被迫成为"闲人",固然让他痛苦忧愁,也给了他重新观察世界的机会,变换角度之后,能够发现以前"平生为口忙"(《初到黄州》)所忽略的美。文章最后顺势揭示"闲"的重要性,感慨只有身心俱闲,才能在平常的景物中发现美,其中最根本的,是要"心闲"。这既是美的新发现,又是对人的精神世界丰富性的发现,让读者感受到文字背后存在着一个遭受磨难而旷达自得、富于生活情趣的灵魂。中国古代美学有个重要的范畴叫"闲",指的是生活自然平静,节奏舒缓闲暇,摒弃利害得失的考量,内心神闲气定、自足自由。这篇小品文丰富了"闲"的美学内涵。

谢量移汝州表①

　　臣②轼言。伏奉正月二十五日诰命③,特授臣汝州团练副使本州安置不得佥书公事者④。稍从内迁,示不终弃。⑤罪已甘于万死,恩实出于再生。⑥祗服训词,惟知感涕。⑦臣轼诚惶诚恐,顿首顿首。⑧

注释

① 元丰七年(1084)三月作于黄州。谢:感谢。量(liáng)移:官员因罪贬谪到偏远地方后,酌情调到离京师较近的地方。汝州:今属河南。元丰七年正月,神宗下旨,苏轼可移汝州团练副使、本州安置。

② 臣:臣子对国君的自称。

③ 伏奉：恭敬地接到。伏，表示尊敬的用语，臣子对君王上奏进言时常用。诰(gào)命：皇帝的命令。

④ 特：特别，特地。授：任命。团练副使：宋朝的低等散官，没有实际职权，常用于贬降官员。本州安置：不得离开本州。宋朝处罚被降职贬谪的官员，轻者送某地居住，较重者叫安置，更重者叫编管。不得佥(qiān)书公事：不得在公家事务的文书上签字署名，即没有行政权力。佥，签字画押，后来多写作"签"。佥书，以前叫"签署"，宋朝避英宗赵曙的名讳，改作"佥书。"

⑤ 内迁：从黄州迁移到汝州，离首都东京稍近。终弃：废弃到底。宋神宗在正月的手札里说"苏轼黜居思咎，阅岁滋深，人材实难，不忍终弃"。这两句说，皇帝允许我迁移到离京城稍近一点的地方，表示对我并没有最终废弃。

⑥ 甘：甘愿，情愿。再生：重生，死而复活。这两句说，我自己罪孽深重，甘愿死去，皇帝命我迁移，对我真是有死而复活的恩德。

⑦ 祇(zhī)：恭敬。训词：帝王的诰命文辞。感涕：感动得流泪。这两句说，我恭敬地服从皇帝的诰命，只知道感激流泪。

⑧ 诚惶诚恐：惶恐不安。顿首：叩头。这两句是给君王上奏时的套语，表示恭敬感谢，后人编辑文集，有时会删去，但加上"中谢"二字来注明。

　　伏念臣向者名过其实①，食浮于人②。兄弟并窃于贤科，衣冠或以为盛事。③旋从册府，出领郡符。既无片善，可纪于丝毫；而以重罪，当膏于斧锧。④虽蒙恩贷⑤，有愧平生。只影自怜，命寄江湖之上；惊魂未定，梦游缧绁之中。⑥憔悴非人⑦，章狂失志⑧。妻孥之所窃笑，亲友至于绝交。⑨疾病连年，人皆相传为已死；饥寒并日，臣亦自厌其余生。⑩

注释

① 念：想起。向者：从前。

② 食浮于人：所享用的俸禄待遇超过了自己的品德才能。

③ 兄弟：指苏轼和苏辙兄弟二人。并：一起。窃：不应当得到但得到了，这是谦虚的说法。贤科：选拔官员科目的美称。苏轼兄弟于嘉祐二年（1057）同时考中礼部进士，又在嘉祐六年（1061）参加特设的制科考试，在"贤良方正能直言极谏科"（简称"贤良科"）中再次双双取得好成绩。衣冠：代指士大夫。或：有人，指欧阳修。盛事：盛大的好事。苏轼兄弟在"贤良科"考试中入选后，欧阳修在给朋友的信里称赞说："苏氏昆仲，连名并中，自前未有，盛事，盛事！"这两句说，我们兄弟一起侥幸入选了贤良制科，有的士大夫认为这是盛事。

④ 旋：不久。册府：帝王藏书的地方，这里指宋朝馆阁，包括史馆、昭文馆、集贤院和秘阁。苏轼出任知州之前，曾经考试秘阁，任直史馆。郡符：州郡长官的凭证和印章。片善：一点点优点。纪：记载，记录。丝毫：泛指书写的工具和媒介。丝，写字用的丝织品；毫，毛笔。膏：沾染，借指受死。斧钺（yuè）：泛指兵器。钺，古代的一种兵器，形状像斧而较大。这六句说，我不久就从朝中的馆阁官员出任地方官，不仅没有值得记录的一点点优点，反而犯了应当被处死的重罪。苏轼在地方官任上功绩突出，还受到过神宗表彰，但上表时只能说自己没有功绩，表示谦虚，这是写作惯例。

⑤ 蒙（méng）：承蒙，受到，表示尊敬的用语。恩贷：恩惠和宽恕。

⑥ 只影：孤独。江湖：指远离朝廷的贬居之地。缧绁（léi xiè）：监狱。这四句说，我被贬谪到远离朝廷的江边，孤独无依，顾影自怜；"乌台诗案"中被囚禁审讯，我受惊的灵魂一直不能安定，常常梦见自己还在监狱里面。

⑦ 憔悴(qiáo cuì)：疲劳瘦弱。非人：不像人形。
⑧ 章狂：慌张。失志：恍恍惚惚，失去神智。
⑨ 孥(nú)：儿女。窃笑：私下里笑。这两句说，妻子儿女私下里都笑话我，亲戚朋友到了跟我断绝来往的地步。
⑩ 并日：整天。余生：侥幸保存的性命。这四句说，我年年生病，人们都相传我已经死去；我整日饥寒交迫，自己也悲观厌世了。根据史料记载，苏轼贬居黄州时，京师曾盛传他死了，神宗对着大臣感叹惋惜了很久。

岂谓草芥之贱微，尚烦朝廷之纪录。①开其恫悔，许以甄收。②此盖伏遇皇帝陛下，汤德日新，尧仁天覆。③建原庙以安祖考，正六官而修典刑。④百废具兴，多士爰集。⑤弹冠结绶，共欣千载之逢；掩面向隅，不忍一夫之泣。故推涓滴，以及焦枯。⑥顾惟效死之无门，杀身何益；更欲呼天而自列，尚口乃穷。⑦徒有此心⑧，期于异日⑨。臣无任⑩。

注释

① 草芥：草和小草，比喻轻微低贱。纪录：官吏有功绩或者过错，记录在案，作为以后升迁或者处罚的依据。纪，同"记"。这两句说，没想到我这样低贱的人，还劳烦朝廷记录在案。
② 开：宽解，开解。恫(tōng)悔：哀痛悔恨。甄(zhēn)收：审核录用。这两句说，朝廷使我感到哀痛悔恨，然后再允许审核录用我。
③ 盖：大概是。汤：商朝的开国国君，据说他的恩德惠及禽兽。尧：传说中上古时候的帝王，对百姓非常仁爱。这三句说，这大概是因为我有幸遇上皇帝陛下的恩德像商汤那样每日增进，仁爱像尧帝那样覆盖万物。
④ 原庙：在正庙之外另立的宗庙。祖考：祖先。熙宁二年(1069)，神宗把英

宗的遗像迁到景灵宫英德殿。六官：中央政权设置吏、户、礼、兵、刑、工六部，六部的尚书总称六官。典刑：也写作"典型"，旧法，常规。元丰三年(1080)，神宗以《唐六典》为蓝本，开始改革官制，到元丰五年(1082)，正式实行新官制，恢复三省六部及寺、监的职权。这两句说，神宗在正庙之外另立宗庙，用来安放祖先的遗像神位；为了改正中央的官制，修改利用了《唐六典》的旧法。

⑤ 具：完全，全部。多士：众多的贤士。爰(yuán)：助词，无义，起调节语气的作用。这两句说，一切废置的事都兴办起来，众多的贤才也都汇集在一起。

⑥ 弹冠结绶(shòu)：形容朋友之间互相提拔、推荐，这里指普天同庆。掩面：遮住面孔，形容哭泣的样子。隅(yú)：角落。涓滴：极少的水。这六句说，现在普天同庆，都为千年一遇的时代感到欣喜，朝廷不忍心有一个人在角落里哭泣，因此也对我施恩，好比蔓延开的一点点水，也浇在干枯的植物上。

⑦ 顾：但是。惟：想。效死：舍命报效。杀身：舍生，丧生。自列：自己陈述。尚口乃穷：出自《周易》，指处于逆境的时候，如果专门用语言去取悦人以便摆脱困境，反而无人相信，导致更加困窘。这四句说，但是，我想舍命报效国家却没有机会，即使自己死了，对国家也没有益处；我更想向天喊叫求助，诉说自己的心声，但那也是白费口舌，反而会招来更大的困境。

⑧ 徒有：空有。此心：指报效国家的心愿。

⑨ 期：期望。异日：来日，以后。

⑩ 臣无任：表示尊敬的套语，等于说"我非常感激"。

评析

这是一篇谢表。谢表是官员写给君王感谢恩德的文章，属于公文中的上行文,官员受到升迁授官、降职贬谪、奖赏封爵等都要给国君上奏谢表,表示感激。元丰七年(1084),苏轼接到神宗的命令,由黄州迁到汝州安置,因此上表谢恩。苏轼在文中回忆前半生,特别是"乌台诗案"经历以及在黄州的生活,感慨万千,沉痛至极,催人泪下,这与他黄州时期大部分作品中的孤高、自适、旷达等情感大为不同。

元丰三年(1080),苏轼到达黄州贬所,写了《到黄州谢表》。本文与之相比,差别很大。《到黄州谢表》总结自己的仕途经历,说"亦尝召对便殿,考其所学之言;试守三州,观其所行之实",言语之间还有几分自得之意。本文回顾仕途,则说"既无片善,可纪于丝毫;而以重罪,当膏于斧钺",就完全是自我否定了。前表写刚到黄州,打算在这荒僻的地方好好思过,保存性命。此表则写贬谪五年后,仍旧惊魂未定,孤独自怜,痛不欲生:面容憔悴,内心惊惧,神志不清,世态炎凉,家庭不和睦,亲友多绝交,疾病缠身,饥寒交迫,外界传言他死了,他自己也悲观厌世。这段话追忆黄州五年的生活和心理状态,真情真景,最能感动读者。前表还幻想着有机会被神宗重新起用,表达誓死效命的决心。此表则抛弃了这种幻想,虽然量移汝州,离京城较近,仕途稍有转机,但饱经忧患的苏轼已经对仕途不抱什么希望,因此哀叹效死无门,觉得多说也没用,悲愤之情,溢于言表。说到动情之处,声泪俱下,但全篇没有摇尾乞怜的表达,而是流动着忠诚耿直、百折不回的精神。

从体裁看,这是一篇骈文。骈文是一种字句两两对偶的文体,仿佛两匹马并驾齐驱,所以叫骈文,是与句式长短不齐、没有声律和对偶要求的散文相对而言的。由于骈文多以四字、六字相互交错而构成对偶,因此又叫"四六文"。宋代骈文别称"宋四六",出现了很多新特征。苏轼此文用散文(古文)的句法字法来写骈文,打破四六对偶的常用句式,参用七字句乃至九字句作对偶,多用虚字,多化用前人成句、成语,运用故事较少,叙事明白,抒情动人,行文如行云流水,曲折而又精尽,是新体四六的代表作。

石 钟 山 记①

《水经》②云："彭蠡之口③,有石钟山焉。"郦元以为"下临深潭,微风鼓浪,水石相搏,声如洪钟"。④是说⑤也,人常疑⑥之。今以钟磬置水中,虽大风浪,不能鸣也,而况石乎⑦! 至唐李渤,始访其遗踪,得双石于潭上⑧,"扣而聆之⑨,南声函胡⑩,北音清越⑪,枹止响腾,余韵徐歇⑫",自以为得之⑬矣。然是说也,余尤⑭疑之。石之铿然有声者,所在皆是也,而此独以钟鸣,何哉?⑮

注释

① 元丰七年(1084)六月作于江州湖口县(今属江西)。当时苏轼从黄州赴汝州(今属河南),经过这里。石钟山:在今江西湖口县,位于鄱阳湖与长江交汇的地方。

② 《水经》:中国第一部记述河道水系的地理书,作者不知是谁,成书的时代有汉代、三国、晋朝等不同说法。

③ 彭蠡(lǐ):彭蠡湖,现在叫鄱阳湖,在江西省北部,自南向北,在湖口石钟山附近汇入长江。口:湖口,鄱阳湖流入长江的地方。

④ 郦元:"郦道元"的简称。郦道元是北魏地理学家,字善长,给《水经》作注释,撰成《水经注》40卷,在地理学和文学上都非常有价值。洪钟:大钟。这四句是李渤《辨石钟山记》的原文,意思是,郦道元认为这座山下面有个深潭,微风吹起波浪,使得水和石头相互撞击,发出大钟一般的响声,所以叫石钟山。

⑤ 是说:这个说法。

⑥ 疑:怀疑。

⑦ 磬(qìng)：一种打击乐器，用石、玉或金属制成。而况：何况。这四句说，现在把钟磬放在水中，即使是大风大浪也不能使它鸣响，更何况是石头呢！

⑧ 李渤：字浚之，号白鹿先生，曾隐居江西庐山白鹿洞，唐德宗贞元十四年(798)七月，作《辨石钟山记》一文，记载考察石钟山之事。唐穆宗长庆元年(821)出任江州(今江西九江)刺史，治理鄱阳湖，修筑湖堤。遗踪：过去的人或事物留下来的痕迹，指《水经》和《水经注》里记载的遗迹。这三句说，到了唐代，李渤才寻访了古人所说石钟山的情况，在水潭上找到两块礁石。

⑨ 扣：敲击。聆(líng)：听。

⑩ 南声：南边那块石头的声音。函胡：模糊厚重。

⑪ 北音：北边那块石头的声音。清越：清脆悠扬。

⑫ 枹(fú)：鼓槌，这里指敲击。响：声响。腾：跳跃，这里指回荡。徐：缓慢。歇：停止。这两句说，停止敲击后，声音还在回荡，余音慢慢才消失。"扣而聆之……余韵徐歇"这五句是李渤《辨石钟山记》的原文，只是个别文字有差异。

⑬ 得之：找到了石钟山得名的缘故。

⑭ 尤：尤其，更加。

⑮ 铿(kēng)然：声音响亮的样子。这四句说，敲击就发出声响的石头，到处都有，唯独这里却用钟来命名，这是为什么呢？

元丰七年六月丁丑①，余自齐安舟行适临汝②，而长子迈将赴饶之德兴尉③，送之至湖口④，因得观所谓石钟者。寺僧使小童持斧，于乱石间择其一二扣之，硿硿⑤焉，余固笑而不信也⑥。至暮夜月明，独与迈乘小舟，至绝壁⑦下，大石侧立⑧千仞，如猛兽奇鬼，森然欲搏人⑨。而山上栖鹘⑩，闻人声亦惊起,磔磔⑪云霄间;又有若老人咳且笑于山谷中者,或⑫曰:"此鹳鹤⑬也。"余方心动欲还,而大声发于水上,噌吰如钟鼓不绝⑭,舟人大恐⑮。徐而察之,则山下皆石穴罅,不知其浅深,微波入焉,涵澹澎湃而为此也。⑯舟回至两山⑰间,将入港口,有大石当中流⑱,可坐百人,空中而多窍⑲,与风水相吞吐,有窾坎镗鞳之声⑳,与向之噌吰者相应,如乐作焉㉑。

注释

① 六月丁丑:元丰七年六月初九,相当于1084年7月14日。
② 齐安:古代的郡名,指黄州。适:前往。临汝:指汝州。汝州在唐代曾改名临汝郡,后又改回叫汝州。元丰七年三月,宋神宗下旨,将苏轼改移汝州团练副使、本州安置,四月,苏轼离开黄州前往汝州。
③ 迈:苏迈,苏轼的长子,字伯达。赴:前往。饶之德兴尉:饶州德兴县(今江西德兴市)的县尉。县尉是知县的下属,掌管县里的治安。
④ 湖口:指湖口县,属于江州。石钟山属于湖口县。
⑤ 硿(kòng)硿:象声词,形容敲击石头或金属发出的声音。
⑥ 固:固然,当然。这句说,我当然觉得可笑,不相信这是石钟山得名的原因。
⑦ 绝壁:陡峭的山壁。
⑧ 侧立:在旁边耸立。
⑨ 森然:阴森森的样子。搏:扑打。
⑩ 栖鹘(hú):栖息的鹘鸟。鹘是一种飞得很高很快的鸟,也叫隼。
⑪ 磔(zhé)磔:鸟叫声。
⑫ 或:有人。
⑬ 鹳(guàn)鹤:一种水鸟,形状像鹤。

⑭ 心动：感到害怕。还：回去。噌吰(chēng hóng)：象声词，形容钟鼓声。这三句说，我正有些害怕，打算回去，这时水上发出巨大的响声，像敲击钟鼓一样，持续不断。

⑮ 舟人：船夫。大恐：非常害怕。

⑯ 穴：洞孔。罅(xià)：裂缝。涵澹(dàn)：水流激荡的样子。澎湃(péng pài)：波浪互相冲击。这五句说，我慢慢地观察，才发现山下都是石头的孔穴裂缝，不知道它们的深浅，只知道微小的水波流进去，在缝隙里撞击回荡，才发出这样的声音。

⑰ 两山：石钟山有南北两座山，南面的叫上钟山，北面的叫下钟山，合称"双钟山"。

⑱ 当中流：立在水的中央。

⑲ 窍：孔穴，窟窿。

⑳ 窾坎(kuǎn kǎn)：物体撞击的声音。镗鞳(tāng tà)：钟鼓的声音。

㉑ 乐(yuè)：音乐。作：发生，这里指演奏。

因笑谓迈曰："汝识之乎？噌吰者，周景王之无射也。窾坎镗鞳者，魏庄子之歌钟也。古之人不余欺也①！事不目见耳闻，而臆断②其有无，可乎？"郦元之所见闻，殆③与余同，而言之不详。士大夫终不肯以小舟夜泊绝壁之下，故莫④能知。而渔工水师⑤，虽知而不能言。此世所以⑥不传也。而陋者乃以斧斤考击而求之⑦，自以为得其实⑧。余是以⑨记之，盖叹郦元之简，而笑李渤之陋也。

注释

① 汝：你。识：知道。周景王：姓姬，名贵，东周的君主。无射(yì)：古代十

二音律之一,这里是钟名,周景王曾经铸造大钟,声音符合无射律,所以叫无射钟。魏庄子:魏绛,春秋时晋国的国卿,谥号庄,史称魏庄子。郑国送给晋国两套歌钟,还有一队歌舞人员,晋国国君将一半赐给魏绛。"庄",许多版本作"献",错误。歌钟:一种乐器,伴唱的编钟。古之人:指郦道元。这六句说,你知道吗?刚才发出噌吰响声的,就像周景王的无射钟;发出窾坎镗鞳声音的,就像魏庄子的编钟。看来古代的人没有欺骗我啊!

② 臆(yì)断:根据主观猜测去判断。

③ 殆(dài):大概。

④ 莫:没有人。

⑤ 渔工:渔夫,打鱼的人。水师:船夫。

⑥ 所以:表示原因。

⑦ 陋者:见识浅陋的人,指扣而聆之的李渤和持斧扣之的寺僧。乃:竟然。斧斤:斧头。考击:敲击。

⑧ 实:实际情况。

⑨ 是以:以是,因此。

◆评析◆

这是一篇翻案文章。翻案,就是推翻原来的观点、评价、结论等。在宋代文学里,特别是诗文领域,翻案成为一种普遍的创作现象,体现在各类题材作品中。王安石著名的翻案诗文,如《读孟尝君传》,驳斥历史上认为孟尝君能得士的定论,得出他不得士的看法;《贾生》认为贾谊的建议后来全部得以施行,不能说他怀才不遇;《明妃曲》为画工翻案,将矛头指向皇帝:都和传统定论、世俗定见相对立。苏轼的作品也充满了翻案精神,如《留侯论》扫除桥上老人授兵书故事的迷信色彩,指出老人之举"其意不在书",回到人事方面寻找原因;《贾谊论》分析造成贾谊政治悲剧的原因,认为跟贾谊自身器量不足、不善于应付逆境有关,对以往只会同情贾谊的"一边倒"做法构成极大挑战;至于苏轼诗歌中的反用故事、反用诗句,更是常常改造、超越旧说,多向翻新。这篇文章澄清了石钟山下声音的来源,辨析谬误,既指出郦道元之简略,只说"水石相搏",说得不详细不清楚;也指出李渤之浅陋,竟然用潭上两块礁石的声音来推求得名的缘由,也是对翻案的翻案。

文章开头就设置了一个悬念:石钟山因何而得名?接着分两个层次:郦道元的说法和李渤的解释,二者存在递进的关系,苏轼和大家一样对前者表示怀疑,而他对后者的解释则更加不信。接下来就通过实地游览考察来解开悬念,在议论之后加入一大段神采飞动的记叙描写,真切生动,引人入胜。首先承接前文,以亲身试验证明李渤的解释不可信,消解了"尤疑";其次详细区分声音,将绝壁下的噌吰响声和两山间的窾坎镗鞳对比,解开了"常疑"的谜题,验证了郦道元的说法。最后,由此生发开去,认为对一切事物都要经过考察、验证才能下结论,反对"事不目见耳闻而臆断"的不良作风。全文紧紧围绕声音这一主题,流畅轻快,结构严密,层次清晰,由虚到实又由实到虚,在记游山水中感悟读书观理之法,兴会淋漓。

石钟山的得名原因有两种说法:声音像钟声,或者形状像钟。从明清至今,后一种说法比较盛行。但不能因此指责苏轼犯错。这篇文章的主旨在于验证前人记载的真伪,澄清石钟山下的声音来源,而不是探求石钟山得名的原因。苏轼发现了石钟山下声如洪钟的发声原理,已经比前人取得了很大进步。一篇不长的游记文,不可能讨论所有的问题,否则会混乱不堪,难以卒读。

答张文潜县丞书①

轼顿首文潜县丞张君足下②。久别思仰③。到京公私纷然④,未暇奉书⑤。忽辱手教,且审起居佳胜,至慰!至慰!⑥

注释

① 元祐元年(1086)闰二月到三月之间作于京师。答:答复。张文潜:张耒,字文潜,号柯山,楚州淮阴(今属江苏)人,"苏门四学士"之一。县丞:县的副长官,知县的副手。张耒此前在咸平(今河南通许)任县丞。书:书信。
② 顿首:磕头,是书信的惯用套语,用在开头或结尾,表示尊敬。君:对对方的尊称,一般用来称后辈或同辈。足下:对对方的尊称,一般用于下称上或同辈相称。
③ 思仰:思念仰慕。
④ 到京:元丰八年(1085)三月,神宗病逝,哲宗继位,年仅10岁,由哲宗的祖母太皇太后高氏临朝听政,朝廷起用反对"新法"的"旧党"人物,逐步废弃"新法"。十二月,苏轼从登州抵达京师,在朝中任礼部郎中。公私:指公家和私人的事务。纷然:杂乱繁多的样子。
⑤ 未暇:没有空闲。奉书:给人写信,这是客气的说法。
⑥ 辱:承蒙,是谦虚的说法。手教:亲笔写的书信,是对对方来信的尊称。且:并且。审:知道。起居:指饮食、睡觉、行动等一切日常生活状况。佳胜:安好顺利。这四句也是书信里的套话,意思是忽然收到您的亲笔信,并且知道你日常生活一切安好,心里感到极大的欣慰。

惠示文编,三复感叹。①甚矣,君之似子由也。②子由之文实胜仆,而世俗不知，乃以为不如。③其为人深不愿人知之④，其文如其为人，故汪洋澹泊⑤，有一唱三叹⑥之声，而其秀杰⑦之气，终不可没⑧。作《黄楼赋》⑨，乃稍自振厉⑩，若欲以警发愦愦者⑪。而或者便谓仆代作⑫，此尤可笑。是殆见吾善者机也⑬。

注释

① 惠：对对方行为的敬称，如"惠赠""惠临"等。示：把事物摆出来给人看。三复：再三阅读。这两句说，承蒙你给我看你的文集，我再三阅读，感叹不已。

② 甚：非常。子由：苏轼弟弟苏辙，字子由。张耒是苏辙的弟子，并通过苏辙结识了苏轼。这两句是倒装句，意思是你真的非常像苏辙。

③ 仆(pú)：我，自称的谦虚用词。乃：竟然。这三句说，苏辙的文章其实比我的好，世间的俗人不了解，竟然认为他的文章比不上我。

④ 为人：品性，性格。深：非常。这句说，苏辙的品性是非常不愿意别人知道自己。

⑤ 汪洋澹泊：深广而恬淡。

⑥ 一唱三叹：形容文章婉转优美而富有余味。

⑦ 秀杰：优秀杰出。

⑧ 没(mò)：埋没。

⑨ 黄楼赋：元丰元年(1078)九月，苏轼在徐州修建黄楼，苏辙为此写了《黄楼赋》。

⑩ 乃：才。振厉：振奋激励。

⑪ 若欲以：好像要。警发：警醒启发。愦(kuì)愦者：昏庸糊涂的人。

⑫ 或者：有人。谓：说。

⑬ 是:这。殆(dài):大概。善者机:指生机。者,相当于"之"或者"的"。这句话出自《庄子·应帝王》,意思是这大概是只看见我的生机、我的优点。

文字之衰①,未有如今日者也。其源实出于王氏。②王氏之文,未必不善也,而患在于好使人同己。③自孔子不能使人同,颜渊④之仁,子路⑤之勇,不能以相移⑥,而王氏欲以其学同天下⑦!地之美者,同于生物,不同于所生。⑧惟荒瘠斥卤之地,弥望皆黄茅白苇,此则王氏之同也⑨。

注释

① 文字:诗文,这里偏重于文章。衰:衰败。

② 源:根源。王氏:指王安石。

③ 患:弊病。这句说,王安石的弊病在于喜欢让别人和自己一样。

④ 颜渊:颜回,字子渊,又称颜渊,孔子的弟子,以行仁义著称。

⑤ 子路:仲由,字子路,孔子的弟子,直爽勇敢,为人忠诚。

⑥ 相移:相互移动交换。这句说,无法使他们相互移动交换而变成一样。

⑦ 学:学术,指王安石的思想学说,为"新法"服务,通称"新学"。这句说,王安石要用他的学说一统天下,让大家都和他一样,这是不可能的。

⑧ 美:这里指肥沃。这三句说,肥沃的土地,都能生长植物,但生长出来的植物的种类并不相同。

⑨ 惟:只有。荒瘠(jí):荒芜,不肥沃。斥卤(lǔ):盐碱地,植物难以生长。弥望:满眼。黄茅白苇:黄色的茅草和白色的芦苇,泛指杂草芦苇。这三句说,只有贫瘠盐碱的土地,才会生长出相同的植物,满眼都是杂草芦苇,这就是王安石要天下都一样的结果。

近见章子厚言,先帝晚年甚患文字之陋,欲稍变取士法,特未暇耳。①议者欲稍复诗赋②,立《春秋》学官③,甚美。仆老矣,使后生犹得见古人之大全者④,正赖黄鲁直、秦少游、晁无咎、陈履常与君等数人耳⑤。如闻君作太学博士⑥,愿益勉⑦之。"德輶如毛,民鲜克举之。我仪图之,爱莫助之。⑧"此外千万善爱⑨。偶饮卯酒⑩,醉。来人求书,不能复觏缕。⑪

注释

① 章子厚:章惇(dūn),字子厚,早年与苏轼友善,后来支持王安石变法,是王安石"新党"的大臣,这时任知枢密院事(最高军事机构的长官)。先帝:前代已故的帝王,指宋神宗。患:忧虑。取士法:指科举制度。特:只是。这四句说,王安石变法,科举考试取消诗赋,改为专门考经义、论策,最近章惇告诉我,神宗晚年意识到了经义取士导致官员写作能力不足的问题,想恢复诗赋取士,但是尚未来得及实施就去世了。宋代其他材料也记载过章惇对苏轼讲的这些话。

② 议者:议论的人。复诗赋:恢复用诗赋取士的办法。哲宗继位后,元祐元年闰二月,侍御史刘挚请求恢复诗赋取士。

③ 学官:主管教学事务的官员,包括国子监直讲、太学博士、太学正、太学录等。王安石贬低《春秋》这部儒家经典,不让太学设立《春秋》学的博士,科举考试也不考。元祐元年闰二月,礼部奏请在太学设置《春秋》博士。

④ 后生:后来的人。古人之大全:古人之道的全貌。

⑤ 赖:依赖。黄鲁直:黄庭坚,字鲁直。秦少游:秦观,字少游。晁无咎:晁补之,字无咎。陈履常:陈师道,字履常。这四个人都是苏轼的弟子,其中黄庭坚、秦观、晁补之和张耒合称"苏门四学士",再加上陈师道和李廌(zhì),合称"苏门六君子"。耳:罢了。

⑥ 如：将要。太学博士：太学的学官，负责讲授经术。苏轼写这封信后不久，张耒到太学任太学录，是执掌太学学规的学官。

⑦ 益勉：更加勉励。

⑧ 輶(yóu)：轻。鲜(xiǎn)：少。克：能够。仪、图：揣摩，猜想。莫：没有人。这四句出自《诗经·大雅·烝民》，意思是德行轻如毫毛，但很少有人能举起它，我揣摩做太学学官这件事，你是能够胜任的，可惜没有人帮助你，我也爱莫能助。

⑨ 善爱：好好珍惜自己的品德和才能。

⑩ 卯(mǎo)酒：早晨喝的酒。卯指卯时，相当于早晨五时到七时。

⑪ 复：回复。覼缕(luó lǚ)：一条一条地详细陈述。这两句说，传递书信的人前来取信，我不能详细回复了。

评析

哲宗元祐元年(1086)闰二月，侍御史刘挚请求恢复诗赋取士，礼部又奏请在太学设置《春秋》博士。苏轼在这封信里把这些重要消息通报给张耒。而且他当时可能已经向执政的人推荐了张耒并被采纳，因此他才对张耒说你将要做太学博士。这年四月，张耒到达京师，就任太学录，成为太学的学官，说明苏轼的话没有落空。与此同时，黄庭坚在朝廷任校书郎、神宗实录院检讨官，秦观刚考中进士不久，在蔡州(今河南汝南)任教授，晁补之在京师任太学正，陈师道则拒绝了章惇的举荐，尚未做官。苏门弟子人才济济，正在或将要在教育和学术领域任要职、起作用、前途无量，所以苏轼在信里希望弟子们担负起传承和发展优秀文化的重任，并勉励张耒好好珍惜自己的品德和才能，奖掖后进、传道弘文的急切心情贯串首尾。

在赞扬门生的时候，苏轼通过评价张耒的老师苏辙来勉励张耒。他认为苏辙的文章既有"汪洋澹泊"的一面，又有"秀杰之气，终不可没"的一面，至今仍是对苏辙文章风格的定论。同时，他指出兄弟二人风格不同，苏辙本人的文章风格也有变化，等于说虽然你是我们的门生，但我不会要求你一味模仿我们，这就与下文所说的王安石喜欢让天下人都一样形成了鲜明的对比。

在树立正面典型之后，苏轼批评了反面典型，那就是王安石搞的文化专制。苏轼认为，王氏的文章是好的，坏就坏在他要强行让所有人都跟他一样，全天下只能有一种思想、一种观点、一种风格，不同意的人就考不中进士，甚至遭到打击。苏轼以孔子为例，孔门弟子各有个性和才能，又用土地生长植物作类比，肥沃的土地应当是多种植物茁壮生长、各得其所，从而指出，自由而多元才是思想文化发展繁荣的保证，用唯我独尊的一种"经义"来统一天下、规范天下，非此不可，即便这种"经义"本身非常优秀，也只会钳制思想、扼杀文化，连带"经义"本身也由于缺乏切磋砥砺而失去活力，最终导致思想文化的园地一片荒芜，就像盐碱地上只能长出一片黄茅白苇。苏轼的这个见解影响深远，"黄茅白苇"也成了文化专制下单调乏味情景的代名词。今天所说的"一花独放不是春，百花齐放春满园"，也和苏轼的见解类似。

潮州韩文公庙碑①

匹夫而为百世师，一言而为天下法，是皆有以参天地之化，关盛衰之运。②其生也有自来，其逝也有所为。故申吕自岳降，傅说为列星，古今所传，不可诬也③。孟子曰："我善养吾浩然之气④。是气也，寓⑤于寻常之中，而塞⑥乎天地之间。"卒然遇之，则王公失其贵，晋、楚失其富，良、平失其智，贲、育失其勇，仪、秦失其辩⑦，是孰使之然哉⑧？其必有不依形而立，不恃力而行，不待生而存，不随死而亡者矣。⑨故在天为⑩星辰，在地为河岳,幽则为鬼神,而明则复为人⑪。此理之常,无足怪者。⑫

注释

① 元祐七年(1092)三月作于扬州(今属江苏)知州任上。这篇碑文的拓片后面写着撰写的日期是"元祐七年三月己酉",即元祐七年三月二十六,正是苏轼抵达扬州的日子。潮州:今属广东。韩文公庙:纪念韩愈的祠庙,在潮州。韩愈,字退之,河阳(今河南孟州)人,曾经被贬谪到潮州,是唐代著名文学家、思想家,谥号"文",所以称"韩文公"。碑:碑文,文体的一种,用来记述死者的功绩或事件的经过,作为永久的纪念。

② 匹夫:普通人。师:师表,榜样。法:准则。参:参加,帮助。化:生长,化育。运:命运。这四句说,一个普通人却能成为百代的表率,一句话却能成为天下的准则,这都是因为他们具有与天地共同化育万物的能力,并且与国家命运的盛衰密切关联。

③ 申吕:吕侯,周穆王的贤臣,又称甫侯。申伯,周宣王的功臣。相传他们出生时都有神灵从高山上降临。岳:高山。傅说(yuè):殷高宗武丁的宰相,被尊为"圣人",传说他死后飞升天上,与众星并列。诬:抹杀。这六句说,他们的出生自有来历,申伯、吕侯出生就是山神降临,他们去世后仍然有所作为,传说死后就化作天上的恒星,这些古今传诵的故事,不能全部抹杀。

④ 养:涵养,培养。浩然之气:刚直正大的气。这句话出自《孟子·公孙丑》,孟子所说的"气"指人的内在精神气质。

⑤ 寓:寄托。

⑥ 塞:充塞,充满。

⑦ 卒(cù)然:突然。卒,后来多写作"猝"。之:指浩然之气。王公:君王和诸侯。失:相比之下显现不出。晋:晋国,统治范围在今山西全部、河北

西南部一带,是春秋时期极其富强的诸侯国。楚:楚国,统治范围在今长江中游一带,是春秋战国时期最强盛的诸侯国之一。《孟子》书里引用曾子的话说:"晋、楚之富,不可及也。"良、平:张良和陈平,都是西汉的开国功臣,刘邦的重要谋士,以智谋著称。贲(bēn)、育:孟贲和夏育,战国时期著名的勇士。仪、秦:张仪和苏秦,战国时期著名的纵横家,擅长辞令,能言善辩。这几句说,假如突然遇到它,就使人们相形见绌,王公贵族也显现不出尊贵,晋、楚这样的国家也显现不出他们的豪富,张良、陈平也显现不出他们的智谋,孟贲、夏育也显现不出他们的勇猛,张仪、苏秦也显现不出他们的善辩。

⑧ 是:表示加重语气。孰(shú):什么。然:这样。这句说,是什么使得他们这样呢?

⑨ 恃(shì):依赖。待:依靠。亡:丧失,消逝。这四句说,其中必定有一种不依靠形体而站立、不依赖外力而行动、不依靠生命而存在、不随着死亡而消逝的东西。

⑩ 为:化作。

⑪ 则:就。幽、明:古人把鬼神的世界叫作"幽",即阴间,人的世界叫作"明",即阳世。复:再次。

⑫ 无足:不值得。这两句说,这些都是平常的道理,不值得大惊小怪。

自东汉以来,道丧文弊①,异端并起②,历唐贞观、开元之盛,辅以房、杜、姚、宋而不能救③。独韩文公起布衣,谈笑而麾之,天下靡然从公,复归于正,盖三百年于此矣。④文起八代之衰,而道济天下之溺,忠犯人主之怒,而勇夺三军之帅。⑤岂非参天地、关盛衰,浩然而独存者乎?⑥盖尝论天人之辨,以谓人无所不至,惟天不容伪。⑦智可以欺王公,不可以欺豚鱼⑧;力可以得天下,不可以得匹夫匹妇之心⑨。故公之精诚,能开衡山之云,而不能回宪宗之惑⑩；能驯鳄鱼之暴，而不能弭皇甫镈、李逢吉之谤⑪；能信于南海之民，庙食百世，而不能使其身一日安于朝廷之上⑫。盖公之所能者，天也；其所不能者，人也。⑬

注释

① 道：儒家之道，儒家的道理学说。丧：失去，衰败。文弊：文风败坏。

② 异端：与正统不一样的思想学说，指汉魏以来兴盛的黄老之学和佛教。并起：一起兴起。

③ 贞观、开元之盛：唐太宗贞观年间（627—649）和唐玄宗开元年间（713—741），政治比较清明，国力、经济、文化繁盛，分别称为"贞观之治"和"开元盛世"。辅以：加上。房、杜：房玄龄和杜如晦，唐太宗时期的宰相，房玄龄足智多谋，杜如晦善于决断，并称"房谋杜断"。姚、宋：姚崇和宋璟，唐玄宗时期著名的宰相。救：指挽救"道丧文弊"的局面。

④ 布衣：布制的衣服，借指平民。麾（huī）：指挥。靡（mǐ）然：随风倒伏的样子，比喻望风响应。公：对韩愈的尊称。正：正统。三百年：从韩愈（768—824）的时代到苏轼写作本文的元祐七年（1092），相距将近三百年。这五句说，只有韩愈从平民百姓中奋起，谈笑之间，号召指挥，天下人纷纷响应跟随他，回复到正统，到现在大概三百年了。

⑤ 八代：指东汉、魏、晋、宋、齐、梁、陈、隋八个朝代。济：救助。溺：淹没，指沉溺于佛教、道教思想之中。人主：国君。唐宪宗迎接佛骨进入皇宫，韩愈上表进谏阻止，触怒宪宗，被贬谪到潮州。夺：战胜。三军：军队的通称。唐穆宗时，镇州（今河北正定）军队发生叛乱，杀害原来的将帅，另立新帅，韩愈奉朝廷之命前去安抚，勇敢镇定，用一席话说服了叛乱的将帅，平息了这场叛乱。这四句说，韩愈的文章振起衰败了八代的文风，提倡儒

家道统,拯救了天下沉溺于佛教、道教思想的人们,忠心进谏触怒了皇帝,智勇战胜了军队的主帅。

⑥ 岂非:难道不是。独存者:独立存在的正气。

⑦ 盖:语气词,常用在句子的开头。尝:曾经。天人之辨:天和人的区别。无所不至:出自《论语·阳货》,无所不用其极,什么事都干得出来。伪:虚伪,欺诈。这三句说,我曾经讨论过天和人的区别,认为人为了争夺利益,什么事情都干得出来,只是天不容许人作伪欺诈。

⑧ 豚:小猪,泛指猪。豚鱼:《周易》里说"信及豚鱼",意思是要讲诚信的话,对猪、鱼这些自然事物也要忠诚守信。这两句说,智谋可以欺骗王侯贵族,却不能欺骗小猪小鱼,虚伪只能骗人,但骗不了天道自然。

⑨ 匹夫匹妇:平民男女,泛指普通百姓。这两句说,凭借武力可以夺得天下,却不能得到普通百姓的忠心。

⑩ 精诚:专一真诚。衡山:"五岳"中的南岳,主体部分在今湖南衡阳。据说韩愈被贬谪去潮州,路过衡山,正遇上秋雨,云雾笼罩,他虔诚祈祷一番之后,天就放晴了,他曾作《谒衡岳庙遂宿岳寺题门楼》诗记述这件事。这三句说,所以韩愈的专一真诚,能够驱散笼罩衡山的乌云,却不能劝阻宪宗,让他从迎接佛骨的迷惑中醒悟过来。

⑪ 暴:凶恶残暴。韩愈被贬谪到潮州,当地百姓诉说江中有鳄鱼扰民害人,韩愈便下令属下将一头羊、一头猪投入江水之中,作为祭品,自己写了《祭鳄鱼文》,命令鳄鱼迁走。据说,鳄鱼当晚果然离开了那里。弭(mǐ):制止,消除。皇甫镈(bó):唐宪宗时的宰相。韩愈到潮州后给朝廷呈上谢表,宪宗读后很感动,想让他官复原职,皇甫镈从中污蔑阻拦,最后韩愈只是内调为袁州(今江西宜春)刺史。李逢吉:唐穆宗时的宰相。当时韩愈任京兆尹兼御史大夫,由于李逢吉搬弄是非,被改职兵部侍郎。谤:诽谤,用不实之辞害人。这两句说,韩愈能够驯服作恶的鳄鱼,却不能制止皇甫

镈、李逢吉的诽谤。

⑫ 南海：古代的郡名，管辖范围包括今广东省的大部分地区，这里指潮州。庙食：死后被人立庙祭祀。这三句说，韩愈能够被潮州人民信任，死后受到立庙祭祀，世世代代不变，却不能使自己在朝廷上得到一天的安宁。

⑬ 盖：因为。能：胜任，能做到。这四句说，这是因为韩愈最能胜任的是顺应天道，最做不到的是处理人事。

　　始，潮人未知学①，公命进士赵德为之师②。自是潮之士，皆笃于文行③，延及齐民④，至于今，号称易治⑤。信乎孔子之言："君子学道则爱人，小人学道则易使也。"⑥潮人之事公也⑦，饮食必祭，水旱疾疫，凡有求必祷焉⑧。而庙在刺史公堂之后⑨，民以出入为艰⑩。前守欲请诸朝作新庙⑪，不果⑫。元祐五年，朝散郎王君涤来守是邦⑬，凡所以养士治民者，一以公为师⑭。民既悦服⑮，则出令曰："愿新公庙者⑯听⑰。"民欢趋之⑱。卜地于州城之南七里⑲，期年而庙成⑳。

注释

① 始：开始，当初。潮人：潮州人民。学：学习礼乐、文章。

② 赵德：号天水先生，潮州人，韩愈《潮州请置乡校牒》称他为"秀才"，通晓经学，能写文章，推荐他担任潮州海阳县尉，并主持州学（潮州的州治在海阳县）。韩愈所称的"秀才"指优异人才，苏轼这里的"进士"指可以给朝廷贡举的人才，并非科举考试中考取的"进士"。为之师：做他们的老师。

③ 笃(dǔ)：忠实。文行：文章和品行。

④ 延及：普及。齐民：平民百姓。

⑤ 易治：容易治理。

⑥ 信：确实。君子：对统治者和贵族男子的通称。小人：平民百姓，指被统治的人。这两句引文出自《论语·阳货》，意思是君子学了礼乐之道就会有仁爱之心，老百姓学了礼乐之道就容易听指挥、听使唤，教育总是有用的。

⑦ 事：侍奉。公：指韩愈。

⑧ 凡有求必祷：凡是有求于神灵的事情，一定要向韩愈祈祷。

⑨ 庙：祭祀韩愈的祠庙。刺史公堂：州官办公的厅堂。

⑩ 以：认为。艰：这里指不方便。

⑪ 前守：前任知州。请诸朝：向朝廷请求。

⑫ 不果：没有成功。

⑬ 朝散郎：北宋一种官位级别的名称。王君涤："君"是对人的尊称。王涤，字长源，元祐五年(1090)任潮州知州。"朝散郎"是王涤的"官"，决定俸禄待遇，"潮州知州"是他的"差遣"，表明具体的工作岗位和职责。守：治理，这里指担任知州。是邦：这个地区，指潮州。

⑭ 所以：用来……的方法。一：一切，全部。这两句说，王涤所有用来培养贤士、治理人民的措施，全部都仿效韩愈的做法。

⑮ 既：已经，在……之后。悦服：心悦诚服。

⑯ 新：更新，重建。

⑰ 听：听从，表示同意。

⑱ 趋：前往，投身。这句说，百姓都高兴地前去修庙。

⑲ 卜地：选择地址。

⑳ 期(jī)年：满一年。

或①曰："公去国②万里，而谪于潮，不能一岁③而归。没而有知，其不眷恋于潮，审矣④。"轼曰："不然⑤。公之神在天下者，如水之在地中，无所往而不在也。⑥而潮人独信之深，思之至，焄蒿凄怆，若或见之。⑦譬如凿井得泉，而曰水专在是，岂理也哉？⑧"

注释

① 或：有的人。

② 去国：离开首都。

③ 不能一岁：不到一年。韩愈于唐宪宗元和十四年（819）正月贬为潮州刺史，三月抵达贬所，十月内移袁州刺史，在潮州不满一年。

④ 没（mò）：通"殁"，死亡。审：清楚，明显。这三句说，如果韩愈死后有知，显然是不会眷恋潮州的。韩愈在《潮州刺史谢上表》里说潮州是"蛮夷之地"，在这里极其痛苦，"死不闭目"，表明厌恶潮州，希望调回朝廷做官。

⑤ 不然：不是这样，不对。

⑥ 天下：全国各地。这三句说：韩愈的神灵在全天下，就好像水在地上一样，到处都是。

⑦ 焄蒿（xūn hāo）凄怆：出自《礼记》，指祭祀时香气缭绕蒸腾，仿佛人死后的精气，令人闻而悲伤。这四句说，可是潮州当地人唯独对韩愈特别信仰，无限思念，在祭祀时升腾的香气中感到悲伤，好像见到了他。

⑧ 是：这里。这三句说，这就好比挖井挖到了泉水，就说水只存在这里，难道有这个道理的吗？

元丰七年，诏封公昌黎伯①，故榜②曰"昌黎伯韩文公之庙"。潮人请书其事于石③，因作诗以遗④之，使歌以祀公⑤。其词曰：（略）⑥。

注释

① 元丰七年：宋神宗元丰七年（1084）。诏（zhào）：下诏，皇帝下命令。昌

黎：韩愈自称祖籍昌黎(今属河北)，而且昌黎是韩姓的郡望。伯：爵位的一种。元丰七年，神宗下诏，命令在孔庙里以孟子配孔子合祭，追封韩愈的爵位为"伯"，因此韩愈被称作"昌黎伯"。
② 榜：匾额，这里指题写匾额。
③ 石：碑石。
④ 遗(wèi)：送给。
⑤ 歌：歌唱。祀(sì)：祭祀，祭拜悼念。
⑥ 以下是一首祭祀韩愈的诗，句句押韵，篇幅较长，这里省略不录。

评析

哲宗元祐七年二月，苏轼准备从颍州(今安徽阜阳颍州区)前往扬州任知州时，接到潮州知州王涤的来信，说潮州的士子和百姓恳请他为韩文公庙撰写碑文，并且附上祠庙的图形。与此同时，苏轼的朋友钱勰也受他人之托，来信请求苏轼撰写此碑文。三月二十六日，苏轼刚抵达扬州任上，就撰成这篇碑文寄往潮州，还在信里详细说明刻石的要求，另外又给在潮州的朋友吴复古(字子野)寄去碑文，多种准备，可谓郑重其事、严谨细致。

韩愈在潮州不足八月，却对潮州文化教育事业的发展做出了重要贡献，他本人也是中国文学史和文化史上承前启后的里程碑式人物。欧阳修将韩愈开创的古文运动和文化复兴运动发扬光大，被公认为北宋的韩愈。他在晚年把"斯文"大业托付给苏轼，后者也是中唐到北宋文化复兴进程中的一座里程碑。潮州当地士民正是看到了苏轼和韩愈的这种接续和发展的关系，才会想尽办法一定要请到苏轼来撰写韩文公庙的碑文，而苏轼也的确不负重托。

从体裁看，碑文应记录人物崇高的品德和杰出的功绩。韩愈的品德和功绩，已有不少人称颂，而苏轼这篇碑文一出，即扫空万古，特别是"文起八代之衰,而道济天下之溺,忠犯人主之怒,而勇夺三军之帅"这四句,高瞻远瞩,从文、道、忠、勇四个方面全面概括韩愈道德文章的伟大力量和崇高地位,准确精当而气势非凡,成为对韩愈的历史定论,其他人的评说几乎作废。全文从高处立论,从阔处行文,一气呵成,气势磅礴,在叙述修庙立碑过程时稍作缓和,随后又转到议论,让平静下去的波澜再度激荡起来,最终以祭祀的歌词作结束。文章学上有"韩潮苏海"的说法,指韩愈和苏轼的文章气势磅礴,如潮如海。这篇碑文写得波澜壮阔、酣畅淋漓,既体现了苏轼"如长江大河,一泻千里"的文章风格,也与气势充沛、力量强大的韩愈文风相得益彰。

记游松风亭①

余尝寓居惠州嘉祐寺,纵步松风亭下②,足力疲乏,思欲就林止息③。仰望亭宇,尚在木末。意谓如何得到。④良久忽曰:"此间有甚么歇不得处?"⑤由是心若挂钩之鱼,忽得解脱。⑥若人悟此⑦,虽两阵相接⑧,鼓声如雷霆,进则死敌,退则死法⑨,当恁么时,也不妨熟歇⑩。

注释

① 约在绍圣二年(1095)作于惠州。
② 嘉祐寺:旧址在惠州东江南岸,白鹤峰南侧,寺院在明代被改为城隍庙,后被改作学校,现在校名为"东坡小学",以纪念苏轼。纵步:漫步,随意散步。松风亭:在弥陀院寺后山的山顶上,离嘉祐寺不远,亭台有二十多棵松树,清风徐来,故名松风亭。
③ 思欲:想要。就林:到林子里去,指到松风亭去。林,有的版本作"床"。

止息：休息。

④ 亭宇：亭台楼阁，指松风亭。木末：树梢。这三句说，仰望松风亭，还在高高的树梢上面，心想怎样才能到达。

⑤ 良久：很久。此间：这里。甚么：什么。这句说，这里为什么就不能歇息呢？一定要上到松风亭才能休息吗？

⑥ 这两句说，因此心情一下子就放松了，就像挂在钓钩上的鱼，忽然得到了解脱。

⑦ 若：如果。此：指随遇而安的道理。

⑧ 虽：即使。两阵：交战双方。相接：双方面对面战斗。

⑨ 死敌：死于敌手。死法：死于军法。这两句说，前进的话，会被敌人杀死；后退的话，会被按照军法处死。

⑩ 恁（nèn）么时：那时。熟：表示程度深。这两句说，在那种最紧张的时候，也不妨好好歇息一下。

评析

苏轼于绍圣元年（1094）十月初二到达惠州贬所，暂住在公家的合江楼里。十八日，被迫搬到嘉祐寺里栖身。第二年三月十九日，再次搬入合江楼里居住。这篇文章说"余尝寓居惠州嘉祐寺"，表明写于搬出嘉祐寺之后，应该是在绍圣二年三月以后所作。

这篇短文记述游览松风亭过程中的一点感悟，从实际生活中的"歇息"引申出人生时时处处都可以"熟歇"的普遍道理，从思想、行文到用词都很像禅宗的公案。五代僧人九峰道虔转述他的老师石霜庆诸开示弟子的七句话，前两句就是"休去""歇去"。禅宗智慧提示不执着、会舍弃、能放下，能放下就能获得大休歇、大自在。苏轼在日常游玩中体会到了这个道理：我们游玩时，一开始总是确定了一个目的地,为了到达目的地而疲于奔命,不胜其苦;一旦放弃这个目标,就地歇息,就解开了羁绊,马上轻松了,仿佛上钩的鱼一下子脱开了钩,立刻轻松自在。

苏轼并不是板起面孔说教,而是紧扣要不要登上高处的松风亭来展开。由于他是被迫迁入嘉祐寺栖身的,因此,"此间有甚么歇不得处"的背后意思就是:这嘉祐寺有什么住不得的!再联系到他被贬谪到惠州的背景,这句话的深层含义就是:这岭南有什么住不得的!从更大的范围看,苏轼想到,人生不要作茧自缚,要善于摆脱自我和外在的限制,粉碎自己给自己戴上的枷锁,随遇而安,旷达通透,从而获得心灵的完全自由。休歇即清静,放下即解脱。

文章虽然短小,却完整地表现了作者思绪变化的过程,层次几经转折,跌宕起伏,顿挫有致。道理虽然深刻,却从日常小事悟入,用家常语言说出,其中几处运用了"甚么""怎么""熟歇"等通俗口语,写得形象生动,明白如话,别有风味。

试 笔 自 书①

吾始至南海②,环视天水无际,凄然伤之③,曰:"何时得出此岛耶?"已而思之,天地在积水中④,九州在大瀛海中,中国在少海中⑤,有生孰不在岛者⑥?覆盆水于地,芥浮于水,蚁附于芥,茫然不知所济⑦。少焉水涸⑧,蚁即径去⑨,见其类⑩,出涕⑪曰:"几不复与子相见。岂知俯仰之间,有方轨八达之路乎⑫!"念此可以一笑。⑬戊寅九月十二日⑭,与客饮薄酒⑮小醉,信笔⑯书此纸。

注释

① 元符元年(1098)作于海南儋州。试笔：试试毛笔是否好用。自书：亲笔书写。本篇在传世各种苏轼文集里都没有收录，是后人从南宋朱弁的笔记《曲洧旧闻》卷五里辑录的。朱弁记载，苏轼在儋耳（即儋州）时曾因为试笔而亲自书写了这段文字，据此，后人把题目拟为"试笔自书"，也有人拟作"在儋耳书""儋耳试笔"等等。

② 始至：刚到。南海：南中国海，这里指海南岛。

③ 凄然伤之：凄凉悲伤。

④ 这句说，天地都处在浩瀚的水中。东汉张衡认为，天地的形状像一个鸡蛋，地是蛋黄，天是蛋壳，而天的内外都是水。

⑤ 九州：指大九州。战国时期的阴阳家邹衍认为，中国叫赤县神州，内部分为九州，中国之外类似赤县神州的地方还有九个，每一州都被一个裨海（小海）所环绕，与别的州相互隔绝，这大九州之外又环绕着大瀛海，那里则是天地相接的地方。少(shào)海：小海，即邹衍所说的"裨海"。参见前面《行琼儋间，肩舆坐睡，梦中得句云："千山动鳞甲，万谷酣笙钟。"觉而遇清风急雨，戏作此数句》诗注。

⑥ 有生：有生命的，人类和万物。孰(shú)：谁。

⑦ 覆：翻倒，倒出。芥：小草。附：依附。茫然：广阔无边的样子。济(jì)：渡过。这四句说，把一盆水倒在地上，虽然水少而浅，也会有小草漂浮在水上，蚂蚁依附在小草上面，也会觉得水面广阔无边，不知道如何渡过去。

⑧ 少焉(shǎo yān)：一会儿。涸(hé)，干涸，枯竭。

⑨ 即：立即。径去：快速离开。

⑩ 类：同类，指其他蚂蚁。

⑪ 出涕：流眼泪。

⑫ 几：几乎，差一点儿。不复：不再。子：你。俯仰之间：低头和抬头之间，形容时间极短。方轨：车辆并排行驶。八达：通向四面八方。这三句说，差点就再也不能和你见面了，谁知道顷刻之间，就出现了四通八达的宽广大路啊。

⑬ 念：想到。此：这个，指蚂蚁依附于盆水小草的设想。

⑭ 戊寅：指元符元年(1098)。这年本来是绍圣五年，当年六月，改年号为元符，是为元符元年。

⑮ 薄酒：味道淡的酒。

⑯ 信笔：随意下笔。

评析

绍圣五年(1098)五月，哲宗接受民间进献的一枚玉玺，将它看作上天授予的传国宝物，决定从六月起改元为元符元年。又特地颁布诏书，将全国囚犯的罪行减去一等，轻微徒刑以下的囚犯则可以释放。但苏轼、黄庭坚等"元祐党人"(旧党)不在赦免的行列。相反，哲宗和新党大臣继续清算旧党人物。同在五月，哲宗下诏，宣布了章惇等人为报复政敌而制造的"同文馆狱"的处理结果，处罚已被贬死的刘挚、梁焘，二人的子弟也连坐免官。仅仅在这一年里，就有大批"元祐党人"受到牵连，死者被追贬，生者被严惩，遭到迫害的有800多人。苏轼已于上一年七月抵达儋州贬所，到元符元年九月，面对日益险恶的政治形势，他深知未来凶多吉少，此生恐怕要老死在海南岛。如何化解这一人生的大苦难？这篇随意书写的短文就记录了他在困境中的自持之道。

此前，在从琼州到儋州的路上，苏轼作《行琼儋间，肩舆坐睡，梦中得句云:"千山动鳞甲,万谷酣笙钟。"觉而遇清风急雨,戏作此数句》诗,就借用邹衍"大九州""大瀛海"的大海环绕大地的说法,来排解贬谪海岛的愁苦。这一次,他进一步引申开去,认为一方面,从宇宙的高大视角看,不仅海南是岛,整个中国乃至整个世界其实都是一座岛屿,包括人在内的所有生物都是在岛上生存。既然如此,又何必为何时能离开海南岛而焦虑呢?这是以大观小,在宏观的视野中排遣困苦。另一方面,他又以小喻大,用蚂蚁依附小草、小草浮于浅水来比喻个人处于海岛、海岛居于海中的生存处境,在微观的小世界里安慰自己不要害怕没有出路。从大视野到小视点,从活用典故到自创想象,视点流动不居,手法灵活多变,反映出作者看待事物的通达眼光和超脱思维。而蚂蚁与同类的对话,则属于补足延伸的写法,既是"信笔"的体现,也使短文妙趣横生,思想情感在旷达自适之外,又多了一层诙谐幽默。

书上元夜游①

己卯上元,予在儋州,有老书生数人来过②,曰:"良月嘉夜③,先生能一出乎?"予欣然从之④。步城西,入僧舍,历⑤小巷,民夷杂揉⑥,屠沽纷然⑦。归舍已三鼓矣⑧。舍中掩关⑨熟睡,已再鼾⑩矣。放杖而笑,孰为得失?⑪过问先生何笑⑫,盖自笑也。然亦笑韩退之钓鱼无得,更欲远去⑬,不知走海者⑭未必得大鱼也。

注释

① 元符二年(己卯年,1099)正月作于儋州。上元:上元节,在农历正月十五,也叫元宵节,是宋代极其隆重热闹的节日。

② 书生：读书人。过：访问。

③ 嘉夜：美好的夜晚。

④ 欣然：高兴的样子。从：跟随。

⑤ 历：经过。

⑥ 民夷：指汉族和当地的少数民族。杂揉：混杂。

⑦ 屠沽(gū)：宰杀牲畜的和卖酒的，这里泛指街巷里的商贩。纷然：杂乱众多的样子。

⑧ 归舍：回到家里。三鼓：三更，相当于半夜十一时到次日凌晨一时。

⑨ 掩关：闭门。

⑩ 再鼾(hān)：打起第二阵鼾声，指醒过后再次熟睡。

⑪ 杖：手杖。这两句说，我放下手杖，不禁笑起来，心想，出门游玩和在家睡觉，哪个是得哪个是失呢？

⑫ 过：苏过，字叔党，苏轼最小的儿子，当时跟随苏轼贬居儋州。先生：指苏轼自己。

⑬ 然：然而，不过。韩退之：韩愈，字退之，中唐诗人。韩愈《赠侯喜》诗说，侯喜约他去钓鱼，结果从下午钓到黄昏，只钓到一条一寸左右的小鱼，韩愈因此认为人生就像钓鱼，自己最近做事都是这样不顺，并且希望到远处深水中去钓大鱼。

⑭ 走海者：出海打鱼的人。

> 评析

神宗熙宁四年(1071)十月，苏轼经过江苏盱眙，作有《龟山》诗，开头就提出一个重大的问题："我生飘荡去何求？"接着将自身的奔波与僧人的安卧进行对比："身行万里半天下，僧卧一庵初白头。"有的人长年在外，奔波劳累；有的人终日不出,安卧修行。一动一静,谁的收获多？这就是得失问题。29 年后,哲宗元符二年(1099)的元宵之夜,苏轼随手写下这篇短文,继续思考人生的得失问题。

短文前面部分铺叙上元夜与朋友出游的过程,满是欢欣热闹的气氛,持续到深夜,可谓"身行万里半天下"的缩小版。紧接着用短短两句写留在家里的人静卧酣睡,可谓"僧卧一庵初白头"的世俗版。面对此情此景,苏轼不由得想到：出门游玩与在家睡觉,哪个更合算？于是后面部分转向对得失的辨析。他首先对出门游玩回来见到家人熟睡的情景感到好笑,随即又对自己居然计较得失感到好笑,因为人世间的动静得失并没有固定的标准,人一旦患得患失,就会烦恼不断,永远不能拥有宁静充实的内心;苏轼一向都能超脱于人生中的荣辱得失,此刻居然考虑起出门游玩与在家睡觉孰得孰失的问题,实在是自寻烦恼,心念及此,所以"自笑"。随即他进一步觉得韩愈可笑,韩愈钓鱼几乎没有收获,用此事来比喻人生,又希望到远处深水去钓大鱼,却不知即使到了海上也未必能钓到大鱼。苏轼觉得,不计较得失,随缘自适,随遇而安,则每一个生命、每一种生活都自有其价值和乐趣;如果刻意追寻,务进务得,这山望着那山高,那么永远不会有满足的时候,患得患失,受制于外在的人和事物,也就不可能有个人的自由和尊严。

文章记述日常生活中的一个小片段,因事见理,写得轻快自然,层次井然,情趣盎然,意味深长。"步""入""历"三个动词连用,见出步履轻快、心情愉悦。"杂揉"表现汉族和黎族相处融洽,"纷然"表现市井生活的繁盛热闹。文笔简练省净,景象动静对比,思想辨析入微,全文充分体现出苏轼小品文的神韵。

书合浦舟行①

予自海康适合浦②,遭连日大雨,桥梁尽坏,水无津涯③。自兴廉村净行院下④,乘小舟至官寨⑤。闻自此以西皆涨水,无复桥船。或劝乘蜑舟并海即白石⑥。是日,六月晦⑦,无月。碇宿⑧大海中,天水相接,疏星⑨满天。起坐四顾太息⑩:"吾何数乘此险也⑪!已济徐闻⑫,复厄于此乎⑬?"过子在傍鼾睡⑭,呼不应。所撰《易》《书》《论语》皆以自随⑮,世未有别本⑯。抚⑰之而叹曰:"天未丧斯文,吾辈必济⑱!"已而果然⑲。七月四日合浦记。时元符三年也。

注释

① 元符三年(1100)七月作于廉州的州治合浦县(今属广西)。

② 海康:海康县,今广东雷州市,是宋代雷州的州治所在地,南邻徐闻,东临南海,西靠北部湾。适:前往。

③ 水无津涯:大水无边无际。"津涯"指边岸。

④ 兴廉村:雷州西北角的村子,后来成为宋代的一个海盐产地,也叫蚕村场,西靠北部湾,旧址在今广东遂溪县乐民镇。净行院:兴廉村的一座寺院。下:下马或下车。苏轼有《自雷适廉,宿于兴廉村净行院》和《雨夜宿净行院》二诗。

⑤ 官寨:官寨场,北宋化州吴川县的一个盐场,也是一个港口,南临北部湾,西边与合浦县交界,旧址在今广东廉江市车板镇。

⑥ 或:有人。蜑(dàn)舟:蜑民的船。蜑,通常写作"蛋",是南方的水上居民,以船为家,以捕鱼、采珠、水上运输为业。并海:沿着海路。即:到。白石:廉州的石康县有白石镇,合浦县有白石场;白石场是宋代著名的盐

场,在合浦县东南九十里,濒临北部湾,应该是苏轼所指的"白石"所在地,旧址大概在今广西北海市铁山港区。

⑦ 晦:阴历每月的最后一天。

⑧ 碇(dìng)宿:停船过夜。碇,停船时沉入水底以稳定船身的石块,这里指下碇抛锚。

⑨ 疏星:开阔清亮的星星。

⑩ 四顾:往四周看。太息:深深地叹息。

⑪ 何:为什么。数(shù)乘:多次遇上。此险:指渡海的危险。

⑫ 济:渡过。徐闻:徐闻县(今属广东),在雷州半岛南端,北宋初期与遂溪县一起并入海康县,隶属雷州。

⑬ 复:又,再次。厄(è):被困。

⑭ 过:苏过,字叔党,苏轼最小的儿子。傍(páng):旁边。鼾(hān)睡:熟睡而打呼噜。

⑮ 所撰《易》《书》《论语》:指苏轼在海南最终撰写完成的《易传》《书传》《论语说》三部著作。自随:随身携带。

⑯ 世:世上。别本:另外的版本。

⑰ 抚:抚摸。

⑱ 斯文:文学、礼乐、典章等文化。吾辈:我辈,我们。《论语·子罕》有"天之将丧斯文也,后死者不得与于斯文也"之句,苏轼这里反用典故,意思是,如果上天不想让这些文稿毁掉,我们必定会成功渡海。

⑲ 已而:然后。果然:果然是这样。

评析

古今学者对这篇文章的理解多有出入,所以有必要对苏轼从徐闻到廉州的交通路线作出详细解释。元符三年正月,哲宗去世,徽宗继位,政局发生变化。五月,苏轼接到朝廷命令,量移廉州。六月二十日夜,他渡过琼州海峡,到达大陆最南端的徐闻(今属广东)。随后北行至海康(今广东雷州),六月二十五日,与贬谪在此地的学生秦观告别后,动身前往位于西北方向的廉州。途中遭遇连日大雨,桥梁损坏,洪水泛滥,陆路无法行进,只好在雷州兴廉村(也叫蚕村场,旧址在今广东遂溪县乐民镇)停下,寄宿在净行院,稍作休息,然后乘坐小船,沿北部湾海域的东侧海岸航行,到达北面的化州吴川县官寨盐场港口(旧址在今广东廉江市车板镇)。此时往西去的道路都涨大水,桥断路绝,官船、商船都不通航,苏轼被迫改乘蜑民的船,继续在北部湾北侧的海面上冒险西行。夜里船只停泊在茫茫大海中,处境危险。但苏轼最终渡过险境,在廉州合浦县(今属广西)的白石盐场港口成功上岸。七月四日,在廉州州治合浦县,他写下了这篇记文。南宋绍熙元年(1190)八月六日,户部上奏:"照对廉州白石场、化州官寨场、雷州蚕村场系买纳一路盐课去处,其逐场盐丁,全仰官中买纳为生。"广南西路的这三个盐场,是北部湾东北角的三个海盐产地,正是苏轼从雷州经化州到廉州的海上航路的三个港口。

  海上航行总是充满不安全因素。苏轼贬谪海南以及北归,往返琼州海峡,已是两次经历风险。这次在波浪滔天之际航行于北部湾海域,而且半夜停泊在茫茫海面,再次体会到冒险渡海的滋味。有渡海经验的读者阅读至此,也倍感亲切。在这紧要关头,苏轼想到的却是个体生存的意义:自己生存的意义就是用著书立说来传承文明、创新文化,如果上天不想毁灭这文化,就不会让自己遇险。苏轼历经磨难,九死一生,而仍然乐观从容,显示出与孔子、孟子一样的担当斯文大业的自信与气魄,令人动容。

  文章虽短,却包含五层内容。第一层交代作者自海康往合浦,因桥梁尽坏,自兴廉村乘小舟至官寨。第二层简述官寨以西皆涨水,只好乘蜑民舟船出海,先到白石。第三层写夜泊海面,四顾太息。第四层写怜爱幼子苏过,念及尚未传播的三部书稿,相信必定渡海成功,而果然应验。第五层说明写作的年月和地点。层次清晰,语言简明。第三、四层写水天相接之处,一叶孤舟浮于茫茫海面,苏轼独对水阔天低,星汉灿烂,唯念延续文化,景象雄阔伟岸,情感豪迈超旷,独具一种感人的力量。

词

江城子①

湖上与张先同赋②,时闻弹筝③

凤凰山④下雨初晴。水风清,晚霞明。一朵芙蕖,开过尚盈盈。何处飞来双白鹭,如有意,慕娉婷。⑤

忽闻江上弄哀筝。苦含情,遣谁听?⑥烟敛云收,依约是湘灵。⑦欲待曲终寻问取,人不见,数峰青。⑧

注释

① 熙宁六年(1073)六月七月之间作于杭州,时任杭州通判。
② 湖:指杭州西湖。张先(990—1078):字子野,乌程(今浙江湖州)人,北宋著名词人,退休后在湖州、杭州一带活动。苏轼通判杭州时,张先已经80多岁,两人结为忘年交,交往唱酬。同赋:用同一个题目或题材写作。
③ 时:当时。筝:一种拨弦乐器,形状像瑟,传说是秦国蒙恬所造,故又叫秦筝,唐宋时筝多为十三根弦,因此别称十三弦。
④ 凤凰山:在杭州城南边,左靠西湖,右靠钱塘江,形状像一只展翅向东的凤凰,故名。
⑤ 芙蕖(qú):荷花。尚:还,仍然。盈盈:姿态美好的样子。娉(pīng)婷:姿态美好的佳人,指弹筝的女子。杜牧《晚晴赋》写水湾处有八九朵荷花,艳丽如美女,白鹭悄悄飞来,对着荷花,好像风度翩翩的白衣公子,窥视着红粉佳人,爱慕她的美好风姿。苏轼这五句化用杜牧赋中的构思和意象,以出水荷花比喻弹筝美人,又说白鹭飞来,仿佛因为也通人意,倾慕美丽的弹筝人,所以特意停在水面上。

⑥ 弄:拨弄。哀筝:哀怨的筝音。苦:表示程度深,相当于极、深。遣:让,使。这三句说,忽然听到江上传来筝发出的哀怨的音调,饱含深情,有谁忍心去听呢?

⑦ 敛(liǎn):收缩。依约:隐约,仿佛。湘灵:古代传说中湘水的神,屈原《楚辞·远游》有"使湘灵鼓瑟兮"之句;也有人指为舜帝的两个妃子娥皇和女英,舜帝巡视南方,二妃起初没有同行,后追至洞庭湖滨,听说舜已经死于苍梧,便向着南方哭泣,眼泪洒在竹子上,竹子变成斑竹,二妃最终自投湘水而死,化为湘水的神。这两句说,乐曲传来,使得烟雾收缩,云彩收色,仿佛是湘水女神在奏瑟诉说自己的哀伤。

⑧ 寻问取:询问,寻找。取,助词,没有实际意义。唐代钱起《湘灵鼓瑟》结尾说:"曲终人不见,江上数峰青。"这三句化用钱起的诗句,说曲子弹奏完毕,想要寻找弹筝人,却不见踪影,只留下青翠的山峰矗立在湖边。

评析

这是一首咏筝词。苏轼紧扣"闻弹筝"这个中心,描绘弹筝人的美好和音乐的动听。词的上阕刻画出西湖雨后清亮的景色。开头三句从雨后初晴的凤凰山写到湖上的清风、天边的晚霞,用湖光山色作为人物活动的背景。接下来盈盈的荷花、飞翔的白鹭都是一语双关,出水芙蓉既是实景,也暗喻弹筝人的仪态美好;白鹭倾慕弹筝人而停下,既是用拟人手法从侧面烘托弹筝人的魅力,也是用白鹭的行为隐喻在场听众入神不动的情状。下阕集中笔墨,分五层来摹写音乐。第一层是总体描写,概括为"哀筝"。第二层从情感的角度倾听,说筝音饱含深情。第三层从听众的角度,写乐曲哀伤,不忍心去听。第四层从大自然的角度作侧面描写,筝音使得烟雾收缩、云彩收色,进一步渲染曲调的哀伤。第五层再次概括,将这哀伤的乐曲想象成湘水女神在奏瑟倾诉,既是赞扬现场的筝音非人间所有，也隐喻弹筝人如同湘灵那样美好。词的最后三句，承"依约"而来，正要描写弹筝人，却又不从正面落笔，而是写弹筝人已飘然远去，只有那青翠的山峰静立湖边，那哀怨的乐曲仍然在湖光山色之中回响。这样结尾，不仅在典故上前后紧密衔接，而且在结构上呼应了开头，视野开阔，回味无穷，引人遐想。全词以侧面描写为主，多用比喻、烘托、联想和双关，传达凄迷怅惘的氛围，营造凄清缥缈的意境，清新而富有情趣，韵味深长。

这首词在体制上也值得注意。"湖上与张先同赋，时闻弹筝"是词的序言，说明作词的缘起，并简述词意。词有序言，并非从苏轼开始，但有意识地大量运用词序，的确是苏轼的特点，这是苏轼在体制上对词的贡献。另外，苏轼在这首词中化用典故，特别是上阕和下阕的后面部分都从唐代诗文化出，这种创作手法对贺铸的词风产生了直接影响。

南 乡 子

送 述 古①

回首乱山横，不见居人只见城。②谁似临平山上塔，亭亭，迎客西来送客行。③

归路晚风清，一枕初寒梦不成。④今夜残灯斜照处⑤，荧荧⑥，秋雨晴时泪不晴⑦。

注释

① 述古：杭州知州陈襄，字述古，见前面《送杭州进士诗叙》注释。熙宁七

年(1074)八月,陈襄离开杭州,前往南都(今河南商丘)任职,苏轼送他到杭州临平镇,在舟中告别,写下这首词。

② 居人:居住在城里的人。《诗经·郑风·叔于田》:"叔于田,巷无居人。岂无居人?不如叔也,洵美且仁。"大意是,叔出门打猎,街巷里看不到人了,并非真的没有人,只是没人比得上叔,他确实美好又仁慈。这里借来赞扬陈襄。唐代欧阳詹《初发太原途中寄太原所思》诗说:"驱马觉渐远,回头长路尘。高城已不见,况复城中人。"苏轼这两句,正面借用了《诗经》的典故,在写法上则在欧阳詹的基础上变化翻新,意思是说,回头望去,只看见重重叠叠的山横列在前,以及乱山之中的城郭,却看不到城中的人;并不是杭州城中没人,而是陈襄已经离开,没人比得上他。

③ 临平:杭州仁和县有临平镇(今属杭州市临平区),临平镇有临平山,在当时的杭州城区东北五十里,山上有高塔,山和塔都是从水路进出杭州的标志,因此常被用作送别的标志。亭亭:高耸的样子。这三句说,谁能像临平山上的塔那样,高耸矗立,既迎客到来,又送客离去,始终不变。

④ 一枕:等于说"一卧",指睡觉。初寒:刚开始寒冷。陈襄离开杭州是在八月中旬,所以说"初寒"。这两句说,回去的路上晚风凄清,夜里睡觉感觉到寒意,难以入睡。

⑤ 残灯:将要熄灭的灯。

⑥ 荧荧:光亮闪烁的样子,这里指泪水在灯光下闪烁发亮。

⑦ 晴:前一个"晴"字指雨雪等停止,后一个"晴"字指眼泪流干或眼泪停止。

评析

这首送别词遣词造句明白如话,通俗易懂,表情达意却细腻深沉,韵味悠长。上阕后面三句,浅显的字句包含了三层意思:一是借临平塔迎来送往的实际情况,实写自己迎接友人来杭州又送他离开;二是感慨自己不能像高塔那样在高处目送友人远去,深感遗憾;三是自己不是无情物,不能像高塔那样迎来送往却无动于衷,而是为离别深感悲伤。拟人之后,又用塔的无情反衬人的深情,就地取譬,自然巧妙,意蕴丰厚。下阕写友人远去,自己只好返回,而离别的伤感有增无减。"梦不成"是因为思念友人,"泪不晴"则是思念之情的递进和深化。秋雨绵绵,寓意情思绵绵。秋雨终有放晴之时,雨停了人却依旧流泪不止。将秋雨和眼泪对举,又用初秋的寒意和微弱的灯光相烘托,渲染了别后的孤寂和思念的痛苦。

苏轼对陈襄的离杭如此伤感,是因为二人在杭州共事期间相处融洽。熙宁四年(1071)十一月,苏轼到达杭州通判任上。第二年,陈襄前来任知州。两个人都批评"新法",都受到朝廷的排斥,公务上互相支持,生活中志趣相投,常常一起游赏饮酒,唱酬不断。熙宁七年(1074)七月,陈襄接到离任的命令,八月中旬,离开杭州,在这段时间里,苏轼为他写了五首送别词,依依不舍。这首词中的惜别之情和思念之苦,也寄寓了作者对自己身世和未来的哀伤。

"南乡子"是这首词的词牌,标明词的曲调,不是题目,"送述古"才是题目。词有题目,并非从苏轼开始,但有意识地大量制作词题,是从苏轼开始的。这与词序一样,都是他在体制上对词做出的贡献。制作词题和词序,使表达的内容具体化、个人化,是苏轼"以诗为词"的一个表现,表明他在观念上把词作为一种士大夫文学体裁,作为一种特殊形式的"诗"来写作。这在词的演变史上具有重大意义。

江　城　子

乙卯正月二十日夜记梦①

十年生死两茫茫,不思量,自难忘。②千里孤坟,无处话凄凉。③纵使相逢应不识,尘满面,鬓如霜④。

夜来幽梦⑤忽还乡,小轩窗⑥,正梳妆。相顾⑦无言,惟有泪千行。料得年年肠断处,明月夜,短松冈。⑧

注释

① 熙宁八年(乙卯年,1075)正月作于密州。

② 十年生死:苏轼的第一个妻子王弗,眉州青神(今属四川)人,16岁时嫁给19岁的苏轼,后生子苏迈,治平二年(1065)五月在京师去世,年仅27岁,距离苏轼写作这首词的熙宁八年(1075)正好十年。茫茫:指生死相隔,遥远渺茫,彼此音信隔绝。思量:想念。这三句说,自己与亡妻生死相隔,音信渺茫,已经十年,即使不去思念,也自然而然地永远铭记在心。

③ 千里:形容距离极其遥远。王弗的墓在眉州东北的彭山县安镇乡可龙里(今属四川眉山市彭山区),与密州(今山东诸城)相距数千里。这两句说,亡妻孤独的坟墓在眉州,与在密州做官的丈夫相距遥远,无法向丈夫诉说心里的凄凉。

④ 鬓(bìn)如霜:鬓发像霜一样白,形容人衰老。

⑤ 幽梦:隐约的梦境。

⑥ 轩:有窗户的小屋。苏轼老家的房屋里有一个"南轩",苏洵命名为"来风轩",苏轼青少年时期在这里读书,在其他作品里也称它为"小轩"。

⑦ 相顾:互相看着对方。

⑧ 料得:猜想,估计。肠断:形容极度悲痛。短松冈:长着矮小松树的山岭,指王弗的坟地。古人有在坟墓周围种植松树和柏树的传统。孟启《本事诗》记载,唐代开元年间,有个姓张的幽州衙将,他的妻子死后,某天忽然从坟墓中出来,题诗赠给他说:"欲知肠断处,明月照孤坟。"苏轼这三句化

用这个故事,意思是料想一年又一年,亡妻一定会在月夜下的孤坟中悲痛欲绝。

评析

这是一首怀念亡妻的悼亡词。题为记梦,上阕写梦前的思念,下阕记梦境的内容,实际是通过记梦来抒发对亡妻真挚的爱情和深沉的思念。

宋人用词来写悼亡,以苏轼这首词为最早。题材是悼亡,写法却是生者与死者的对话与交流。苏轼在末尾化用了孟启《本事诗》里亡妻给丈夫赠诗的故事,并在词的上阕"千里孤坟"句和下阕结尾三句直接借用赠诗的语句,表明他是有意识地与亡妻对话,因此全词的视角不是单方面的"悼亡",而是在生者与死者之间反复转换,是一次感情交流。自己对亡妻永志不忘,亡妻独处千里孤坟,无法向丈夫倾诉凄凉。自己设想即使二人重逢,妻子也认不出丈夫,因为自己潦倒衰老,和十年前判若两人,这也是妻子的视角,既是表现妻子去世给自己造成的打击,也是自伤身世,见出作者在人世间的坎坷困顿。过片(词的下片的开头)不能断了词意,要与上片衔接,承上启下,是全词的关键。上片结尾是设想,所以过片接续写幽梦。"忽"字入得快速,切合梦中情景。在梦里,昔日重现,先是作者的视角,见到爱妻在小轩中当窗梳妆,犹是当年青春甜蜜的模样,梦境逼真。随后到达全词的高潮,二人的目光交会,心中有千言万语要说,一时又不知从何说起,说不出话,眼泪却止不住地往下流。尾声部分,梦醒后的设想是作者的视角,但月夜孤坟中伤心欲绝的主角则是亡妻。整首词在生者与死者、自己与对方、现实与梦境、聚合与分散的来回转换中打破时空限制,拓宽视野,虚实结合,深化情感。死者的凄凉、肠断,映衬出生者深入肺腑的痛苦和刻骨铭心的思念,艺术效果极其强烈。

这首词字字明白,语语沉痛,虽然不应以艺术技巧论,但在手法上仍具突出之处。如写梦境,以印象最深的爱妻在小轩窗前梳妆的生活细节,再现亡妻动人的形象。词又叫乐府,南宋沈义父《乐府指迷》说:"结句须要放开,含有余不尽之意,以景结情最好。"苏轼这首词的结尾,由梦境转回现实,又替亡妻设想,呼应上片的"千里孤坟",以清冷之景结束全篇,烘托孤寂之情,使得余意不绝,情味深长。

江 城 子

密 州 出 猎①

老夫聊发少年狂②,左牵黄,右擎苍③。锦帽貂裘,千骑卷平冈。④为报倾城随太守,亲射虎,看孙郎。⑤

酒酣胸胆尚开张。鬓微霜,又何妨!⑥持节云中,何日遣冯唐?⑦会挽雕弓如满月,西北望,射天狼。⑧

注释

① 熙宁八年(1075)十月作于密州。出猎:外出打猎。
② 老夫:年老男子的自称。苏轼此时虚岁才40,自称老夫,带有自嘲和夸张的意味。聊:暂且。这句说,老夫暂且像年轻人那样狂放豪迈一下。《老子》书里说:"驰骋田猎,令人心发狂。"苏轼借用了字面。
③ 黄:黄狗。擎(qíng):举起,往上托举。苍:苍鹰。古人常用牵黄狗、举苍鹰来表现打猎时的豪爽,《太平御览》摘引的《史记》就有"牵黄犬,臂苍鹰"

的说法,《梁书·张充传》也记载张充"出猎,左手臂鹰,右手牵狗"。

④ 锦帽貂裘(diāo qiú):锦蒙帽和貂鼠皮做的皮衣,原是汉代羽林军的装束,这里指苏轼的随从。千骑(jì):一人一马为一骑,古代州牧或太守的随从有一千骑,这里暗示苏轼的知州身份。卷:席卷,这里指四面合围而打猎。平冈:山岭平坦的地方。这两句说,我的随从众多,穿着华丽威武,气势雄壮,席卷山冈。

⑤ 倾城:全城的人。太守:汉代设置的郡的长官,后来用作知州、知府的别称,这里指知州。孙郎:指孙权,孙权曾经"亲乘马射虎于庱亭"。庱亭,旧址在今江苏丹阳。这里苏轼自比为孙权。这三句说,为了报答全城人民跟随的盛情,看我像孙权一样亲自射虎。

⑥ 酒酣:喝酒喝到尽兴、畅快的程度。尚:更加。开张:恢宏,开阔雄壮。这三句说,喝酒畅快时,胸襟开阔,胆气雄壮,虽然双鬓有一点白发,但也没有关系,不妨碍像年轻人那样豪迈。

⑦ 节:符节,古代使者所持的凭证。云中:汉代的郡名,旧址在今内蒙古托克托东北。冯唐:汉文帝时,魏尚做云中太守,抵御匈奴,很有战功,却因为多报了六个杀敌人数,被削去官爵,后来冯唐向文帝劝谏,于是文帝派冯唐持节去赦免魏尚,重新让魏尚做云中太守。这两句苏轼以魏尚类比自己,希望朝廷能派遣冯唐那样的使者来,给自己委派重任,效力疆场。

⑧ 会:应当,终会。雕弓:雕绘精美的弓。如满月:形容力量很大,能把弓拉开到像满月那样圆。天狼:天狼星,预示侵略,这里指侵扰北宋边疆的西夏和辽国。这三句说,终有一天我会到边疆骑马拉弓,承担起守边卫国的重任。

评析

密州时期,苏轼有意识地开创一种与传统婉约词迥异的风格,即后世评论家所概括的"豪放"风格,前者柔媚深微、要眇婉曲,后者以诗为词、豪放劲健,这首词就是宋词史上的豪放词名作。

熙宁八年(1075)冬天,因为大旱,苏轼到密州的常山去求雨,后来果然下雨,便再去常山祭祀拜谢,返回途中与同事一道围猎,写下这首爱国词,另外还写了《祭常山回小猎》诗。苏轼对这首词很在意,也很得意。他把词寄给一位朋友,在信里说,近来写了一些小词,虽然没有柳永的风味,但"亦自是一家";又提及,数日前到郊外打猎,写了这首《密州出猎》,专门组织了密州的壮士"抵掌顿足而歌之,吹笛击鼓以为节,颇壮观也"(《与鲜于子骏》),充满自豪、自夸的口吻。柳永是比苏轼年长的作词大家,多写男女情爱,擅长白描铺叙,词风柔婉,音律谐美,影响极大。苏轼有意与柳永立异争胜,在题材、手法、意境和音乐效果等方面都具有开拓性。他通过狩猎题材抒发爱国情怀,大量使用典故,用历史上的英雄人物表现自己建功边疆的志向,场面热烈,语言奔放,最后直抒胸臆,勾勒出一个挽弓劲射的英雄形象。全词气势豪雄,境界高远,完全革除了绮罗香泽之态,令人耳目一新。柳永的词一般由歌女演唱、琵琶伴奏,苏轼却请壮士演唱、笛鼓伴奏,营造另一种音乐效果。这些做法都体现出苏轼作词"自是一家"的自觉追求和自信风貌。

苏轼以诗为词,不是要抹杀诗和词的区别,而是为了拓宽词的题材和意境,增强词的艺术表现力,因此他仍然遵循词的艺术规律。这首词上下两片相应位置的用字,尽管平上去入四声不合的较多,但在平仄方面,严守格律。同时期同题材的《祭常山回小猎》诗,偏重叙事,这首词虽然像诗一样多用典故,但偏重内心豪情的倾泻,在抒情性方面比诗更充沛、更生动,表现当时的情绪更为淋漓尽致,可见苏轼充分尊重词之所以为词的个性特征,自觉意识到抒情是词的天职。

望 江 南

超 然 台 作①

春未老②,风细柳斜斜③。试上超然台上看,半壕春水一城花④。烟雨暗千家⑤。

寒食⑥后,酒醒却咨嗟⑦。休对故人思故国,且将新火试新茶。⑧诗酒趁年华。⑨

注释

① 熙宁九年(1076)春天作于密州。超然台:苏轼在去年冬天修葺的亭台,旧址在今山东诸城市北城上,见前面《超然台记》。
② 春未老:春天还没到最后的时节。
③ 斜斜:形容树木枝条微微摆动的样子。唐代韩翃《寒食》诗:"春城无处不飞花,寒食东风御柳斜。"苏轼开头四句在此基础上有引申拓展。
④ 壕:护城河。这句说,护城河里春水初涨,全城到处开满了春花。
⑤ 暗千家:使千家显得暗。这句说,千家万户都笼罩在烟雨之中,显得朦胧幽暗。
⑥ 寒食:自冬至后105天,称为寒食节,又称一百五日、百五节、禁烟节,节日前后三天,家家禁止烟火,只吃冷食,传说是为了悼念被火烧死的介之推。
⑦ 咨嗟(jiē):叹息。
⑧ 故人:老朋友。故国:故乡,家乡。新火:寒食后一日或二日是清明节,唐宋习俗,寒食节不生烟火,清明日再举火,称为新火。新茶:这里指寒食节之前采摘的茶叶,又叫火前茶。这两句说,不要对着老朋友思念故乡,暂

且用清明新火烹煮寒食前采摘的新茶来尝尝吧。寒食与清明前后相连,是扫墓祭祖的日子,宋代风俗,客居外地的人往往登上山冈,遥望祖先墓地而祭拜,容易引起乡思。

⑨ 趁:利用(时间、机会)。年华:年岁,时光。这句说,趁着这美好时光享受品茶、饮酒、作诗的快乐生活。

评析

诗词中写暮春时节,最常见的景象是花飞春去,最普遍的情绪是伤感失落。这首词却一反常态,上片写登台远望中密州春天的景色,春风春柳、春水春花、春烟春雨,春意盎然,笼罩全城人家;下片写由寒食引起的故乡之思,想归乡而不得,只好自我开解,希望趁着春光快乐地生活而暂时得到解脱,表现出深沉的思乡之情和豁达超脱的生活态度。既要直面人生的根本难题,也要抓住当下过好每一天,作者无法完全做到"超然",总处在用理性调节感性的状态中,这才是真实的苏轼,也是完整的人性。

全词朗朗上口,节奏轻快,语言浅显而情感深挚。"望江南"这个词牌,又名忆江南、梦江南、江南好,本来是单调(只有一片),中间的两句七言,以对仗为常见,如白居易《忆江南》中的"日出江花红胜火,春来江水绿如蓝",也有不用对仗的佳作,如温庭筠《望江南》中的"过尽千帆皆不是,斜晖脉脉水悠悠",只有下句内部自对。宋人多增加同样格律的一片,变成双调。苏轼这首词就是双调,结合了前人两种对仗形式,上片的两个七言句,上句"试上超然台上看",是散文句式,与下句"半壕春水一城花"并不对仗,但下句"半壕"对"一城"、"春水"对"(春)花",构成句中自对;下片的两个七言句组成正反对比鲜明的"反对",其中每句内部"故人"对"故国"、"新火"对"新茶",再次句中自对,而且同样的字反复使用,在声律上造成回环往复之美,两句字面和意义都对仗工稳,在结构上非常突出,从而也就突出了全词的主题。这两组句子,第一组写景,第二组抒情,上下照应关联,对偶中有散语,在工整的形式中有流走的节奏和气脉,令人印象深刻。此外,"望江南"词调每片首句第二个字虽然可平可仄,但古人用仄声的居多,苏轼使用的"未""食"(入声字)也都是仄声。可见苏轼作词,尽管追求自成一家,首先还是遵守格律的。

这首词在形式和内容的配合上还有可考究之处。上片的结尾部分,"烟雨暗千家"与前面后半句"春水一城花"的平仄完全一致;下片的结尾部分,"诗酒趁年华"与前面后半句"新火试新茶"的平仄也完全一致。换句话说,每片的结束句,在音律上都是上半句的重复,也即在音律上两句只是一句,在听觉上就是把上半句再唱一次。同时,两句的句意也是相似的,这样就使前后联系紧密、情景交融,歌词的主题思想反复得到强调。

水 调 歌 头

丙辰中秋,欢饮达旦,大醉,
作此篇,兼怀子由①

明月几时有?把酒问青天。②不知天上宫阙,今夕是何年?③我欲乘风归去,惟恐琼楼玉宇,高处不胜寒。④起舞弄清影,何似在人间!⑤

转朱阁,低绮户,照无眠。⑥不应有恨,何事长向别时圆?⑦人有悲欢离合,月有阴晴圆缺,此事古难全⑧。但愿人长久,千里共婵娟。⑨

注释

① 熙宁九年(丙辰年,1076)八月十五作于密州。达旦:到天亮。怀:怀念。

子由：苏轼的弟弟苏辙，字子由。

② 几时：何时，什么时候。把酒：端着酒杯。这两句是问月亮的起源，用了屈原《天问》的意思，化用了李白《把酒问月》的诗句："青天有月来几时？我今停杯一问之。"

③ 宫阙：宫殿，这里指传说中月亮上的广寒宫。这两句是问月亮的年份，意思是不知道天上月亮中的广寒宫，今天晚上是哪一年？唐代小说《周秦行纪》里有"不知今夕是何年"的诗句，苏轼作了化用。

④ 惟恐：只怕。惟，有的版本作"又"。琼楼玉宇：洁白华丽的建筑物，指月中的宫殿。唐代段成式《酉阳杂俎》记载，翟天师曾带着数十个弟子在江边玩赏月亮，天师用手指着月亮作引导，有两个弟子看见月中"琼楼金阙满焉"。不胜寒：经受不住寒冷。传说月宫里极其寒冷。这三句说，我想驾着风回到天上，只怕月宫因为太高而极度寒冷，忍受不了。

⑤ 弄：逗引。这两句说，月宫里寒冷孤独，哪里比得上在人间的快乐，我在月下起舞，清朗的影子也随着舞动，我好像在逗弄身影一样。李白《月下独酌》诗："我歌月徘徊，我舞影零乱。"苏轼化用了他的诗意。

⑥ 朱阁：红色的楼阁。绮(qǐ)户：雕饰华美的门户。无眠：无眠的人，既指不睡的人，也指怀有心事而无法入睡的人。这三句说，月光逐渐转移到朱红的楼阁，低低照进华美的门窗，照着不眠的人。

⑦ 不应：不应该。长：经常，总是。这两句说，月亮应该没有离愁别恨这种人类感情，可为什么总在人们离别的日子里呈现这象征团圆的圆形，来引起人的愁思呢？中唐李贺有诗句"天若有情天亦老"，北宋石延年用"月如无恨月长圆"来对，苏轼反用石延年的句意。

⑧ 这句说，自古以来就没有十全十美的好事。

⑨ 但愿：只愿。婵娟：姿态美好的样子，这里指明月。这两句说，只愿大家都健康长寿，即使远隔千里也可以共同欣赏这美丽圆满的明月。南朝谢

庄《月赋》："美人迈兮音尘阙,隔千里兮共明月。"苏轼化用了谢庄的句子。

评析

　　这首词使用了大量的典故,好像盐溶于水中,溶化无痕,了解典故的人固然可以体会其中的深意,不了解典故的人也能够读懂字面,体现出高超巧妙的用典艺术。语言行云流水,意境高洁空灵,而内涵则丰富深沉。词的小序把写作目的说得很清楚,主要是对月抒怀,兼及怀念弟弟苏辙,身世之感和思念之情都充满了矛盾。上片问青天,突出入世和出世、做官和辞官、进取和退隐的矛盾。苏轼一直有儒家入世为民的志向,宦游各地,造福一方,也具有士大夫勇于担当的精神,却因反对"新法"而遭到排挤甚至陷害,所以内心苦闷迷惘,既向往天上的高远澄澈,又留恋人间的温暖充实,何去何从?心态困惑而犹豫。下片问明月,从思念弟弟联想到人世间的离别,再站在宇宙人生的宏大角度,将天上人间连成一片思考,明白人有悲欢离合与月有阴晴圆缺一样,都是自然规律,人生的不如意、不完美才是生活的本质和常理,揭示人生愿望与人生困境之间的矛盾。全词完整地展现了苏轼思考宇宙、社会、人生的挣扎过程,最终振起一笔,转向更高的思想境界,从个人扩展到人类全体,向世间所有离别的人、不如意的人发出深情的安慰和祝愿,以积极向上的情绪作结束,为士大夫和全体普通人的终极问题探索了新的出路。苏轼一生从未退隐,但他的作品中所表现的人生中的矛盾、困境、抗争却特别真实、深刻、沉重,因此作品中旷达乐观的情怀显得非常深沉低回,容易打动读者。

　　苏轼要"归去"的地方是天上,表明他觉得自己本来就是天上仙人。如果说李白是被人誉为"谪仙",那么苏轼则是自己就有"谪仙"的认同。他在诗歌《中秋月寄子由三首》(其一)里说:"天风不相哀,吹我落琼宫。"直接认为自己是由于某种原因而降落在人世的天上仙人。因此这首词里萌生出人世不如意、回归到天上的愿望。后来的词作《念奴娇·中秋》也说:"便欲乘风,翻然归去,何用骑鹏翼!"再次表达回归天上的愿望。但是,苏轼多想了一层,词意再次转折,天上寒冷凄清,绝非十全十美,人间虽有诸多不如意,但这就是人生的本质,顺生随缘,不如就留在人间。"何似在人间",这是对人世、人生的极度肯定,笔力雄健,情感强烈。"谪仙"尚且如此留恋人世,广大普通人有什么理由不热爱生命、积极生活呢?!

浣 溪 沙①

簌簌衣巾落枣花②,村南村北响缲车③。牛衣古柳卖黄瓜。④
酒困路长惟欲睡,日高人渴漫思茶⑤。敲门试问野人家⑥。

注释

① 元丰元年(1078)初夏作于徐州。这组词共五首,词前有小序,这里选第四首。本年春天干旱,作为知州,苏轼按照本地人的传统,到徐州城东的石潭求雨,不久恰好下了雨,于是又到石潭去谢雨,途中写下这组小令词。
② 簌(sù)簌:形容纷纷坠落的声音和样子。衣巾:衣服和头巾。这是倒装句,意思是枣树的花簌簌地落在衣服和头巾上。
③ 缲(sāo)车:抽茧出丝的工具。缲,同"缫"。
④ 牛衣:给牛保暖用的披盖之物,如蓑衣等,这里指卖瓜的人衣着粗劣。牛衣,有几部宋人的笔记都说见到苏轼的书法真迹作"半依",从这句上下文和苏轼的其他作品看,作"半依"似乎更好。
⑤ 日高:太阳高照。漫思茶:想随便喝点水,用"茶"字是为了押韵。漫,

随便。

⑥ 野人家：村野的人家。

> 评析

　　历代评论家公认，苏轼对词境有多方面的开拓之功。《望江南·超然台作》、《水调歌头》（明月几时有）是朝内心世界的挖掘，《江城子·密州出猎》是朝外在世界的拓展。这组《浣溪沙》是一组描写农村生活的田园词，进一步扩展了词的题材领域。在中国文学史上，田园诗拥有悠久的传统和杰出的成就，田园词则长期付诸阙如，苏轼将缺乏关注的田园题材引入词中，描写充满生活情趣的农村，再一次扩大了词的表现领域。

　　《浣溪沙》五首词多角度地描写了徐州农村的初夏景象和村姑农叟的生活情态。这里选的是第四首，描述作者在乡村的见闻和感受，语言清新浅显，看似平平无奇，实则准确传神，富有奇趣。比如上阕，首句的意思，应该是"枣花簌簌落衣巾"，作者倒装成"簌簌衣巾落枣花"，一方面是为了押韵，另一方面也是为了突出人的感受。先写某物簌簌坠落的声音和情状，低头一看，落满了衣服，仔细审视，发现是枣花，先有感官上的知觉，后有心理上的领会。这是一种感官优先的描写手法，最早的典范出自《春秋·僖公十六年》的记载："陨石于宋五……六鹢退飞，过宋都。"这种感官优先的描写方法，展现了一种从感性到理性的延展过程，使得行文简洁，而且突出了对象的特征，引起了读者的兴趣。次句捕捉事物的声音，写村子里到处都响起缲丝车缲丝的声音，点到即止，通过声音表现画面以外的内容，故意留白，留给读者去想象、补充、完成全部场景。末句将镜头对准依柳卖瓜的田农，静中有动。上阕移步换景，画面极富层次感，呈现一派欣欣向荣的乡村景象。下阕写谢雨途中行路的辛苦，以敲门求水解渴作结束，为民造福的路上向民乞浆,见出良好的官民关系,敲门声在回响,词的韵味在延长。全词使用白描的笔法,通过勾勒外形、摹写声响、添加颜色、交代心理,将景、人、情结合起来,展现乡村的繁忙淳朴风貌,也蕴含着作者对自己治理业绩的愉悦,笔调轻松,意味隽永。

永 遇 乐

徐州夜梦觉,登燕子楼作①

明月如霜,好风如水,清景无限。曲港②跳鱼,圆荷泻露,寂寞无人见③。纮如三鼓,铿然一叶,黯黯梦云惊断。④夜茫茫,重寻无处,觉来小园行遍。⑤

天涯倦客,山中归路,望断故园心眼。⑥燕子楼空,佳人何在?空锁楼中燕。⑦古今如梦,何曾梦觉,但有旧欢新怨。⑧异时对、黄楼夜景,为余浩叹。⑨

注释

① 元丰元年(1078)秋天作于徐州。燕子楼:旧址在徐州州衙内。中唐张建封的儿子张愔(yīn),镇守徐州,修筑此楼,让家妓关盼盼在里面居住,盼盼体态美好,擅长歌舞。张愔死后,盼盼感念旧爱而不嫁人,继续在楼里居住了十多年。宋人多以为盼盼是张建封之妓,苏轼也沿袭这个误解,其实盼盼是张愔之妓。词序一作"彭城夜宿燕子楼,梦盼盼,因作此词"。彭城是徐州的别称。这首词先写梦和夜景,再写往寻燕子楼并抒发感慨,而且

燕子楼古迹未必能住宿,因此"徐州夜梦觉,登燕子楼作"与词意更为吻合。

② 曲港:这里指曲折的水池。

③ 这句说,夜深人静,美景无人来欣赏。

④ 紞(dǎn)如:形容击鼓的声音。三鼓:报告三更天的鼓声。铿(kēng)然:形容声音清脆。黯(àn)黯:沮丧心伤的样子。梦云:借用宋玉《高唐赋》"旦为朝云,暮为行雨"的故事,指梦见美女盼盼。这三句说,三更鼓声传来,一片树叶落地,这些声音一起惊醒了我的梦,让我黯然神伤。

⑤ 觉来:醒来。这三句说,醒来之后,回味梦境,重新寻找,但夜色茫茫,走遍小园,也找不到与梦境相似的地方。

⑥ 天涯倦客:指苏轼自己。天涯即天边,指遥远或偏僻的地方。故园:故乡。这三句说,自己远离家乡、客居天涯,早已对宦游感到厌倦,渴望踏上归乡的山路而不得,所以总是心系故园,望眼欲穿。

⑦ 佳人:指盼盼。这三句说,燕子楼空空荡荡,盼盼早已不在,旧迹空留,只剩下锁在空楼里的燕子。

⑧ 古:指唐代燕子楼的情事。今:指作者在徐州的事情。梦觉:从梦中醒来。但有:只有。这三句说,古代和现在的事情都像梦一样,但从来没有人从梦中觉醒,新旧的事情交替登场,其实没有本质的不同,都只是执着于恩怨悲喜之情。

⑨ 异时:他日,以后。黄楼:苏轼在徐州率领军民抗洪救灾,保境安民有功,元丰元年(1078)正月,神宗下诏予以嘉奖,苏轼为此在徐州城东门修建楼台,九月落成。楼用黄土涂饰,苏轼取以土克水的意思,命名为黄楼,并常常登临。浩叹:长叹,大声叹息。这两句说,以后的人们面对黄楼的夜景,也会为我发出叹息,就像我今晚面对燕子楼而感叹一样。

评析

  这首词的写景和抒情都反复转折,愈转愈深。上阕开头写景,明月朗照,皎洁如白霜,晚风吹拂,像水一样轻柔。弯弯的荷池中,鱼儿跳出水面,圆圆的荷叶上,露珠随风泻落。这里有无限的清丽景色,然而夜深人静,无人来欣赏美景,景也寂寞,我也寂寞。忙忙碌碌中,我们错失了多少良辰美景!六句话一气贯注,景象清雅。忽然笔锋一转,用更鼓声和叶落声打破幽静,也惊醒幽梦,读者这才发现前面的清景只是梦中所见燕子楼的景象。接着写梦醒后重新寻找梦中所见却一无所获,怅然若失。前九句将梦幻当作真实,写得生动逼真。末三句将真实当作梦幻,写得迷茫恍惚。上阕回忆梦中情景,下阕醒后抒怀,从梦境回到现实,从历史转到眼前,从古人想到自身,抒发生活中的倦怠感和思念故乡的深情,又从燕子楼的人亡楼空推及人生和宇宙,发出古今同梦、无人梦觉的长叹。最后两句又推进一层,从古迹燕子楼转到新修黄楼,设想后人面对黄楼凭吊自己,也如同自己今日面对燕子楼凭吊盼盼。东晋王羲之《兰亭集序》写道:"后之视今,亦犹今之视昔,悲夫!"苏轼更具体地呈现历史长河之梦,在过去、现在和未来一线贯通的时间穿梭中,比"人生如梦"翻过一层,道出更深的哲理:人生、历史都只是一场梦,我们当下所经历的一切不过是梦中之梦,新旧欢怨貌似交替登场,其实并无本质的不同,每个人都是自己欲望的囚徒,只有超脱于功名利禄、爱恨情仇这些外在指向性的追求和满足,才能洞察古今同梦的实质,跨越欲望的牢笼,获得主体心灵的自由。

  苏轼的诗词里经常有"人生如梦""万事到头都是梦"的感慨,但并不显得消沉。这首词熔事件、景物、情感和哲理于一炉,抒情细腻深折,笔法空灵蕴藉,情调柔婉中带有清旷,思想沉郁中带有超脱,这跟词中巨大的宇宙背景大有关系。燕子楼承载着古人的情事,连接着过去和现在,黄楼标记着今人的功业,连接着现在和未来。时间的推移表现为空间的转换,时间的后果变成空间的后果,漫长的历史长河被压缩成两座并置的小楼。通过时间空间化,可以立足空间、换取时间,抵抗时间的线性飞逝和存在的虚无。尽管人生如梦,但仍不妨探寻生命的实在。这是一种富有创造力的"空间诗学"。

卜 算 子

黄州定惠院寓居作①

缺月挂疏桐,漏断人初静。②谁见幽人独往来?缥缈孤鸿影。③惊起却回头,有恨无人省。④拣尽寒枝不肯栖,寂寞沙洲冷。⑤

注释

① 作于元丰三年(1080)二月到五月之间。定惠院:寺院名,旧址在黄州东南,苏轼于二月到达黄州贬所,暂时居住在这里,五月搬到临皋亭。惠,一作"慧",含义相同。寓居:寄居,暂时借住。

② 缺月:不圆的月亮。漏断:漏壶里的水减少,仿佛断了,指夜深。"漏"指漏壶,古代的一种计时器,里面插入标杆,装上水,标记刻度,用来指示时刻。这两句说,残月挂在稀疏的梧桐树间,漏声断绝,已是夜深时分,四周没有人声,异常安静。

③ 幽人:出自《周易》,原指隐逸的人或被囚禁的人,但苏轼在黄州完成的《东坡易传》解释为德才兼备却不得志的人,据此,这里指失意怨愤的人,是苏轼自指,符合苏轼被贬谪的身份,也与下文的"有恨"相呼应。缥缈:高远

隐约的样子。这两句说,没有人注意到一个幽愤的人在静夜里独自徘徊,这时飞过一只孤单的鸿雁,影子高远而隐约。

④ 省(xǐng):知道,懂得。这两句说,孤鸿突然受惊飞起,却又回过头来,心里有怨恨,却无人知晓。

⑤ 拣:选择,挑选。栖:栖息。这两句说,孤鸿挑尽寒凉的树枝都不肯栖息,甘愿寂寞地歇宿在凄冷的沙洲上。从逻辑的角度说,否定命题总预先假设着肯定命题,鸿雁没有栖息树枝的习性,苏轼却说孤鸿始终不肯在舒适的树上栖息,就等于说它本来可以栖、随便栖而此时忽然"不肯栖",突出了孤鸿对寂寞凄冷环境的主动抉择,是为了表现它的高洁不屈。诗人词人常用这种看似废话、实则意蕴深曲的方法。如果从正面直说,就缺乏这种意味。

评析

"乌台诗案"是一场震动朝野的文字狱,苏轼受到皇帝特别的责罚,被贬谪到黄州,心里自然是失意、委屈、怨愤的。到达黄州的初期,这种感觉尤其强烈。这首词就通过选择深夜小院中所见的景色来塑造自我形象,宣泄愁闷孤独的情绪,表现孤高自许、坚贞自持、蔑视尘俗的情操,是比兴词中的神品。

上阕写幽人,用孤鸿作衬托,无人注意幽人,只有孤鸿见到人来。苏轼诗词中的"幽人"主要有两类:一类是幽居不出的人,如前面《法惠寺横翠阁》"幽人起朱阁","幽人"指僧人,《十月二日初到惠州》"会有幽人客寓公","幽人"指隐居的高洁之士;另一类是含冤幽愤的人,如与本词作于同一地点、同一时段的《定惠院寓居月夜偶出》"幽人无事不出门",同样作于黄州的《过江夜行武昌山上,闻黄州鼓角》"幽人夜度吴王岘",以及晚年贬谪海南的《吾谪海南,子由雷州,被命即行,了不相知,至梧,乃闻其尚在藤也。旦夕当追及,作此诗示之》

"幽人拊枕坐叹息",都是切合贬谪身份的。《周易》的《履》卦说:"履道坦坦,幽人贞吉。"《归妹》卦说:"眇能视,利幽人之贞。"其中的"幽人",流行的解释是幽隐之人,苏轼在黄州完成的《东坡易传》则解释为德才兼备却不得志的人,这是他谪居期间心态的投射。这首词中,夜深人静、月挂疏桐之时独自往来的幽人,正是苏轼的自我认知,既苦闷孤独,又清高自怜。

下阕承接"孤鸿影"而来,专写孤鸿,托物寓人。孤鸿即幽人,幽人即孤鸿,二合为一,都是作者的化身。上阕是孤鸿见幽人,下阕则是幽人看孤鸿。苏轼早年的《和子由渑池怀旧》诗说"人生到处知何似?应似飞鸿踏雪泥",用"雪泥鸿爪"比喻人生的偶然短暂和缥缈虚幻,人在巨大的时空中显得渺小无力。这首词中的孤鸿内心活动丰富,强调了人对于外在环境的主动抉择。同样作于黄州的《正月二十日,与潘、郭二生出郊寻春,忽记去年是日同至女王城作诗,乃和前韵》"人似秋鸿来有信",用秋鸿南飞比喻生活的圆转往复,是人对自然规律的把握和顺应。晚年的《次韵法芝举旧诗一首》"春来何处不飞鸿",则已经实现了人生主体对巨大时空的超越。人似鸿雁,鸿雁似人,从鸿雁前后寓意的变化,可以看出苏轼人格心理和人生思考的逐渐深入和成熟。而现在,他在初到黄州的时候,虽然怨愤孤独,但并未心志紊乱,而是保持清醒和理性,就像孤鸿一样,宁愿到凄冷的沙洲上寂寞歇宿,也不愿在违背本性的树上栖息。越是身处逆境,越要高度肯定自我的价值,做自己的主人,不屈服于外在压力,不违背自己的志愿。

水　龙　吟

次韵章质夫杨花词①

似花还似非花,也无人惜从教坠。②抛家傍路,思量却是,无情有思。③

萦损柔肠,困酣娇眼,欲开还闭。④梦随风万里,寻郎去处,又还被、莺呼起。⑤

不恨此花飞尽,恨西园、落红难缀。⑥晓来雨过,遗踪何在?一池萍碎。⑦春色三分:二分尘土,一分流水。⑧细看来、不是杨花,点点是离人泪。⑨

注释

① 元丰四年(1081)春末夏初作于黄州。次韵:依次用他人或自己诗词的原韵写作。章质夫:章楶(jié),字质夫,浦城(今属福建)人,当时任荆湖北路提点刑狱。杨花:柳絮。元丰四年春夏之交,章楶给苏轼写信,告诫他要宁静谨慎以处忧患,并附上一首《水龙吟·杨花词》。苏轼回信表示感谢,称赞章楶"《柳花词》绝妙",使人难以为继,并寄上自己的次韵词,就是这一首。苏轼在信里强调,柳花飞时,章楶外出巡视按察,自己这首词就是想象章楶的侍妾在家里"闭门愁断"的情景,让章楶不要给别人看到。"柳花"一指柳树在初春开的花,呈鹅黄色,一指柳树在春末夏初结的子,有白色绒毛,像棉絮,称作柳絮或柳绵(棉),柳絮又叫杨花。

② 从教:任凭。这两句说,柳絮像花又不像花,也没有人怜惜,任凭它坠落飘散。

③ 有思:有情思。诗词中的"思"作名词时读去声。这三句说,柳絮离开树枝,落在路边,仔细考虑,柳絮看似无情,其实自有它的情意愁思。杜甫《白丝行》诗:"落絮游丝亦有情。"韩愈《晚春》诗:"杨花榆荚无才思,惟解漫天作雪飞。"苏轼正用杜甫诗意,反用韩愈诗意。

④ 萦(yíng):缠绕牵挂。柔肠:比喻柔软细长的柳枝。困酣:非常困倦。娇眼:比喻嫩绿的柳叶。这三句说,柳絮愁思萦绕,损伤了它娇柔的柳枝,仿

佛思妇因别离思念而损伤了柔肠,柳絮非常困倦,嫩绿的柳叶想张开又闭上,就像思妇的娇眼,因离愁而困倦迷离。

⑤ 郎:女子的丈夫或意中人。这三句说,杨花飘坠,犹如思妇在梦里随风飘到万里之外,追寻郎君的去处而不得,又被黄莺的啼声惊醒而起。唐代金昌绪《春怨》诗:"打起黄莺儿,莫教枝上啼。啼时惊妾梦,不得到辽西。"五代顾敻(xiòng)《虞美人》词:"玉郎还是不还家,教人魂梦逐杨花,绕天涯。"苏轼化用了这两篇作品的构思和词句。

⑥ 西园:三国曹魏邺都(旧址在今河北大名东北)的西园(铜雀园)是皇帝和文学侍从官员宴会、游赏的地方,后来泛指游赏的园子。落红:落花。缀:连缀,连接。这两句说,感到遗憾的不是杨花飞尽,而是花园里百花凋落,落花再也不能连接上枝头。

⑦ 一池萍碎:苏轼自注:"杨花落水为浮萍,验之信然。"古代流行杨花落水化为浮萍的说法。这三句说,早晨一场雨过后,不见了杨花的踪迹,它在哪里呢?已化成一池细碎的浮萍。

⑧ 这三句说,杨花所代表的春色,如果可以分成三份的话,那么两份归于尘土,一份归于流水。春色三分:北宋中期叶清臣《贺圣朝》词:"三分春色,二分愁闷,一分风雨。"苏轼从这里化出,而韵味更为深远。

⑨ 离人:离别的人。按照《水龙吟》词调的格律,结尾应该标点为"细看来不是、杨花点点,是离人泪",但句意不够醒豁。这两句说,仔细看来,那水中的浮萍并不是杨花,点点滴滴都是离人伤心的眼泪。

评析

这是一首专门描写柳絮的咏物词,上阕写它飘忽不定的遭遇,见出惜春之心;下阕写它风雨过后的归宿,点明伤春之情。苏轼在与章质夫的信里专门解释,柳花飞时,章楶外出巡视按察,自己的次韵词就是想象章楶的侍妾在家里"闭门愁断"的情景,然后铺写其中的意态。他采用拟人手法,将咏物、写人和言情巧妙地结合起来,抓住柳絮最根本的外形和运动特征集中描写,赋予杨花生命,使之具有思妇的感情,可谓见性传神。开头两句即把杨花当作女性来写,像花又"非花",描摹柳絮的外形准确切当,其他花无法移用。人皆爱花惜花,但谁会爱惜不像花的杨花呢?全词就围绕"惜"字生发。"抛家"三句承接"坠"字,总写柳絮飘落无归的状态,"萦损"三句承"有思"而来,通过思妇形象,分写柳絮忽上忽下的动态,"梦随风"三句,继续展开思妇故事,补写柳絮忽往忽还的遭遇,前后绾合,物性与人情熔于一炉,浑化无迹。下阕追寻杨花的踪迹和归宿,利用杨花落水为浮萍的说法,表明它不仅结局悲惨,而且变为浮萍后仍然摆脱不了飘荡无依的命运,真是悲惨至极,因此末尾将细碎浮萍比喻为离人眼泪就显得自然而然,而且再次归结到思妇,由思妇的点点泪珠,幻化出空中的纷纷柳絮,惜春伤春的深情绵绵不绝。苏轼自身贬谪流落的情怀也寄寓其中,难怪他让章楶不要把这首词给别人看。

除了拟人法,全词在章法句法上也很高妙。"思量却是,无情有思"引出下文六句,一气贯注,以思妇比拟杨花,在人与花、花与梦的两相重合、难辨难分中纵情体物,然后用黄莺的啼声唤起思妇、招回梦魂、召回杨花,纵收自如。换头处,用"不恨"与"恨"稍作延宕转折,接着又用六句铺写杨花的遗踪,纵笔直下,一往情深。结尾节奏减缓,暮春时节飘散空中、坠落地面、落入池中的万点柳絮,在惜春人看来,已然变成离人的眼泪,真是愈转愈奇,画龙点睛。作者将相反的两样事物并列在一起,如似花与非花、无情与有思、开与闭、梦寻郎处与被莺呼起、不恨与恨、不是与是,等等,一再顿挫,感情郁结深沉。全词用典丰富巧妙,声韵和谐婉转,情调幽怨缠绵,在咏物抒情的艺术上达到很高成就。

定 风 波

三月七日,沙湖道中遇雨。雨具先去,同行皆狼狈,余独不觉。已而遂晴,故作此①

莫听穿林打叶声,何妨吟啸且徐行。②竹杖芒鞋轻胜马,谁怕?一蓑烟雨任平生。③

料峭春风吹酒醒,微冷,山头斜照却相迎。④回首向来萧瑟处,归去,也无风雨也无晴。⑤

注释

① 元丰五年(1082)三月作于黄州。沙湖:沙湖镇,又叫螺蛳店,在黄州黄冈县东南三十里,苏轼打算在那里买田地,因此前往考察。雨具先去:指携带雨具的随行人员先出发了。狼狈:非常窘迫。已而:过了一会儿。遂:就。此:这首词。

② 穿林打叶声:穿过树林、打在树叶上的风雨声。何妨:不妨。吟啸:一边吟咏诗词一边呼啸,形容意态潇洒。徐行:慢慢行走。这两句说,不要理会那些穿林打叶的风雨声,不妨一边吟咏长啸,一边悠闲行走。

③ 竹杖:竹子做的手杖。芒鞋:泛指草鞋。蓑(suō):蓑衣,用草、棕榈等植物制成的遮雨衣服,这里用作特殊的量词。"一蓑烟雨"指一件蓑衣足以遮挡的雨量,即不太大的雨。任:任凭,听凭。这三句说,拄着竹杖,穿着草鞋,比骑着马还要轻便利落,我这一生都是在风雨中行走,早已习惯,任其自然,不必害怕。

④ 料峭(qiào):形容春风微带寒意。斜照:斜阳。这三句说,料峭的春风将

我的酒意吹醒,稍微有点寒冷,但雨过天晴,山头的斜阳热情迎接我。
⑤ 向来:刚才。萧瑟:草木在风雨中摇动的声音。这三句说,回头看一眼刚才遇到风雨的地方,我将信步归去,既无所谓风雨,也无所谓天晴。

评析

这首词最明显的手法是双关,句句都是眼前实景,句句也都是平生遭遇和心态的写照。上阕写出行途中偶然遇上风雨,道出人生惯经风雨、不怕坎坷的旷达超脱的胸襟。下阕写雨过天晴、斜阳伴随,表明自己对待晴雨变化的态度,表现超然物外、无所计较的人生追求。

包括词序在内的整首词有三个关键词:不觉、谁怕、归去。与苏轼之前经历的暴风雨相比,这次的小风雨不算什么,同行人员被雨淋得狼狈不堪,他却浑然不觉,从容地在雨中漫步。联想到政治上的打击和人生中的逆境,他态度鲜明地表示:"谁怕?"这两个字更像是对给予他特别责罚的神宗的回答和挑战。苏轼此时已年近半百,被贬黄州已三年,而神宗才三十多岁,对苏轼刻薄寡恩,谁也没料到神宗会在几年后突然去世,因此苏轼不仅处境艰难、归隐不得,而且前途渺茫,但他毫无畏惧。风雨无惧,是否雨过天晴、时来运转就会喜悦?也不是。苏轼将晴雨一笔抹去,这些外在遭遇,无论怎样变化,都只是过眼云烟,只要超脱于外在的晴雨、得失、荣辱,就不会有患得患失的困扰,进而摆脱世俗牵绊,获得明净宁静的心灵,找到纯粹的精神原乡,所以词的末尾轻松地吟啸着"归去"。如果斤斤计较于晴雨顺逆,就会一步步陷入争夺、算计、悲喜的旋涡,往而不复,最终随波逐流,沉溺其中而不能自拔,自己成为自己的敌人而不是主人。

"一蓑烟雨"的用法也值得玩味。有人解释为"披着一件蓑衣在烟雨中行走",但词序明确说了"雨具先去",又哪来蓑衣?唐末郑谷《试笔偶书》诗:"殷勤一蓑雨,只得梦中披。"天公深情落下的是"一蓑雨",诗人梦中被覆盖的也是"一蓑雨",这就是一场雨,"一蓑雨"表示一件蓑衣足以遮挡的雨量,即不太大的雨,"蓑"在这里临时作量词用。由于蓑衣、蓑笠是隐士式渔翁的标志,因此"一蓑雨"往往被用来表现悠闲、超旷的襟抱,苏轼的"一蓑烟雨"也是这样的用法。"一场雨"只是客观的说明,"一蓑雨"则给雨赋予了主观色彩,在表现逍遥洒脱的感情时常常被使用。

浣 溪 沙

游蕲水清泉寺。寺临兰溪,溪水西流①

山下兰芽短浸溪②,松间沙路净无泥。萧萧暮雨子规啼③。
谁道人生无再少?门前流水尚能西。休将白发唱黄鸡。④

注释

① 元丰五年(1082)三月作于黄州。蕲(qí)水:北宋蕲州蕲水县,今湖北浠水县,与黄州黄冈相邻。清泉寺:蕲水县的著名寺院,在县城郊外二里左右,位于凤栖山下,始建于唐代贞元六年(790),因掘地得到清泉,故名清泉寺。临:面对。兰溪:河流名,在蕲水县西边,向西南流入长江。北宋《太平寰宇记》记载:"兰溪水源出箬竹山,其侧多兰。"
② 山:指凤栖山。兰芽:兰草的嫩芽。浸:泡在水中。
③ 萧萧:这里形容雨声。暮雨:傍晚的雨。子规:杜鹃鸟的别名,又叫杜宇,传说是古代蜀国国王望帝杜宇的魂魄所化,叫声凄切,在诗词中常用来抒发悲苦愁怨的情绪。唐代刘禹锡《后梁宣明二帝碑堂下作》有"暮雨萧萧

闻子规"句,渲染后梁国君陵园的寂寞荒凉景象,苏轼由此化出,是为了反衬傍晚环境的幽静,与通常的用法不同。同样作于这次蕲水县之行的《西江月》,末尾说"杜宇一声春晓",也没有愁苦之情,而是为了突出春晓之景、春天之美。

④ 无再少:不能再次年轻。南宋人的注释引用"古诗"说:"花有重开日,人无再少年。"尚:尚且。休:不要,不必。白发:指年老。黄鸡:黄鸡催晓,形容时光飞逝、人生短促。出自唐代白居易《醉歌》:"罢胡琴,掩秦瑟,玲珑再拜歌初毕。谁道使君不解歌?听唱黄鸡与白日。黄鸡催晓丑时鸣,白日催年酉前没。腰间红绶系未稳,镜里朱颜看已失。玲珑玲珑奈老何!使君歌了汝更歌。"苏轼反用前人的诗意,这三句说,谁说人生不能再次年轻?寺院门前的流水尚且能向西流,因此不必悲叹时间快、头发白、年纪老。

评析

这首小令描写郊游的所见所感,抒发了享受自然、热爱生活、旷达向上的人生情怀,语言清新自然,感情豪迈乐观,历来为人传诵,但很少有人注意到它与地质环境以及身体健康的关系。

上阕白描写景,勾勒出暮春时节游览清泉寺感受到的幽雅洁净的景致,用字在自然中带有深意。杜甫《中丞严公雨中垂寄见忆一绝奉答二绝》(其二):"何日雨晴云出溪,白沙青石先无泥。"白居易《三月三日被禊洛滨》:"柳桥晴有絮,沙路润无泥。"苏轼则说"松间沙路净无泥"。同是写下雨使得道路无泥,用字各有妙处。杜诗用"先","先"一作"洗",突出了雨水对青石的冲刷。白诗用"润",抓住洛水河边柳下沙路质地软润的特点,写出了沙路被春雨一滴滴浸润之后平坦、柔软而略微湿润的动态过程。黄冈、蕲水一带,多见平缓起伏的砂岩丘陵,山坡上生长着大片马尾松林,苏诗用"净",抓住山间松树下沙石路质地硬朗的特征,写出了沙路坚实、清新、洁净的状态,寄寓内心的明净,也切合追求明心净慧的佛教寺院的氛围,融合了自然地貌、宗教智慧和内心体验。

  下阕即景抒情,催人自强的豪情与苏轼旅途中的疾病初愈有关。江河东流,是中国山川地理的基本走势,因此西流的江水容易触发别样的情绪。熙宁六年(1073)中秋,苏轼观赏钱塘江大潮,看到海潮上涨,迫使江水随着潮水西流,就在《八月十五日看潮五绝》(其三)里说:"造物亦知人易老,故教江水向西流。"那时他还年轻,只是政治上不得志,因此从大自然让江水西流想到自己未来应该还有机会,感慨深沉。这首词却是直接驳倒前人旧说,大声呐喊,连用三个情态动词,"谁道"表示反问,"尚能"表示肯定,"休将"表示否定,意思层层递进,态度明确强烈,气势前激后涌,分明是不服输、不伏老的高声宣言。此时他已年近半百,在"乌台诗案"中死里逃生,被贬谪到淮南西路的下等州黄州,生活困苦,前途渺茫。但绝望的处境反而激发起苏轼的抗争勇气和生活热情。他感到可能要在黄州长期安置,因此于元丰五年(1082)三月初前往沙湖考察田地,打算购买。这里与蕲州蕲水县交界,名医庞安时(字安常)等人前来相会。不料苏轼手臂肿痛,庞安时就把他接到自己在蕲水县麻桥的家里,住了几天,用针法治愈了苏轼的病痛。随后,他们一起到蕲水县城郊外的清泉寺游玩。旅途中臂痛初愈的苏轼一身轻松,大有绝处逢生之感,江水西流启迪了他的灵感,不由得唱出青春复来、老当益壮的欢歌。分析词中的思想情感,不能忽略背后疾病与隐喻之间的关系。

念 奴 娇

赤 壁 怀 古①

  大江东去,浪淘尽、千古风流人物。②故垒西边,人道是、三国周郎赤壁。③乱石穿空,惊涛拍岸,卷起千堆雪。④江山如画,一时多少豪杰!⑤

遥想公瑾当年,小乔初嫁了,雄姿英发。⑥羽扇纶巾,谈笑间、樯橹灰飞烟灭。⑦故国神游,多情应笑我,早生华发。⑧人生如梦,一尊还酹江月。⑨

注释

① 元丰五年(1082)七月作于黄州。赤壁:这里指赤鼻矶,又名赤鼻山,在黄州州治黄冈西边的长江岸边。长江中游一带,叫"赤壁"的有五个地方,三国时期赤壁之战的发生地,学术界有不同说法,一般认为旧址在今湖北嘉鱼。苏轼在黄州游览的是赤鼻矶,当地人以讹传讹,误传为三国赤壁。怀古:思念古代的人物和事件。

② 大江:古代特指长江。淘:冲刷。风流人物:英俊潇洒的杰出人物。这两句说,长江滚滚向东流去,千百年来,所有的英雄豪杰都被汹涌的波浪冲刷掉了。

③ 故垒:古代的营垒,指黄州州城东边的历史遗迹邾(zhū)城,又称女王城、永安城,苏轼常去游览,州城西侧的长江和赤鼻矶正位于邾城旧址的西面。周郎:周瑜,字公瑾,赤壁之战中孙权、刘备联军的主要指挥者,建安三年(198)出任孙吴的建威中郎将时才24岁,吴中都叫他为"周郎"。这两句说,在古城遗址的西边,人们都说这是三国时周瑜打败曹操的赤壁。

④ 穿空、拍岸:有的版本作"崩云""裂岸"。雪:比喻白色的浪花。这三句说,岸边乱石高耸峻峭,像要刺破天空,水中震慑人心的波涛拍打着江岸,激荡起千万堆雪白的浪花。

⑤ 这两句说,这江河山岳如同一幅壮美的画卷,周瑜那个时代一时间涌现出许多英雄豪杰。

⑥ 当年:正当壮年,指少壮之时。小乔:东汉末年的名臣桥玄有两个女儿,

人称大桥和小桥,容貌绝美,大桥嫁给孙策,小桥嫁给周瑜,"桥"姓后来被改作"乔"。初嫁:刚嫁过来。建安四年(199),25岁的周瑜攻下皖县(今安徽潜山),娶了小乔。雄姿:雄壮的身姿。《三国志·周瑜传》记载周瑜"长壮有姿貌"。英发:神采焕发。这三句说,遥想周瑜,正当少壮之年就担任建威中郎将,小乔又刚嫁过来,他真是春风得意,身姿雄壮,神采焕发。还有一种解释说,"当年"指昔年、那个年头,赤壁之战时,小乔已经嫁给周瑜十年,这里用"初嫁"是剪接手法,为了突出周瑜少年英才、风流倜傥的形象。

⑦ 羽扇:用长羽毛制成的扇子。纶(guān)巾:用青色丝带做的头巾。手持羽扇,头戴纶巾,多用来形容儒雅潇洒的风度。谈笑:有的石刻文献作"笑谈",不合格律,这里的声调应该是平仄而不是仄平。樯橹(qiáng lǔ):代指船只。"樯"是船桅杆,"橹"是比船桨大的划船工具。"橹"本来写作"艣"。"樯艣",通行的版本作"强虏","虏"是古代对北方外族的蔑称,魏蜀吴三国都不是外族,"强虏"不符合赤壁之战的史实,是南宋人误改,大概是受到了宋金战争的影响。"艣"字不常用,有些晚出的书就改成了常见的"橹"字,读音和含义都一样。这里参考王兆鹏教授的考证成果,根据传世苏轼、黄庭坚的书法材料和宋代文献,判定作"樯艣"。李白《赤壁歌送别》诗:"二龙争战决雌雄,赤壁楼船扫地空。烈火张天照云海,周瑜于此破曹公。"苏轼化用了他的诗意。这两句说,周瑜指挥作战时手持羽扇,头戴纶巾,一派优雅潇洒的儒将风范,利用火攻,谈笑之间,就让曹操的战船在火光中灰飞烟灭了。

⑧ 故国:旧地,指赤壁古战场。神游:心神畅游。华发:花白的头发。这三句说,心神畅游于古战场,如果遇见周瑜,他一定会笑我太多愁善感,以至于早早就长出了白头发。

⑨ 人生:有的版本作"人间"。尊(zūn):古代酒器,泛指杯盏。酹(lèi):把酒

浇洒在地上,表示祭奠。这两句说,人生就像一场梦,且洒一杯酒献给江上的明月,与月亮同醉吧。

评析

这首怀古词是英雄的赞歌,也是志士的呐喊。

建安十三年(208)的赤壁之战为三国鼎立的局面奠定了基础,影响深远。三方的代表人物都称得上英雄豪杰,而起关键作用的都是古人所说的少年英雄,其中周瑜34岁,孙权27岁,鲁肃37岁,诸葛亮28岁,他们一起打败了54岁的曹操。尤其是周瑜,少年得志,英俊潇洒,又娶得国色女子,英雄配美人,在赤壁之战中指挥孙刘联军以少胜多,名震天下,代代相传,令人倾慕不已。被贬黄州的苏轼已40多岁,当他听人指点说赤鼻矶一带就是当年的"周郎赤壁",不由得感慨万千。上阕描绘壮美的山川景象,引出对创造辉煌功业的众多英雄的缅怀,以长江实景比喻历史长河,用雄壮景色烘托风流人物,时空广阔,气势恢宏。下阕集中描写周瑜少年英雄的形象,先用小乔初嫁勾勒周瑜正当壮年、风流倜傥的勃发雄姿,再用便服装束、谈笑破敌渲染他指挥若定的儒将风范,表现出对周瑜的由衷追慕之情,最后回顾平生,对比古今,抒发自己年近半百却壮志未酬的郁闷和愤慨。对不凡的历史如此多情,说明作者有不凡的志气。因此,结尾"人生如梦"的感慨只是表达失意的无奈,并不消沉,在与历史、自然的对话对饮中透露出奋发有为的豪情壮志,一股绝不泯灭的志气在持续流动,如同滔滔不绝的江水。

传统词作多写伤春悲秋、男女情愁,苏轼处理赤壁之战这种史诗般的重大题材和主题,需要寻找新的语言形式。在词中,"浪淘尽""小乔初嫁了""羽扇纶巾""故国神游"等句的节拍节奏就和"念奴娇"词调通常的格式不一样。"一时多少豪杰""遥想公瑾当年""一尊还酹江月"这三句的平仄也与正格(定格)不同,形成拗句,声调引人注意,而在结构上恰好有总结或领起的作用,位置重要,拗峭的声调也帮助营造了全词郁勃不平的情绪。在押韵上,苏轼选择入声韵,与豪壮苍凉的情感相适应,而韵部则物、锡、薛、月多部通押,让形式为内容服务,通过改革音乐格律来提高词的表现力。这首词在格律上属于"念奴娇"词调的"变格",但由于它巨大的艺术成就和广泛影响,很多词人都依照它的格律写作,甚至直接次韵追和,以至于人们用词中"大江东去""酹江月"等词句作为"念奴娇"词牌的别名。

临 江 仙

夜 归 临 皋①

夜饮东坡醒复醉②,归来仿佛三更。家童鼻息已雷鸣③。敲门都不应,倚杖听江声。

长恨此身非我有,何时忘却营营。④夜阑风静縠纹平⑤。小舟从此逝,江海寄余生。⑥

注释

① 元丰六年(1083)四月作于黄州。临皋:临皋亭,在黄州城南面的长江边上,是公家的水路驿站,苏轼全家刚到黄州,先借住在定惠院,不久搬入临皋亭,后来苏轼搬到东坡雪堂,但家眷仍住在临皋亭,因此他常往来于东坡和临皋亭之间。

② 东坡:本是黄州城东门外的山坡上一块废弃的营地,苏轼经过批准,带领

全家在这里开荒种地,因仰慕白居易在忠州(今重庆市忠县)东坡垦地种花之事,所以把这里命名为"东坡",随后在东坡的山腰上建造了一座房舍,叫作"雪堂",又叫"东坡雪堂"。

③ 家童:家里的仆人。鼻息:熟睡时的鼾声。这句说,家里的仆人早已熟睡,打鼾的声音像雷声一样轰鸣。

④ 恨:遗憾。此身非我有:这个躯体不属于自己所有,指自己不能主宰自身。营营:纷扰忙乱的样子,指为求名利而忙碌算计。这两句说,总是为自己不能主宰自身而深感遗憾,什么时候能不再追名逐利,忙碌算计。

⑤ 夜阑(lán):夜深。縠(hú)纹:形容水的波纹微小,像有皱纹的纱。縠,有皱纹的纱。

⑥ 这两句说,从此乘小船远去,泛游江河湖海度过余生。这里化用了《论语·公冶长》记载孔子的话:"道不行,乘桴浮于海。"

评析

元丰六年(1083)四月十一日,苏轼的好朋友曾巩在江宁府(今江苏南京)病逝,恰好苏轼在那前后因为患疮和眼病而闭门谢客,人们便盛传他与曾巩同日去世。消息传到首都,神宗大受震动,向近臣询问消息真伪,并再三叹息,茶饭不思。曾上书救助苏轼的范镇马上从许州(今河南许昌)派人到黄州问讯,苏轼听后大笑。这就是苏轼后来在《谢量移汝州表》中所说"疾病连年,人皆相传为已死"的来由。这首词就作于这段时间。由于词的末尾说要"小舟从此逝,江海寄余生",第二天,人们又传言苏轼头天夜里写词之后,把衣服帽子挂在江边,乘着小舟长啸而去,不见踪影了。黄州知州徐大受(字君猷)闻听大为吃惊,因为苏轼是贬谪的罪人,要本州安置,不能离开黄州,知州有监管的责任,于是他立刻前往苏轼住处察看,却发现苏轼鼾声如雷,尚未起床,所谓连夜逃跑,纯属谣传,只是虚惊一场。

　　苏轼的作品,擅长将日常琐事、眼前实景描写得生动新颖,富于神韵,并从中引申出哲思和理趣,前面所选《六月二十七日望湖楼醉书》《记游松风亭》《定风波》等诗文词都是这样的佳作,这首词也是如此。上阕写主人醉饮夜归,仆人已睡,敲门无人应,只好立在门外,倚杖静听江水奔流之声,充满生活情趣。下阕借题发挥,即兴抒怀,过片"长恨此生非我有"既是对身为主人却进不了家门的实情概括,也是感叹自己被世事所困,束缚重重,不仅进不了家门,而且进不了心灵上的家园,失去了自我,因此结尾顺着自然环境和当下处境,抒发乘舟而去、浪迹江海的愿望,发出寻求解脱的心声。全词将叙事、议论、写景和抒情熔于一炉,语言明白自然,笔调舒展飘逸,情感旷达又伤感,感动人心,也发人深省。

如梦令二首①

　　为向东坡传语,人在玉堂深处。②别后有谁来?雪压小桥③无路。归去,归去,江上一犁春雨④。

注释

① 元祐二年(1087)正月作于首都东京。有的版本在词牌下面有题目"寄黄州杨使君二首",并注释"公时在翰苑"。杨使君,指杨寀(cài),字君素,于元丰六年(1083)接替徐大受(字君猷)任黄州知州,苏轼在黄州时与他有交往。

② 东坡:在黄州城东门外的山坡上,苏轼带领全家在这里开荒种地,在山腰上建造了一座房舍,叫作"雪堂",又叫"东坡雪堂"。见前面《临江仙·夜

归临皋》词注。传语：传话，带信。玉堂：宋代翰林院的别称。这两句说，请帮我给黄州东坡传个话，我现在京城翰林院的深门大院里。
③ 小桥：指东坡雪堂南边的小桥。
④ 一犁春雨：指雨量适中，恰好适宜犁地春耕。"犁"字在这里临时作量词用。

手种堂前桃李，无限绿阴青子。①帘外百舌儿，惊起五更春睡。②居士③，居士，莫忘小桥流水。

注释

① 堂：指黄州的东坡雪堂。青子：尚未成熟的果实。这两句说，当年我在雪堂前亲手种植的桃李树，现在一定是枝叶繁茂，绿荫一片，果实累累。
② 百舌儿：鸟名，善于鸣叫，声音多变化，所以叫"百舌"。惊：有的版本作"唤"。五更：第五更，天快亮的时候。这两句说，春天困倦嗜睡，天快亮时，帘外的百舌鸟不停鸣叫，把我惊醒。
③ 居士：苏轼在黄州躬耕东坡，自号东坡居士。

评析

元丰八年(1085)三月，神宗病逝，年仅十岁的哲宗继位，哲宗的祖母高太后以太皇太后的身份垂帘听政，旧党领袖司马光入朝主持政务，全盘否定"新法"，起用旧党，贬逐新党。身为旧党人物的苏轼也被召入朝廷，委以重任。但他反对全面废除"新法"，强调实事求是，主张保留某些对百姓有利的"新法"措施，引起司马光不满，于是在哲宗元祐元年(1086)七月主动请求外任，到地方上任职，但未获批准。九月，朝廷任命苏轼担任翰林学士、知制诰，成为皇帝的秘书。对进入仕途的文人来说,这是极大的成功、莫大的荣耀,但苏轼并不以此为荣,相反,他时时想要离开、归去。当元祐二年正月他给黄州潘氏兄弟的母亲写挽诗《潘推官母李氏挽词》时,黄州记忆又被唤起,因此也给黄州知州杨寀写了这两首《如梦令》组词,挽诗和组词的景象、情思多有相通之处。

苏轼在词里反复进行时空穿梭和转换:过去、现在和未来,首都和黄州,朝廷玉堂和东坡雪堂。玉堂代表着荣华富贵,雪堂代表着清贫超脱。身在玉堂的苏轼念念不忘的是处于江湖之远的雪堂,念叨着"归去",表明他时刻渴望摆脱束缚,获取身心自由。在玉堂做官的苏轼和在雪堂春睡的苏轼,哪一个才是真正的自己?借助百舌鸟的鸣叫,苏轼将玉堂和雪堂连接起来,反复呼唤并提醒自己:不要忘记对东坡的乡土之爱,远离官场、归隐山林才是你的归宿。《淮南子》说:"人有多言者,犹百舌之声。"百舌是报春之鸟,爱鸣叫,声音多变化,常被用来比喻人虽多言但于事无益。苏轼突出它的形象和声音,大概也是对自身因言获罪经历的写照。

此外,"一犁春雨"和前面《定风波》"一蓑烟雨"的用法一样,都属于名词临时作量词用。蓑衣、蓑笠是隐士式渔翁的标志,因此"一蓑雨"往往被用来表现悠闲、超旷的襟抱。"犁"是农夫种地的标志,"一犁春雨"指雨量适中,恰好适宜犁地春耕,苏轼用来想象黄州东坡春雨绵绵、正适合重返旧地重操躬耕旧业,与"一场春雨"相比,平添了一种庆幸、喜悦的气氛。这种名词用作量词的修辞手法要与上下文和表现的场景、情绪相配合,换句话说,"一蓑雨"与渔父、隐逸相关,"一犁雨"与农夫、躬耕相关。这种修辞手法拓展了短语的内涵,使量词本身艺术化、审美化,使句子充满活力和韵律。

贺　新　郎[①]

乳燕飞华屋[②],悄无人、桐阴转午,晚凉新浴[③]。手弄生绡白团扇,扇手一时似玉。④渐困倚、孤眠清熟。⑤帘外谁来推绣户,枉教人梦断瑶台曲。⑥又却是,风敲竹。⑦

石榴半吐红巾蹙。⑧待浮花、浪蕊都尽,伴君幽独。⑨秾艳一枝细看取,芳心千重似束。⑩又恐被、秋风惊绿。⑪若待得君来向此,花前对酒不忍触。⑫共粉泪,两簌簌。⑬

注释

① 元祐五年(1090)夏天作于杭州知州任上。

② 乳燕:小燕子。华屋:华丽的房屋。

③ 悄(qiǎo):寂静无声。这两句说,四周寂静无人,梧桐树浓荫蔽日,时间从午前到午后,有了凉意,美人刚刚沐浴完毕。

④ 生绡(xiāo):未经漂煮的丝织品。团扇:圆形有柄的扇子。一时:同时,一齐。这两句说,美人手里摇弄着生丝做成的洁白团扇,扇子和手好像玉一样洁白温润。

⑤ 清熟:形容安静地熟睡。这两句说,美人渐渐困倦,独自倚靠床上,安静熟睡了。

⑥ 绣户:装饰精美的门户。枉:徒然,白白地。瑶台:美玉砌成的楼台,指神仙居住的地方。曲:曲折幽深的地方。这两句说,美人已经梦入仙境,帘外不知是谁来推响了华美的门户,让人从美梦深处惊醒,白白浪费了一场瑶台幽梦。

⑦ 却是:原来是,事实上是。这两句说,以为有人来推门,原来是风吹动竹子发出的声音。这里化用了唐代李益《竹窗闻风寄苗发司空曙》的诗句:"开门风动竹,疑是故人来。"

⑧ 半吐:半开。蹙(cù):紧缩,起皱。这句说,半开的石榴花好像紧缩起皱

纹的红巾。这里借用了白居易《题孤山寺山石榴花示众僧》的诗句："山榴花似结红巾，容艳新妍占断春。"

⑨ 浮花、浪蕊：轻浮的花朵，指比石榴花早开放的花。君：指美人。这两句说，初夏时节，等那些轻浮的花朵都零落了，石榴花就来陪伴静寂孤独的美人。

⑩ 秾艳：花木茂盛而鲜艳。看取：看，且看。"取"是助词，没有实际含义。芳心：花蕊，俗称花心；又指女子的情怀。这两句说，仔细看一枝浓艳的石榴花，花瓣层层重叠，花蕊底部似乎在聚集收束，好像美人郁结缠绕的情怀。

⑪ 这句说，又担心秋风吹来，石榴花快速凋谢，石榴树只剩下绿叶，令人心惊。

⑫ 君：指美人。这两句说，如果等你来到这里，在残花面前面对着酒，一定不忍心触碰。有人指出，"贺新郎"词调大多数是 116 个字，苏轼这首词是 115 个字，"若待得君来向此"后面直接用"花前对酒不忍触"相连接，语气不够融洽，"花前"前面可能脱漏了一个字。

⑬ 粉泪：女子的眼泪。簌(sù)簌：形容纷纷坠落的声音和样子。这两句说，石榴的花瓣和美人的眼泪一齐簌簌掉落。

评析

这首词的写作背景难以确定。南宋杨湜《古今词话》和曾季狸《艇斋诗话》都说是苏轼任杭州知州时所作，词中用"红巾蹙"比喻石榴花，借用了白居易写杭州孤山寺石榴花的诗句，也可以作为佐证。元祐期间，新旧两党互相攻击，苏轼深感不宜在朝，便接连上奏章请求外任，于元祐四年(1089)获准出知杭州。这是他第二次到杭州任职。54 岁的苏轼于元祐四年七月三日到任，元祐六年(1091)三月初离杭回朝，在杭州能见到石榴花半开的时间，只有元祐五年(1090)夏天，大概就是这个时候写了这首词。

词的背景不明确，词的意思和意义却是清楚的。全词吟咏夏天景象，上阕刻画清幽环境中一位华贵高洁的美人形象,下阕描写半开的石榴花,用来比喻上阕的美人。屈原的《离骚》开创了中国文学中用"香草美人"比拟君臣遇合、怀才不遇的传统,这首词的咏物、写人,也都是在咏怀。石榴在夏天开花,不跟百花争春,与美人同一种幽独。美人青春易逝,榴花花期不长,转眼之间,年华老去,令人悲伤落泪。美人和榴花相互欣赏、安慰,互为隐喻,二者的孤立高洁、寂寞无依,正是独立不阿、怀才不遇的苏轼的写照。通过想象美人的迟暮和榴花的零落,作者抒发了抑郁忧伤的情怀。

"贺新郎"这个词调,现存作品以苏轼这首词为最早,据说最初曲名为"贺新凉",就因为词里有"晚凉新浴"之句。全词以时间为线索,同时辅以空间的曲折转换。开头用学飞的小燕子引路,变化路线,把镜头逐渐推进到一座梧桐深院的华屋。寂静无人,从午前到午后,时间在推移,无聊寂寞的情绪在堆积。此时稍加跌宕,出现美人手弄团扇的画面,而团扇夏天被用、秋天被弃,暗喻了主人的命运。主人的心态则用梦境体现,时间在这里暂时终止,幽深迷幻的梦境拓宽了表现的空间。风吹竹子发出的声音惊醒了一帘幽梦,也将美人的视线移向屋外,文学空间随之转向室外的榴花。美人看花,花对人言,视角反复转换,花与人合二为一。最终所有的空间和视角都集中到年华易逝、花落人老的时间结局上,婉曲缠绵,耐人寻味。

八声甘州

寄参寥子[①]

有情风万里卷潮来,无情送潮归。[②]问钱塘江上,西兴浦口,几度斜晖。[③]不用思量今古,俯仰昔人非。[④]谁似东坡老,白首忘机。[⑤]

记取西湖西畔,正春山好处,空翠烟霏。⑥算诗人相得,如我与君稀。⑦约他年、东还海道,愿谢公、雅志莫相违。西州路,不应回首、为我沾衣。⑧

注释

① 元祐六年(1091)三月作于杭州。参寥子:即著名诗僧道潜,字参寥,苏轼的好朋友,见前面《百步洪》诗注。"子"是对人的尊称。

② 这两句说,自然的风从万里之遥把潮水卷来,似乎对人有情,却送潮水归去,又似是无情。

③ 钱塘江:浙江省最大的河流,本来叫"浙江",由于杭州古称"钱塘县",所以流经杭州的这段称为"钱塘江",在杭州东北角流入大海,入海口呈喇叭状,海潮涌起,形成壮观的"钱塘江潮"。西兴浦口:西兴渡口,位于钱塘江南岸,旧址在今杭州市萧山区西北。斜晖:傍晚西斜的阳光。这三句说,我和你在杭州多次共同游览,在钱塘江上,或在西兴渡口,一起看过多少次夕阳斜照啊!

④ 俯仰昔人非:东晋王羲之《兰亭集序》:"向之所欣,俯仰之间,已为陈迹……岂不痛哉!"这里由"不用"领起,是反用王羲之原意。这两句说,不用怀古伤今,在一抬头一低头之间,古人已成为陈迹。

⑤ 东坡老:指苏轼自己。忘机:恬淡随缘,忘却计较的心计。这两句说,只有你和我性情相似,恬淡自适,忘却心机。

⑥ 记取:记住,记得。取,助词,无实际含义。霏:弥漫的云气。这三句说,请记住西湖边上春山最美的风景,那就是空明青绿的山色和如烟弥漫的云雾。

⑦ 算:推测,料想。相得:彼此相处融洽。君:指参寥。这两句说,料想诗人

之间像你我这样相处亲密融洽的,真是少有。

⑧ 他年:将来,以后。海道:这里指通向大海的长江水道。谢公:指东晋宰相谢安。雅志:一直以来的意愿,这里指归隐的意愿。西州路:指西州门,东晋首都建康(今江苏南京)的城门。《晋书·谢安传》记载,谢安虽然是朝廷重臣,却始终有退隐会稽(今浙江绍兴)东山的志向,镇守广陵(今江苏扬州)时,准备了渡海的装备,打算从长江水道向东转海路,回归东山,但"雅志未就",便身患重病,返回京城,经过西州门时,因为不能实现平生意愿而深自感慨。谢安死后,他的外甥羊昙一次醉中经过西州门,回忆往事,悲痛不已,吟诵了两句曹植的诗歌,痛哭而去。这四句用谢安比自己,用羊昙比参寥,相约二人将来退隐浙东杭州,实现归隐夙愿,以免参寥为自己抱恨落泪。

评析

苏轼曾经两次到杭州任职。第一次在神宗熙宁四年(1071),为了躲避新党的恶意攻击,他主动请求外任,随后被任命为杭州通判。第二次在哲宗元祐四年(1089),新旧两党互相攻击,苏轼深感不宜在朝,多次奏请外任,获准出知杭州。元祐六年(1091),他由杭州知州召为翰林学士承旨,在即将离开杭州前往京城赴任时,写下这首寄赠之作,表现超然物外的人生态度和寄情山水的人生理想。

上阕前五句写景,强调自然风物的无情,为下文的文人多情作反衬。开头两句劈头突兀而起,写钱塘江潮一涨一落,一来一去,比喻人世的聚散离合,突出抒写离情的特定场景,气象豪宕雄杰。紧接着回忆与参寥多次同观潮景,以夕阳的余晖暗寓离人的愁苦、人事的变迁。"不用"以下皆为议论,紧承前面写景而出,认为不用思量古今兴废,也不用像王羲之那样为"俯仰昔人非"而感叹。"谁似"二句是超尘绝世、宁静淡泊心境的自我表白,既带有自豪之意,也隐含知音难遇之感,引出下文对二人友谊的描画。下阕开头从议论又转入写景,上阕写钱塘江景,此处写湖光山色,都是记述与参寥在杭州的游赏乐事。"记取"二字仿佛能看到作者的叮咛神态,希望惜取当时春景,留作别后追思,也希望不要忘记寄情山水的人生志趣,由此则把词作从山水美景中直接引入归隐的主旨。结尾又转入议论,先写与参寥交情深厚,志趣相投,正好一同归隐。末尾期盼雅志终能实现,免得知己像羊昙那样为自己感到遗憾。全词上下阕均以写景发端,议论继后。景语中有情语,议论时辅以真挚的友情和超逸的豪情,一洗离别词的消沉颓唐,大气包举,襟怀高妙,风格豪迈超旷。

蝶 恋 花①

花褪残红青杏小。②燕子飞时,绿水人家绕。枝上柳绵吹又少,天涯何处无芳草!③

墙里秋千④墙外道。墙外行人,墙里佳人笑。笑渐不闻声渐悄⑤,多情却被无情恼。

注释

① 绍圣元年(1094)闰四月作于从定州(今属河北)贬往岭南的途中。

② 褪:褪色,引申为脱落。残红:凋残的花。青杏:尚未成熟的杏子。这句说,花枝上连最后的残花也零落了,杏树刚开始结果,杏子还小。这是春末夏初的景象。

③ 柳绵：柳絮。见前面《水龙吟·次韵章质夫杨花词》注释。这两句说，春末夏初时节，柳絮被风吹落，越来越少，到处都长满了芳草。

④ 秋千：中国传统的游戏用具，多为儿童和女子坐立在上面，将长绳系在架子上，下面挂着蹬板，人随蹬板来回摆动，忽高忽低。

⑤ 悄（qiǎo）：声音小。

评析

元祐八年（1093）九月初三，垂帘听政的太皇太后高氏病逝，哲宗亲政，动手打击反对"新法"的"元祐旧党"。九月下旬，苏轼前往边防要地定州任知州，按照惯例，临走前要上殿与皇帝当面告辞，但哲宗下旨不许见面，要求他马上启程赴任。苏轼预感政局将要发生重大变化。次年（1094）四月，哲宗将年号改为绍圣元年，表明了要继承父亲神宗的事业的决心，在此前后，哲宗和新党人物大肆贬谪"元祐党人"，从宰相、副宰相到馆阁校勘等等，无一幸免。三月，门下侍郎（副宰相）苏辙被罢免，出任汝州（今属河南）知州。四月，朝廷剥夺了苏轼端明殿学士、翰林侍读学士的身份，命令他到偏远的英州（今广东英德）任知州。闰四月初三，圣旨到达，惩罚加重，苏轼被罢免定州知州，贬谪为英州知州。在前往岭南的途中，苏轼写下这首词。两个月前，苏轼作《三月二十日多叶杏盛开》《三月二十日开园三首》，所见还是杏花盛开、柳絮纷飞的景色，如今在词里已是杏树结果，柳絮吹断，芳草萋萋。"枝上柳绵吹又少"，就像元祐党人被陆续驱逐、贬谪。"天涯何处无芳草"，"芳草"在"香草美人"的文学传统里指忠贞贤德的君子，芳草长满天涯则是化用淮南小山《招隐士》"王孙游兮不归，春草生兮萋萋"，感叹元祐诸人被贬谪到全国各地。墙里佳人的无情，墙外行人的多情，可谓哲宗和苏轼君臣关系的写照，苏轼多年来对国家忠心耿耿，却再次被贬，而且这次要到偏远蛮荒的岭南，正是"多情却被无情恼"!有人认为这首词作于惠州,但词中的"青杏""柳绵"等意象并非岭南的物候。

从欣赏的角度,可以只关注词作的语言和情感意义。上阕写景伤春,包含繁华易逝的伤感。下阕写人伤情,通过人物的关系和行动,揭示爱情乃至整个人生的困境,寄寓身世之感。全词用对立的事物贯串全篇:花褪残红的衰落与青杏初生的成长,柳绵吹断与芳草萋萋,墙里与墙外,听到佳人笑声的喜悦和笑声远去的失落,行人的多情与佳人的无情。众多对立的事物错综复杂,一再顿挫,使全词充满了矛盾,感情郁结深沉,而矛盾、失落正是人生的普遍状态。

西　江　月[①]

玉骨那愁瘴雾,冰姿自有仙风。[②]海仙时遣探芳丛,倒挂绿毛幺凤。[③]素面常嫌粉涴,洗妆不褪唇红。[④]高情已逐晓云空,不与梨花同梦。[⑤]

注释

① 绍圣三年(1096)十月作于惠州。有的版本在词牌下有题目"古梅",或作"梅花"。

② 玉骨:清瘦秀丽的体态,这里比喻梅花的枝干。那(nǎ):现在写作"哪",哪里,怎么。瘴(zhàng)雾:瘴气,指南方地区湿热蒸发、导致疾病的气体。冰姿:高洁耐寒的姿态。这两句说,梅花冰肌玉骨,哪里会担心那些瘴气,她体态高洁,美如仙女,自有一种超尘脱俗的风姿。

③ 海仙:海上的神仙。芳丛:花丛。倒挂绿毛幺(yāo)凤:苏轼在其他地方

解释，岭南有一种珍禽叫"倒挂子"，绿毛红嘴，体型似鹦鹉而小，从海上飞来，超凡脱俗，栖息时倒挂在树枝上。么，同"幺"，小。"么凤"即桐花凤，是最小的一种凤凰，这里指"倒挂子"。这两句说，海上的神仙时常派遣使者来探视百花丛中的梅花，这个使者，就是倒挂着的绿毛小凤鸟。

④ 素面：没有化妆的天然美颜。涴(wò)：污染，弄脏。洗妆：卸妆，指梅花凋谢。这两句说，梅花天然美丽，生怕被脂粉弄脏，就算凋谢了，那唇上的红色也不会褪去，因为不是涂抹上去而是天生就有的。据宋人记载，岭南的白色梅花，花叶四周都是红色，因此即使凋谢了，叶子还有红色，所以说"不褪唇红"。

⑤ 高情：高雅的情致。梨花："梨花云"的省略用法，指梦见梅花，"云"字承前面的"晓云"而省略。苏轼自注："诗人王昌龄梦中作梅花诗。"据宋人记载，唐代王昌龄咏梅花的诗句有："落落寞寞路不分，梦中唤作梨花云。"这两句说，爱梅的高雅情致已随清晨的云雾一同散去，不再梦见梅花，再也不能像王昌龄梦见梨花云那样做同一类的梦了。

> 评析

结尾的"晓云"就是"朝云"，透露出这首词的主旨是悼念朝云。朝云姓王，字子霞，杭州人，是苏轼的侍妾，在苏轼通判杭州时开始跟随他，辗转各地，荣辱与共，一直陪伴到岭南，忠敬如一，直到绍圣三年(1096)七月在惠州病逝，年仅34岁。朝云能歌善舞，与苏轼一起参禅学佛，是苏轼患难中的依靠和知己，两人感情深厚，精神相通。朝云的死对晚年苏轼是沉重的打击，并不因为她的身份卑微而不加重视，相反，苏轼悲痛欲绝，把朝云安葬在寺院旁边的松树林中，亲自撰写《朝云墓志铭》，作《悼朝云》诗，不久又写了这首词，通过吟咏梅花寄寓悼念朝云的深情。

上阕总写梅花的风神,开头赞赏岭南梅花不怕瘴雾,塑造出梅花在恶劣环境中依旧保持玉骨仙风的形象,既是用仙人比喻梅花,又是用梅花比喻朝云,写出朝云高洁的情操和对自己的深情。接着用神鸟的探访做衬托,突出梅花也就是朝云的超凡脱俗。下阕描写梅花的形貌,勾勒梅花天生丽质、不假修饰的素雅情态,以及凋谢之后叶子犹存红色的岭南特质,还是在赞美朝云。结尾写虽然有爱梅的高雅情致,但梅花已经凋谢,再也无法在梦中相见,实质在说朝云已逝,梦幻不再,一切美好皆成虚空。全词借哀悼梅花的凋谢来抒发哀伤之情,在总体上是以花喻人,冰肌玉骨的梅花实际是朝云美丽姿容和高洁情操的化身,在行文中又以人喻花,用冰雪仙女和天然美女来比喻梅花,人和花融为一体。无论写人还是写花都抓住了各自的形神特征,空灵蕴藉,言近旨远,在咏物、悼亡题材和比兴手法等方面都发展到了新的高度。

文学塑造世界,也创造生命。通过苏轼的书写,岭南梅花获得了全新的、长久的生命,朝云也随之获得了长久的生命。

千 秋 岁

次 韵 少 游①

岛边天外,未老身先退。②珠泪溅,丹衷碎。③声摇苍玉佩,色重黄金带。④一万里,斜阳正与长安对。⑤

道远谁云会,罪大天能盖。⑥君命重,臣节在。⑦新恩犹可觊,旧学终难改。⑧吾已矣,乘桴且恁浮于海。⑨

注释

① 元符二年(1099)作于海南儋州。少游：秦观，字少游，苏轼的弟子，与黄庭坚、晁补之、张耒合称"苏门四学士"。

② 岛边天外：指海南儋州。海南岛远离大陆，儋州在海南岛西北边，所以这样说。这两句说，我尚未年老就已经废退，被贬谪到这僻远的天边海岛。

③ 珠泪：眼泪。泪滴如珠，所以叫"珠泪"。丹衷：赤诚的心。这两句说，我的眼泪像珠子一样落下，对朝廷的一片赤诚也伤心破碎。

④ 佩：系于衣带的装饰品。带：腰带。这两句说，曾经，我也在朝廷任近臣，仪表端庄威严，腰间的青色玉佩摇动作响，金黄色的腰带色彩凝重。苏轼到儋州贬所后给朝廷呈上的《到昌化军谢表》也说："伏念臣顷缘际会，偶窃宠荣。"

⑤ 长安：唐代首都长安(今陕西西安)，借指北宋首都东京(今河南开封)。这两句说，我早已远离朝廷，此刻，夕阳正斜照着万里之外的东京城。这里暗用了《世说新语》"日近长安远"的典故，包含着对京城的眷恋和政治抱负不能实现的感慨。

⑥ 会：见到。天：指君王。这两句说，道路遥远，谁说我还能见到京城呢？我罪责重大，只有皇帝能给予宽饶。《到昌化军谢表》也说："恩重命轻，咎深责浅。此盖伏遇皇帝陛下，尧文炳焕，汤德宽仁。赫日月之照临，廓天地之覆育。"

⑦ 臣节：官员的节操。这两句说，君王的命令最重，不可违背，我作为人臣的节操依然保持着。

⑧ 新恩：皇帝的新恩典，指赦免。觊(jì)：希望，期待。旧学：指自己一贯以来的见解，与王安石新党的"新学"相对。这两句说，大概能期望皇帝赦免

的新恩,但我终究不会改变自己一贯的见解。
⑨ 吾已矣:《论语·子罕》记载孔子的话说"吾已矣夫",意思是我这一生恐怕是完了吧。桴(fú):小的木筏、竹筏,代指船。恁(nèn):如此,这么。《论语·公冶长》记载孔子说"道不行,乘桴浮于海",意思是自己的学说、见解不被采用,就乘船浮海远去。这两句说,我这一生恐怕是完了,算了吧,还是乘船漂浮在海上,暂且这样度过余生。

评析

绍圣四年(1097),哲宗和新党大臣再次大肆贬逐"元祐党人",已经被贬谪到郴州(今属湖南)的秦观又被移送横州(今属广西)编管,途经衡州(今湖南衡阳)时,抄写了自己的一首词《千秋岁》,赠给朋友孔平仲。原词如下:

水边沙外。城郭春寒退。花影乱,莺声碎。飘零疏酒盏,离别宽衣带。人不见,碧云暮合空相对。
忆昔西池会,鹓鹭同飞盖。携手处,今谁在?日边清梦断,镜里朱颜改。春去也,飞红万点愁如海。

这是秦观的名作,在当时就有孔平仲、苏轼、黄庭坚、李之仪、释惠洪等五人的唱和,"苏门"师友借唱和活动进行横遭贬谪后的心灵交流,表现出共同和不同的心理反应。元符二年(1099),苏轼读到族孙苏元老寄来的秦观原词和孔平仲的和词,深受触动,写下这首和词,并自称词的主旨是"超然自得,不改其度",即在恶劣环境中超越利害得失、自持自适,坚守自己独立的思想和见解。

苏轼很早就在作品中叹老嗟卑、向往归隐,但晚年的这首词明确说出"未老身先退",不是因为年老而退,也不是主动退隐,而是由于政治见解不同被废退。尽管被流放到海角天边,他仍然对国家忠心耿耿,眷恋京城,密切关注时局,作为儒家士大夫的社会责任感、使命感并不因为长期的贬谪流离而减退。但是否为了博取所谓的机会和成功就要改变自我?苏轼在下阕作了否定的回答。上阕是积极入世,下阕则是独立超越。君命不可违背,人臣的气节更不能苟且。即使赦免的新恩犹可期待,自己一贯的主张也决不会改变。宁愿人生一事无成、一无所有,也决不屈服于权力和流俗。苏轼直面惨淡的人生、严酷的现实,高度肯定自我价值,坚持个人见解,追求独立人格和自由思想。全词交织着对政治和社会的抗争、超越,是贬谪词中的最强音。

　　文学固然要表现苦难,更要表现苦难中的坚守和抗争,这是人性的尊严和高贵,也是人类的共同价值。秦观原词的情调哀怨愁苦,孔平仲的开解之词也不免迷茫惆怅,苏轼的和词则刚健开朗,直截明白,既是对沉溺于悲哀的苏门弟子的劝解,也是自己平生政治气节的自白,更是他人生思考的最后结晶。

图书在版编目（CIP）数据

苏轼诗文精读 / 李贵编著；查清华主编. — 上海：上海教育出版社，2021.12
ISBN 978-7-5720-1261-7

Ⅰ.①苏… Ⅱ.①李…②查… Ⅲ.①苏轼（1036-1101）– 古典文学研究 Ⅳ.①I206.2

中国版本图书馆CIP数据核字(2021)第261824号

责任编辑　易英华
装帧设计　东合社

SUSHI SHIWEN JINGDU
苏轼诗文精读
李　贵　编著

出版发行	上海教育出版社有限公司
官　　网	www.seph.com.cn
地　　址	上海市闵行区号景路159弄C座
邮　　编	201101
印　　刷	上海展强印刷有限公司
开　　本	700×1000　1/16　印张 18.75
字　　数	233 千字
版　　次	2021年12月第1版
印　　次	2021年12月第1次印刷
书　　号	ISBN 978-7-5720-1261-7/I·0111
定　　价	49.80 元

如发现质量问题，读者可向本社调换　电话：021-64373213